ちくま文庫

詩人/人間の悲劇

金子光晴自伝的作品集

金子光晴

筑摩書房

詩人／人間の悲劇　金子光晴自伝的作品集

詩人／人間の悲劇　目次

本書の本文中には、今日の人権意識と照らし合わせると不適切・不適当な表現が含まれている箇所がありますが、著者が既に故人であること、また執筆当時の時代背景及び作品の文学的価値とに鑑み、そのままとしています。あらゆる差別について助長する意図はありません。

詩人

金子光晴自伝

第一部　洞窟に生み落されて

なんの用があって、この世に僕が生をうけたのか、よく考えてみると、いまだによくわからない。おなじ途次（みちすじ）の、おなじようなみちづれとのかかわりあいのあいだに、じぶんのゆくみちが決り、人はそれを使命とおもいこむ。家業をつぐように運命づけられた人は別として、はじめから迷わずに生涯の仕事に邁進する人は、なかなか少いかもしれない。そうなりたいと望んでいても、そうなれると決ったわけではない。才能がない場合もある。事情がゆるさない場合もある。そんなわけで、本人としては、おもわぬ仕事で一生を費したものだとおもいながら、いまさら気がついてもどうなるものでもない年配になり、渋々ながら望まなかったわが生涯のゆくてに、強いて張合いをみいだしてゆこうというのが、常套だ。人間というものも、なかなかいじらしいものだ。

詩人という名で僕がよばれるようになったことに僕は、いまさら不服を唱えるわけではないが、僕の少年時代、幼年時代を回顧すると、僕の素質のなかにも、僕の周囲にも、そんな気（け）は毛頭なかったから、人間のあるくみちすじも、じつにおもいがけないものだという気がする。僕の詩をよむ人は、なにか僕が詩をつくるためにこの世に生れてきたような気負いかたをしているように感ずるかもしれないが、僕としてはすこしも、そんな気負いはもっていない。柄にもない仕事をして、詩人あつかいされるのが、気羞かしくておちつかない気持のほうが多いのだ。それならば、なにがほかに、僕にできた仕事があったろう？　どんな仕事でも、僕は辛抱してやっていたろうともおもうし、生れつきすこし倦き性で、なまけもので、それに気まぐれなところもあるから、几帳面な仕事では、それほど優遇されなかっただろうともおもう。いまになっては、どっちだかわからない。僕が生れてこなくても、誰もなんともないし、いたからといって、それほど邪魔になるほどの存在でもない。いわば、平々凡々たる人間の典型で、その故にこそ、凡々たるじぶんから脱却したくて、謀反をおこして、収拾のつかない結果をひき出し、じぶんの浅墓の尻ぬぐいで、あくせくした日をおくってきた始末である。いまだに僕は、詩人より僕にむいた商売がほかにあったとおもっている。商人や、官吏ではない。芝居の背景画家、考古学者、漢文の先生、落語家、遊芸人、船乗り、刺繍職人、仕立屋、コックさん、その他いろいろある。だが、今日たとえそのどれになっていても、満足していたとは断言できない。なんにもなりたくない。金もいらない。ただなまけて、ぶらぶらしていたいというのが本音かもしれない。それでもまだ、不満かもしれない。そんな人間の七十年の記録が、どんな参考になるかしらないが、前車のくつがえるのをみるという気持で読んでもらったら、またなにかのいましめになろうというものだ。

洞窟に生み落されて

その写真は、最近まで、どこかに保存されてあった。それは、僕のむつきのころの俤（おもかげ）だが、それをみるたびに僕は、自己嫌悪に駆られたものだった。まだ一歳か、二歳で、発育不全で、生（なま）っ白くて元気のない幼児が、からす瓜の根のように黄色くしわくれ痩せ、陰性で、無口で、冷笑的な、くぼんだ眼だけを臆病そうに光らせて、O字形に彎曲した足を琉球だたみのうえに投出して、じっと前かがみに坐っている。この世に生み落された不安、不案内で途方にくれ、折角じぶんのものになった人生を受取りかねて、気味わるそうにうかがっている。みていると、なにか腹が立ってきて、ぶち殺してしまいたくなるような子供である。手や、足のうらに、吸盤でもついていそうである。

その子供は、牛乳やスープでやっと成人した。

幼いころの記憶といえば、ただ毒々しい原色を塗りたくって、その色と色とが前後もそろわず氾濫したままで、血や、泥や、涙で泣きわめいているようなものだった。どの思い出にもふしぎに、天井から針金でつるした大型の吊洋燈（ランプ）がさがっている。芯の切りかたが不揃いなので、耳が立って、火屋（ほや）が油煙で黒くなり、炎がちかちかとまたたいている。そのあかりのわずかにとどくところに桟のふとい障子があったり、むやみに鉄金具のついた箪笥や、側面を曳出しに利用した二階梯子段がうかび出したりしていた。曳出しのなかには、「万金膏」や分厚い『三世相』という和本などがはいっていた。光りのとどかないむこうは暗い洞窟だった。その闇は、「忘却」でいっぱい詰まっている。洞窟をどこまでもゆけば、母の子宮に通じているのかもしれない。子宮は、母のまた母のそれにつづき、その闇は、漆喰のように塗りこめられてはいるが、八大地獄につづいているといわれる富士の風穴のように底がしれず、亡霊どもがおどり狂っているところのようだ。無限の過去を背負ったいろいろなその影が、洋燈のあかりで陰気くさく洞窟の壁にうつし出されるのを、僕はじっとみつめてくらしたものだ。その影が即人生だった。伸びたり、縮んだり、揺れたりするその影が、突然大きくなって、眼の前におそいかかってきた。大人たちの世界だった。

虚弱で、足の立つのがおそかった僕は、大人たちの膝のうえから膝のうえにわたされて、いずくともなくはこばれた。誰かの膝にのったまま、人力車で、手ごたえのないほどかるがると、どこかを飛んでいることもあった。僕を抱きかかえているのが誰だったか知るよしもなく、抱かれた人に任せきったままで、夢と現実のけじめのない境界を、うとうととおおかた眠ってすごしたのだ。人類の歴史よりも遠いことのようにそれはおもわれる。

明治二十八年十二月二十五日、愛知県海部郡津島町字日光といういなかで、僕が生れたことを、戸籍が証明しているが、僕は、ながい年月、ただそう信じさせられていただけである。

三歳の時、両親は、僕の二人の兄といっしょに僕をつれて、故郷をすて、名古屋市にうつり住んだからである。それから六十年、僕は一度もその津島へ帰ったことがなかったが、昭和三十二年はじめて、わが出生の地を見にかえる機会をえた。濃尾平野の白っぽけた泥田のなかにある、なんの奇もない町だったが、そこは沼沢地帯で、蓮根や、鰻、鯉、鯰などの名物の土地であった。詩人としての先輩の野口米次郎もここで生れた。僕の泊った商人宿の二階部屋の下が、生簀で、ひげの生えた黒い鯰がぎっしりとからだをすりあわせ、水をはね返していた。なまず丼と書いた行燈も珍しかった。瘴癘の地で、むかしからおこりを患うものが多いという話だった。沼地からマラリア蚊が発生するので、日本では琵琶湖附近と、そこにだけマラリアがあるということだった。明治二十八年という年は、日清戦争の終った年である。日本中いまは、どこへ行っても一律になって、映画館があり、パチンコ屋があり、バスが通って、辺地の特徴がなくなり、この土地も御多分にもれないのだが、明治二十八年の頃は、もっと侘しい、癖のある、伝承的なはげしい体臭が、家にも、人にもしみついているようなところだったのだろう。大鹿という僕の生家は、その土地で代々酒屋をひらいていた。実父の大鹿和吉は興行主になったり、鉱山に手を出したりして、家産をつぶし、店をたたんで名古屋に出たが、奔放無頼で、博徒や、千三（せんみつ）仕事の仲間とつきあい、家を外のくらしかたをしていた。白木家から出た実母のりゃうは、そんな夫をもった妻の宿命に従順で、火にあっては水、水にあっては土と、そのときどきを上手にきりぬけて、その後もずっと苦難つづきの五十年の夫婦生活を、遂に金鉱の脈を掘りあてられずに死んだその夫と添いとげた。

親戚の女髪結いのもとにあずけられて、無心であそんでいた二歳の僕を、髪結いにきた女たちが、かわるがわる抱きあげてあやした。色が白く、骨なしのようにやわらかいそのあかん坊は、すでにバガボンドの素質をもっていたものか、抱くあいてが誰であっても気にとめないで、三白眼（さんぱくがん）でじっと眺めたり、ぬきうちに、大人とおなじ口をきいて、あいての度胆をぬいたりした。生れつきのように画が好きで、壁という壁に、爪で絵を彫りつけた。「坊さん、大きくなったら、なにになるの?」とあいそうに人がたずねると、その子供は、シニックな、おどけた表情をつくって、「手ぬぐいをかぶって」とかたちをしながら、「お尻をはしょって、屋根をみし、みし」と、さんざん気をもたせたあげく、「泥棒になるの」と言った。えらい画家（えかき）になるとでもいうのだろうと期待していたあいては、返事のしようもなくて、鼻白んでしまうのだった。そんな僕を抱いたまま、手放すのが嫌（いや）になった十六歳の若妻がいた。建築請負「清水組」の名古屋支店長の金子荘太郎の妻の須美だった。子供のような若妻は、髪を結いに来て、ふと僕を抱いてから、ふたたび下へ置こうとはしなかった。人形を買うつもりで、僕の実父母に交渉し、僕を養子の籍にうつした。実父母は、前途の方策に迷っていた時なので、子供の一人口を減らすことで、それだけ行動が身がるくなるので、手放す気になったものらしい。

十四しか年のちがわない養母は、癇性で、我儘で、派手好きな、まだ娘といった方がふさわしい女性だったが、異常なまでに好悪と、美醜の差別感が強かった。彼女は、着せかえ人形のつもりで、僕をおもちゃにした。髪をのばしておたばこ盆に結い、またくずして、稚児髷に直した。つくるきものは、女の子の仕立で、柄も、鶴の丸や、雪輪もようの友禅染の女柄だった。弱いから、女姿で育てるとよく育つというのが口実だった。二歳から五歳まで、そんなわけで僕は、女の子のように育てられ、あそびにくる友達も女の子ばかりで、てまりや、きしゃごや、おはじきであそんだ。

養母は、養父にとってはいわば、天下りの妻だった。建築界の重鎮で、「清水組」の顧問格であった佐立七次郎（彼は東京帝大工学部の前身工部大学校の第一回卒業生で、その年の卒業生は四人、辰野金吾、片山東熊、曾禰達蔵、佐立七次郎ときいている）が姪の須美を与える、有望な社員を清水満之助にはかって、金子に白羽の矢が立ったものだった。佐立も、佐立の義兄になる須美の父も、ともに讃岐藩士で、須美の父は江戸番町の藩邸の留守居役をしていた。武士の家庭の空気というものは、今日想像するような几帳面で、ノーマルな感じのものではなく、厳格なしつけそのものが、年月に歪んで不条理にみちて、実質のない誇りと、世間から受ける不当なあしらいのために非常識な、危険な性格をつくり出し、それが、なんとはなしに一触即発底(てい)の雰囲気をかもし出している。養母の性格にもそういう小心な、おちつきなさと、世間から遊離した、白痴的なおっとりさが同居していた。感情や生理に駆られれば、なにをやり出すかわからなかった。そういう彼女と、僕のような、皮を剝いだ赤むけのような神経質な子供とは、似たようなもの同士のおもしろい組合せであった。

旧来のものと、舶来のものが、そのままの姿でいっしょにいた。日本で真似て製造するより早い時期のことで、石鹼にしろ、罐入りのパン菓子にしろ、直接欧米から輸入したものが多く、ビスケットや、モルトン会社のドロップなど、ハイカラなものを歓迎しながら、家のなかは、ふるいしきたり、ふるい道徳、ふるい常識に、毛すじほどのゆるぎのない時代だった。義父の妹二人が、まだ嫁がずに、一つ家にいた。義母を加えて、三人の若い女が、いつもあつまって縫物をしたり、お茶うけを食べたり、ほおずきを鳴らしたりしながらしゃべっていたが、その内容は子供の僕にはわからないことばかりだった。今日のレコード・プレーヤに相当する、手廻しの紙腔琴というものを鳴らした。明清(みんしん)楽の月琴は、日清戦争からすたったとはいうが、彼女たちがかき鳴らしていたことを僕は憶えている。草双紙の『妙々車(みょうみょうぐるま)』や、『白縫物語』のあのわかりにくい仮名書を叔母たちが、声をあげて読んでいた。紅皿と、牡丹刷毛、叔母たちは、義母といっしょになって、僕の顔におしろいを塗り、玉虫色の口紅をつけて、おもしろがって、外をつれあるいた。映画の代りに、影絵というものがあって、それを見にいった。影絵は江戸時代からあったもので、風呂と称ぶ一種の幻燈器械で幕に映す彩色のあるうごく画で、福助がおじぎをしたり、牡丹に蝶が舞ったりという簡単なものであった。だが、その倏忽として、消えたり、あらわれたりする色鮮かで幻怪なまぼろしと、それをみてわれを忘れた子供心の感動を、いまも忘れることができない。どこか不健全で陰気なびんつけ油や脂粉のにおいのなかで、僕は成長した。二人の叔母の姉の方は、やがて東京へ行って結婚し、女の子を一人生み落すとまもなく死んだ。妹のほうは、金子の一家が、京都の支店に移る頃までいっしょにいて、夜は僕を抱いて寝た。彼女は乳房のあいだで僕を抱きしめた。その叔母も、遠縁にあたるSという社員と通じて、ある日突然、姿を消した。二人で手をとって、東京へはしったのだ。その時、僕は、五歳になっていた。金子の父は、激しくそのことに立腹して、その後ながくその妹夫婦と義絶して家の閾をまたがせなかった。

義父が京都の支店長として赴任していた期間は、僕が六歳の時から十歳の時まで、約五年間であった。岡崎公園と熊野神社に近い賀茂川べりの東竹屋町というところに居をさだめた。賀茂川をへだてて、夷川橋を渡った対岸にある銅駝小学校に入学した。そして、尋常五年生まで就学した。五年生の時に、日露戦争が勃発した。山紫水明所の美貌で、とりすましたこの町の空気をおびやかして、号外の鈴が毎日のように鳴りひびいた。物しずかな京都人も熱狂して、勝利を祝う提燈行列や、旗行列の日々がつづいた。もともと、もらわれっ子であり、親たちの気まぐれの御相伴で、赤ん坊のときから、ちやほや祭りあげられたり、忘れたように放任されたりして、感情をもてあそばれてきたために、極端な得意と、奈落の淋しさを味わわされ、感じやすい少年になっていたうえ、日清戦争に生れ、日露戦争を小学校の時に、さらに中学時代に第一次欧洲大戦を経験したということは、その過剰な刺激のため、感性のささくれ立った子供を、異常性格にするに充分な条件であったかもしれない。

京都時代で特に筆にしなければならないことは、あまり早すぎた欲情の開花についてであろう。その責任は、思春期の叔母たちにあったかもしれない。因循で、消極的な京都の町には、伝統のすえ臭さのしみついた、ゆきどころのない感情生活がおどんでいて、ひどくみだらなことが行われ、びっくりするほど平気で、人の口の端にそれがのぼせられた。殊に非生産的なこの土地の場末には、娘を花街（いろまち）の仲居に出したり、一家が戸を閉めて、娼家の雑用に通って生計を立てているようなものも少くなかった。十歳（とお）や七つの子供たちのかりそめの遊びにも、男女の接触のまねごとをするのを眼にした。

僕の家のうらは、建築の材木置き用の空地が五、六百坪もあり、大工達の仕事場にあてた下小屋（したごや）という、物置小屋のようなものが三棟ほどつづいていた。空地の囲いには、門があり、門番が住んでいた。老夫婦と、そのあいだにできた、勝子という八歳になる腕白娘がいた。めったに大工の仕事している姿はみえないで、雑草の茂るにまかせた空地は、近所の子供達のあそび場になっていた。勝子は僕と、友人の井上の二人を誘って、斜めに立てかけた材木のしたの、人目につかないかくれ場所にひっぱっていって、仰臥してきものの裾をひらいた。井上は貧血しそうになり、僕は、ひざ頭がふるえて立っていられなかった。それでも、二人はかわるがわる勝子を抱いて、このひなたくさいお転婆娘に似合わずなま白いそのからだにからだをくっつけて、すすめられるままにおもいきって放尿した。あたりまえの人間のなすべきことではなく、大人たちに知られたらどんなに恥ずかしいことかということを承知でいたので、僕と井上は、そのことを決して他人に話さない約束をした。しかししばらくして、僕は、物置小屋で十人位の男女の子供たちが、もつれあい入り乱れて、そんなあそびをしていることを知った。子供のあそびとはいえなかった。各自はもう一人前に、みだらな感情をかき立てられて、人にかくれ、外聞をはばかって、わくわくと胸おどらせて、そこに落ちあってくるのだった。父や母や兄弟たち、学友や先生たちからも叛（そむ）いて、堕（お）ちてゆくその気持は、絶望的で、一すじで、純粋で快楽の極致といってもいいくらい激しいものだった。近くの米屋の子供は、姉弟でやってきた。年が長じていたとみえた、姉は、弟の子供をやどし、それがきっかけとなって追及がはじまり、風に散る木の葉のように、そこにあつまる子供たちはちりぢりになり、材木小屋のハレムは瓦解した。やぶ虱や、白い花のたんぽぽや、きんぽうげの咲く空地の、しめった鉋っ屑の強烈なにおいとともに、なかば嫌悪、なかばやるせない哀傷をこめてあの頃のことがながく僕の心にのこっている。

だが、そんな事実は、子供達には容易に忘れてしまえることかもしれなかった。少くとも僕の場合には、そのことによる他の影響の方が問題であった。その時以来、僕が、じぶんを他人とはちがう人間になってしまったという奇妙な差別感を持つようになったことだ。それは、じぶんが親にも友達にも言えない恥ずかしい存在で、悪魔とも、鬼とも名づけようのないものになりはてたという考えであった。欲情は純粋ではげしいのに、それはまだ男女の性の観念や、性器とほんとうにはむすびついていなかった。性行為を平気でやらせる勝子のような娘には、軽蔑しか感じなかった。十歳の僕の恋愛の対象は、別の二人の娘に集注された。一人は同級の女組の級長をしていた油小路の娘だった。男組では先生たちからペットにされ、派手な人気のあった僕は、油小路の娘からも好意をもたれて、接近している機会もあったが、愛情をもつ女に対しては、むしろそっけなくしかふるまえなかった。もう一人は家の近くの、焼芋屋の二階を借りている流れものの芸人夫婦の間の静江という娘だった。油小路の娘は、役者の舞台顔のように面長な、古風な、所謂(いわゆる)、明治前期型で浮世絵師周延のえがくような娘だったし、静江の方は丸顔で、豊頬で、西洋のベビー人形のような子供だったが、貧しい境遇のせいか、いつも淋しそうな笑顔をしていた。静江の頬肉があるく時ぷるぷるふるえるのをみて、僕は、「食べたい」という衝動に駆られた。かじりつき、かみ砕いて、食べてしまうこと以外に、思慕の表現がみつからないのだった。内なる感情を誰にもしられたくないために、僕は、その頃から、二重底の人間になった。じぶんの心のなかにいる「鬼」の性をかくさねばならなかったのだ。

幼い頃の僕の愛情は、官能的で、野性のままで、僕を一人前の食人種の仲間にしあげてしまった。小さい心は荒んできて、これ以上その土地にいては、じぶん自身ですらどうなるかわからない危機の一歩手前まで来た時、天の助けのように父が東京の本社勤めによび返されることになった。

京都には、物心ついてから住んでいたので、本当にいまも、故里という感じがする。自然の美貌を朝夕ながめてくらした五年間、僕は一方で、なによりも美しいものに心を献げる人間になっていた。まだみぬ東京にゆくことは最大の魅力だった。知合いに名残りの挨拶にあるくので人力車に乗って、寺町通りにさしかかった時、花屋から生花の花を買って片手にさげてでてくる油小路の娘にばったり会った。彼女は丁寧に頭をさげて、別辞を述べたが、僕はまっ赤になった顔をみせるのが羞かしく、匆々に車を走り去らせてしまった。また、僕が、京都を去るのに、別離の悲哀で夜明けまで、枕を噛んで泣いたあいては、静江と、むく犬のロスケであった。戦争中のロシア人のことを、人々は、ロスケ、ロスケと呼びならわしていたが、ひげもじゃで、ながい犬の顔が、妙満寺に起居していたロシアの俘虜に似ているというので、誰かがつけた名であった。

第一の「血のさわぎ」

東京へ引移った当座は、東京も戦捷（せんしょう）のお祭りさわぎで街はごった返していた。出征兵士の凱旋を迎えるために、めぬきの大通り、新橋や京橋の橋のたもとなどには、杉葉でつくった大きな凱旋門が作られ、花電車が通った。馬車のうえで、微笑しながら挙手の礼をしていた東郷大将の凱旋姿をみるため、小学生の僕らは早朝から小旗を持って通りの片側に並ばせられた。銀座の三十間堀のうらに仮寓した土蔵のある家から僕は、数寄屋橋の泰明小学校に通学していた。

転校についての僕の苦の種は、京都なまりの言葉で、東京の子供たちに冷笑される屈辱だった。そこで僕はいっさい上方弁を使うまいと決心して、伝法な下町言葉の多い京橋っ子のなかで、「あります」「ございます」というような標準語でおし通したので、京都の奴あ、言葉のていねいなものだと級友たちを呆（あき）れさせた。しかし、新入生をのけものにするような傾向があって、僕は、東京の子とはしっくりゆかなかった。ちやほやと特別扱いされてきた僕の気持はそれではすまなかった。なんとかして奴らに機嫌を取らせてやろうという征服欲でいっぱいで、新しい学校のシステムにとりついて勉強をつづけようなどという考えは、そっちのけになってしまった。それに、世間の人たちも戦捷気分に酔ってうわうわしていたので、それでなくても繁華でもの珍しい銀座界隈に住んでいる僕は、そのへんにみちみちている挑発的、刺激的な空気の中で、じっとしていることができなかった。欲望はふくれかえっても、十歳の少年は、それをみたしてゆくのに正しい手だてを知らず、例え知っても、子供にわたされる小づかいでは、購買力をそそる店頭の欲しい品々を買うにも歯が立たなかった。

京都を発(た)つ頃のあの悪熱は、花の東京へ出てきてからは、今日ならばデパートや店頭で欲しいものを見てあるいては、おのれの家の貧しさをかこち、家出を考えている女たちのもつような、軽佻な欲望の方へ外らされていった。僕は、欲求するものがすぐ手にはいらないことに苛立ち、店員たちの油断をうかがって、そっと持ち去ろうとしては、ためらった。この稚(おさな)い犯罪の傾向に、指嗾(しそう)者、共犯者が現れた。京橋裏の撒水夫(さつすいふ)の息子の須賀もその一人だった。デパートというものはなかったが、回廊式になった勧工場(かんこうば)というものが新橋の角と銀座の三丁目にあった。僕が団長になり、四、五人の子供が手先になって働き、かっぱらってきた品物——色鉛筆とか、スケッチブックとか、名所絵葉書とか幻燈に使うガラス板とかいう品物だったが——を、級友たちにふりまいた。級友たちは、上方あがりの少年の気前のよさに圧倒されて、改めて僕の存在に眼をみはり、一目おくようになった。子供らしくないその策戦は奏功して、花形のようにふるまったが、毎日は内心の危殆と、風のそよぎにおののく不安におもてをさらされていた。

銀座三丁目の勧工場で僕は失敗し、警察につき出された。家人が引きとりにきて、僕の身柄は、土蔵に監禁され、土蔵のあみ戸には大きな錠前がおろされ、食事をさし入れる時だけその錠が外された。強情に僕は、前非を悔いると言えなかったので、監禁は十五日もつづいた。後悔することで、折角の花やかな夢の人生が無残にこわれてしまうような気がしたからであった。しかし、かっぱらい団は、その時で解散した。どこからもれたか、級友達にも噂がつたわったらしく、僕を避け、あからさまに目ひき袖ひきして僕を警戒するものがあるようになった。学校はまた、前とはちがった意味で居心地のよくない場所になった。

一生のうちのこうした、落ちつかぬ、なにかに駆り立てられたような状態が、これからも、三年、四年毎に周期的にやってきて僕をくるしめたが、京都以来、東京にきて、小学校の課程を終るまで、ほぼ二ヶ年間の狂飆（きょうひょう）時代を、僕は、第一の「血のさわぎ」の時代とじぶんで呼んでいる。ゆくところまでいって、じぶんがへとへとになるまでは、非常識な行動が加速度的になってゆくこの破滅的な心悸昂進のリトムは高まるばかりであった。銀座うら住いの仮寓一年の生活が終って、義父は牛込の新小川町二丁目に旧幕時代のお茶道の邸を買いとって、本格的に一家がそこに移り、僕が、泰明小学校から津久戸小学校にまたぞろ転校してからも、気狂い沙汰は下火になるどころではなかった。新しい学校では、学業をまったく放棄したといってよかった。

勧工場を荒すことは止めたが、級友たちにぱっぱっと振舞うための費用は益々かさんで、三十円、五十円と、当時の生活では充分に一家の経費として余る程の金が入用なので、その金を僕は家の黒塗りの金箱からつかみ出した。新しい小学校の子供達は、目をみはり、得分がつくので僕のいうことをきき、僕の鼻息をうかがって、ついてあるくものも多くなった。僕と、級友たちのあいだに立って僕の参謀役をつとめ、双方を上手に手玉にとって、うまい汁を吸う悧巧なFという子もいた。Fは、すでに恋人というよりも情婦といった方が似合の、染物屋の娘を籠絡して、言いふくめ、彼女を僕に提供しようとさえした。なんのためにその娘が、僕になれなれしくするのか、彼女に興味がなかっただけに自分本位な僕には、その意（こころ）がわからずに終った。僕は一級全員の四十何人の生徒を家につれてかえった。離れ家の三間の部屋で、床のぬけるような騒ぎをやった。幻燈会、芝居、余興づくし、それに賞を出したり茶菓をふるまったりするので、家の方から強硬な苦情がでて、大人数をよぶことができなくなった。秋の運動会の日に、朝早く人力車に乗って、雑誌の広告でみた下谷方面のしもたやの販売の店をさがしあてて、その頃ではまだ珍しいアマチュア用のカメラを手に入れた。運動会では、先生たちがとりあいで、実況を撮影した。放蕩者のようなうわうわしたそんな生活は、学校という几帳面な社会では抵抗の多い対立的な、容れられない孤独と、或いはまた、自棄的な、劣等感のうえにいなおった、荒野に面をふきさらされたような気持で、歯を喰いしばってでなければ一日だってすぎてゆくものではなかった。好んで何故、僕一人がみんなから浮上らなければならなかったか。性来のひねくれた性格かもしれない。そのひねくれは、僕の負けず嫌いの虚栄心に根をもっていたようだ。僕のなかにある醜い小鬼が、極度に正体をみすかされることを怖れたのだ。そして、遂に、破滅（キヤタストロフ）がやってきた。

僕より一歳年上の山越という、大成中学校一年生の友達ができた。二人は急速に接近していった。

二人は出会った日、つれ立って吉原へ行った。引手茶屋の品金という家には二輪加（にわか）狂言のとき、父につれられて行ったことがある。品金のおかみさんに話せば、登楼して女あそびというものができると、新しい友達の山越の前で広言して、東道役をしたものだったが、品金のおかみさんや、特に義父がひいきにしていたチー公という女中に、

「坊ちゃん。もう五年たったら来てくださいよ。いいですか。まだすこし早すぎますからね。今日は、これを持って」

と、五十銭銀貨を三枚渡された。二人はすごすごと大門を出て、日本堤をわたり、千束町から浅草公園まで来ると金魚釣りに心をひかれ、もらってきた金をそれでみんなはたいた。電車賃もなくなって二人は浅草から、牛込まで歩いた。歩きながら、二人の話ははずんだ。日本などにぐずぐずしていないで、もっとひろい世界におしわたろう。まずアメリカにわたって苦学をして立身しよう。明日にもそれを決行したい。では、そうしよう。明日の朝、二人で家出をして横浜にゆき、密航の機会をねらおう。話は、そんなふうに飛躍して、二人は、翌朝、津久戸小学校の校門の近くでおちあうことを約束した。

海外雄飛の思想、アメリカ渡航の者の立志伝は、戦捷で気負った国のその当時の流行のごく普通の考えかたで、小学校までもあおられていた。そんな意味ではごく無邪気な少年の空想ともとれるのだが、山越も、僕も、事情はそれほど単純ではなかった。僕としては、学校の方も早晩退校処分となることがわかっていたし、家の方の不始末は義母の態度からもすでに感づかれているらしいのがわかっていたので、そんなことがすべてあかるみに出される前に、こちらから身をかくさねばならぬ羽目になっていたのだ。山越は、山越でまた特別の事情があったらしい。できるだけの金を調達し、手放すにしのびない品をまとめて持ってゆくつもりだったが、手ちがいができて、翌朝、僕は着のみ着のままで、五銭貨一枚にぎって家を飛出してしまった。

行ってみると、学校の門外に山越が来ていた。彼も、無一文だった。偶然、そこに来あわせた同級の鈴木という少年が、二人と行をともにすることになった。彼だけには叔父の家に食客になっている辛さから逃れたいという納得できる理由があった。三人は、横浜さしてあるきだした。六郷川をわたって川崎から、鶴見へゆく街道の途中で日が暮れはじめた。季節は十一月終り、子供三人が疲れた足を曳きずっているうしろから、牛肉を東京へ積んでいったかえりの空の荷馬車が通りかかり、三人をのせてくれた。親切な馬方は、横浜までつれていって、焼芋などを買ってくれ、泊るところもないというと、納屋にひき込んだその車のなかに寝かせて上から藁を被せてくれた。朝、眼をさますと、柵のあいだから異様な黒い二つ穴の怪物がいくつものぞいていた。豚の鼻であった。三人は、横浜の町をさまよった。下駄が割れたので僕は、往来におちた草鞋をひろって穿いた。鈴木は、縄をひろって腰に巻いた。

山越の親戚の家で金を借りて、三人は、一先ず、横須賀にいくことにした。それも山越の関係の海軍中尉の留守宅にころがりこんだ。そこに一週間いてから、海軍の柔道教官の磯貝氏の家にうつって、食客になった。僕をのぞいた二人の気勢はいちじるしく下火になって、東京を恋しがりだしたが、僕一人は、毛頭引返す気がなかった。そして、二人と別れてでも、関西にゆき、そこで働いて金を貯め、神戸港からキリスト出生の地イスラエルへ行ってみようと決心していた。銀座時代のうわの空の生活のなかで僕は、銀座竹川町のプロテスタント教会で、土井牧師から、洗礼志願式というものを受けていた。説教はなにをきいても素通りだったが、キリスト教の神秘的な雰囲気と、従順なるものへの郷愁が僕をつかんで離さなかった。鈴木は、僕のキリストの話に耳を傾けたが、選書奨励会頭を父にもった山越は国粋的な環境のなかで育ったので、耶蘇など頭から軽蔑していた。僕のキリスト教入門は、多分に少年のセンチと虚栄からのものだったが、その他に西洋への憧れがあった。しかし、それも表面的な理由で、根本の動機には、稚い罪の意識にさいなまれつつ、享楽と、日々の不安のなかで、明日をもしらぬ思いで生きていた僕にも、そんなしずかさを希う気持もあったのだ。最初の「死の恐怖」を知ったのも、その頃だった。浅草六区に「珍世界」という見世物があった。雑然として骨董屋の物置のようなものだったが、雷獣の剝製とか、金眼銀眼の猫、傾城高尾の下駄とか、インチキらしいものばかりが積上げてあるなかに、小野小町の十二変相の掛軸があった。美人の小町がのたれ死にして、腐敗して骨になっていくまでの経過を十二通りに画いたもので、色界の無常を説明するための浮屠(ふと)氏のトリックにちがいないが、十一歳の少年の感傷は強くゆすぶられ、心をうちのめされて家にかえってくると三日ほど食事もせず、悲歎の末、われとわがこの腕に歯型で傷つけたりした。無常観は、少年を馴致(じゅんち)しないで、結果的には反対に、一刻をも争って、人生を享楽しなければという焦りに追いこんだ。キリスト教は遂にアクセサリーに終ってしまったが、それでも、そのことが僕の生涯にとって重大な契機となっていることは、後年になってはっきり、その足跡をふりかえってわかるのである。磯貝氏から借金して、関西へいこうという僕の計画は失敗し、磯貝氏が三人の東京行の切符を買って、汽車まで見送ることになった。アメリカにわたるという僕の書置から、すでに、全国の港々に手配されていた。磯貝氏にも、家出人ということは、はじめから気付かれていたらしいことが、あとになってわかった。出発の朝、裏山にのぼって僕と鈴木と二人、冬近い相模の海をみおろした。冬の太陽で焦げている濃い海の色が、いつまでも僕をうっとりさせた。日だまりの枯れた雑木林のなかにいると、黄金(きん)の鳥籠のなかにいるようだった。僕はそこで鈴木に翻意させて、二人で磯貝氏の眼をのがれて、そのまま旅をつづけるように説得した。山越が二人をさがしに来たので、その計画も駄目になった。東京へ着くと、三人共に、おめおめと家に戻る気にはなれなかった。鈴木の母が女中奉公をして働いている下町のしもたやをたずね、母から主人にたのんで、その夜は、女中部屋に一つの寝床を敷いて、三人で寝た。翌朝起きて、二人と別れてからも、僕はまだ、家に帰るつもりがなかった。筑土八幡の石段に腰掛けて頬杖をついて呆然(ぼんやり)としているところを、出入りの魚太の主人にみつけられた。

野宿や、放浪中の生活の不摂生がたたって僕は、腎臓を患って臥床することになった。正月も寝床のなかですごし、三月になってやっと起きあがったが、病中に、所謂「血のさわぎ」はしずまって、別の人格のように僕はものしずかな人間になっていた。僕が学校の嫌いな原因は、一時間ずつでまるで縁のない学課にうつっていくことで、とりつくこともおそく、ぬけ出ることもすぐにできない僕には、ついていけないのであった。病気中はその点よかった。一つのものに集注することができたからである。僕の興味の中心はギリシャ、ローマの歴史と、日本の有職故実についてであった。殆ど学校にも出席せず、試験もうけず、本来なら原級に止められる筈の僕だったが、学校でもさすがにもてあまして早く追払おうとでもいうつもりか、お情け卒業をさせてくれた。その四月に暁星中学校に入学した。

日本の脂(やに)と西洋の香気

中学生になってからの僕は神妙で、フランス語の初歩の単語をコツコツとおぼえ、新鮮な興味で、新しい学課にとりついた。なかんずく、自然科学が僕をひきつけた。鉱物や、植物に異常な関心をもった。成績順も五番、六番位で、優等生の部類に属していた。それに絵画については、級中でぬきん出ていたばかりでなく、一年生の時、すでに展覧会で全校の一、二を争った。好敵手は、村上三郎という少年で、やはり一年生で立派な油画の風景を画いた。

誰もが、僕の将来に画家としての大成を予想していた。その点では、義父の荘太郎がパトロン格で、子供の頃からの乱行についても、そういう理解からの寛大さで、しっかり受止めていてくれた。そこで、僕は、義父についてしばらく語らねばならない。

義父の家は、先祖代々江戸馬喰町で、庄内屋という旅館をやっていた。一町四方もある大きな旅館で、牢内から出たものの手当を命ぜられて、当主の半兵衛は、姓字帯刀をゆるされていた。徳川とおなじく十五代つづいて、義父の荘太郎が十六代目、僕がつげば十七代ということになる。上野の山城屋や、古着問屋の大黒屋とも姻戚関係にあった。維新後、家運は大分傾いていた。義父は、明治元年生れ。義父の実母が大世帯を切りまわしていたが、派手好きな女丈夫型の女である一方、浪費家で、晩年は放縦な生活を送り、浅草代地の菅野序遊という一中節の家元をペットにして、箱根あたりをあそびあいた。序遊は家にも出入りして、義父は肩ぐるましてもらって、大きくなった。一中節の段物四十段も、子供の時から教えこまれた。その序遊という人を僕も知っている。品のよい老人で、いかめしい格好で見台をおいて坐っていた。物心ついた頃、義父の家は没落し、弱冠にして、てん刻師、漆職など転々と職をかえたが、建築請負の清水組にはいって、そこでおちついた。手先の器用な、多趣味な人だったが、正直で、頑固で、融通が利かない方だった。はやくから放蕩の味をおぼえて、みずから通人をもって任じていた。生涯を通じて、それは改まらなかったので、義母とのあいだが最後までしっくりいかなかった。名古屋時代から、骨董屋を家に出入りさせた。蘭陽という、髯のながい老人が毎晩のように遊びにきた。蘭の絵を画くので蘭陽と名づけたのか、蘭陽だから蘭の絵を画くのかそこはわからないが、この老人が、骨董の手ほどきをして、手あたり次第にがらくたをあつめさせた。蘭陽のあとから、大橋瓢竹堂が出入りした。京都へ行ってからは、丸太町の近くに店を出していた佐佐木常右衛門老人が出入りするようになった。田中一圭の弟子の百圭という若い画家もやってきて、その人から僕は、つけたてを習った。義父の叔父が柴田是真の弟子だったので、粉本というものがたくさんあって、それも習わせられた。義父が東京へうつって来ると、あとを追うようにして佐佐木老人も上京した。主としてこの三人の手から買ったがらくたが、土蔵一杯になった。義父の死後、両国の美術クラブでオークションをやったところ、点数千八百点、うち掛軸千二百点、刀剣三十口、具足五着、鍔、印籠、蒔絵の料紙硯箱、浮世絵類など、種々雑多なものがあったが、めぼしいものはみな筋がわるいものばかりだった。牛込見附うちにいた風俗画家小林清親のもとに僕をつれていったのは、佐佐木老人だった。そんな環境のなかで僕は、非常に辷(すべ)りよく、日本画家という前途にむかってすすんでいくようにみえた。その後も未練を出したこともありはしたが、画家という天職に対して反撥する気持の根底もなかなか大きかった。たやすいことにはあまり興味がないという、天(あま)の邪鬼(じやく)な気持もあり、一面では、もっとはなばなしくみえる俗社会に心をひかれて、芸術家などというものの存在価値を知らなかったためもあった。西欧的なものへのあくがれも働いていた。縉紳（しんしん）の子弟のいく平民の学習院といわれた当時の暁星中学に入学したために、僕の眼前にさし込んだ光りが、上流社会の子弟の生活や気質をてらし出し、負けず嫌いの僕は背伸びして、それに対抗しようとあせるのだった。三人家族に部屋数十一、女中二人、書生一人といえば月給取りには派手過ぎるくらしだが、それでも学友達をつれてくるには、気がひけた。僕は、名門か、富豪の家に生れなかったことを悲しんだ。

　すこしも進歩的なところのない家庭で成人した僕は、義父の職業に関係ある瓦屋や、ガラス屋や、鳶（とび）職や、設計技師、その他には、義父のあそび仲間、遊芸人や、幇間など、まざり気ない旧代の思想感情の環境のなかで生きていた。年中行事は派手だったし、迷信や、ふるいしきたりは、そのまま踏襲されていた。僕の住んでいる世界は、カビと、しみと、時代のふるびと、手垢と、伝統で底光りするものばかりなので、重苦しくて息もつけなかった。義父は、いやがうえにも累積していく古物のなかで、矛盾の多い、しかも世間の釣合いとあわせた、常識人の生活をしていた。物心ついてから僕は、そういう旧（ふる）い習俗や、生活感情に、魔の淵にひき入れられるような嫌悪を抱きはじめた。草双紙や、土蔵の奥にしまってある塗りの剝げた膳椀や、長持のなかの六曲屛風やそれから、いちばん僕を厭世的にした抹香くさい菩提寺の法要や、読経や、本堂の絵馬や、大人たちの退屈な長話や、そういうものはみな、僕にとっては「地獄」の鬼火と、「死」のにおいのするものであった。

こういうもののなかで、嫌悪と悲しみの限りを味わって成人しながらも、それらはしらないあいだに僕のからだの毛穴から滲み込み、肌に染まりついて、僕の生成の一部となりはてていたのであった。そのままでいけば、僕は、明治の旧時代の人とおなじ、類別のつかない人間として育ち、その社会の人達の外面のていさいをそなえ、気質をうけつぎ、彼らと同じように世間態を合わせて生活し、ルーズな性道徳を身につけて、妻をもらい、子を育てて、今日、あるいはもっと裕福な生活人となっていたことであろう。或いは当時よくあった『梅暦』の世界で生きる遊冶郎の型にはまっていたことかもしれない。そういうものから僕を反撥させたものは「西洋」だった。「西洋風俗」が僕に、明るいのびのびとした別世界のあることを教えてくれた。旧時代的なものに反抗し、西洋的なものにあくがれる傾向は、僕の時代の多感な少年に共通な心のあらわれであり、今日まで猶つづいている宿命である。西洋崇拝に共鳴する友達は、どこの学校でも二人、三人あった。京都では、浅井忠という洋画家の息子と仲よくなって、浅井の家に遊びにいって、西洋というものの空気にふれることができた。たくさんな画集もあった。東京へでてきてからは竹川町の教会でふれる機会があった。家出をしたのも、西洋の色彩の夢が、僕を一つの夢遊病に誘ったのかもしれない。暁星中学校をのぞんだのも、その学校がアリストクラシーであるというばかりでなく、フランス人が経営し、フランス人の先生が教えるということが大きな魅力だった。

少年時代の心の闇黒のなかで、僕の「西洋」と「日本」がせめぎあった。それは、僕じしんがたたかったというよりも、僕のファンタジーを通して、二つの世界がたたかう奇怪至極な光景を、僕が力こぶを入れて眺めていたというのにすぎなかったのかもしれない。

虚栄心、浪費癖、遊惰な精神、耽美的傾向、それらは、それぞれ、「地獄」に通ずる道の途上にあるアクセサリーであった。僕は性来小心なくせに、平気で大胆なことをやってしまう。清純なものにひれ伏しながら、詐欺的心理の蜘蛛網で自身は汚れすすぼけていた。欲に渇いた所業をしながら、本心は無欲でもあった。とりわけ、他人の心の虚につけ込んだり、放縦に見境なくなったり、良心のない、底ではすこしも人間を愛していない、ある種の日本人の索莫たる実利的な心境を、幼くしてはやくも身につけながら、その一方で血がさわぎ、物に憑かれ、熱狂し、おのれをさいなんで、苦痛を快楽とするような傾向があった。僕を冷淡無慈悲な人間と思うものもあれば、熱情家で義気ある男と信じ込んでいるものもあるのは、そんなわけからだろう。そんなふうに、僕一個の人間の過去の心理を分析することは、矛盾だらけで、困難を極める仕事だが、多くの人もまた、御多分にもれないことであろう。人間を規定して語るということは、いずれにしても不可能なくらい煩雑なしごとである。微細な材料、偶然があつまって出来た、いろいろな出来事のこんがらがった糸すじをだましすかしてほぐしていって、よってきたるところをわずかにたぐりよせ、非常に奇怪にみえたり、不可解にみえたりする性格の、真実の全貌をわずかにつかむことができるのではないか。僕の性格についても、もっともっと、じぶんでは知ってほしくないことまで、あらいざらい書かなければ、結局、説明のつかないことになり、ほんとうには理解してもらえないことに終るだろう。そして、そういうことは、あながち、僕だけに特殊というわけではなく、その点、誰も似たりよったりで、僕のようにそれが外面に派手に現れない人ならば、心のなかで、幾層倍の回転をさせているかもしれないのだから。

明治、大正、昭和と、三つの時代に跨って、僕は生きてきた。明治、大正、昭和の三時代の複雑な変転に添うて生きてきたことは、やはり重要な問題で、僕の成長にも世相の変転相がからんでいて、一々にらみあわせなければわからないし、日清、日露の戦争のあいだに人となった人間ということを度外視しては、僕一個の人間を考えることができない。僕の感情の起伏の歴史は、戦争の好景気や、その反動、周囲の人間の気風に密接につながっているのだ。

中学にはいった頃は、明治四十年、四十一年という頃だったが、末年とは言え、明治という年代を僕は呼吸していたわけで、すこし、在方(ざいかた)へでもゆけば、所謂「天保おやじ」と称する、頭にチョン髷をのこした老人がたくさんいたくらいで、その明治という時代は、まだ、半分ぐらいは江戸が生きのこっていた時代なのである。東京という都会にも、大名屋敷、旗本屋敷が建ちぐされてのこっていたし、下町は下町で古いのれんや、旧家の土蔵ももとのまま、享楽場所や、社寺名物も、『江戸名所図会』の名残りを止めていた。表っつらだけが変ったようにみえていても、よいにつけ、わるいにつけ、封建的なしきたりは、ゆるがぬ地盤のうえにうけつがれていた。

マリア会に属する暁星中学のムッシューたちを通じてうけとった西洋は、フランス教会中学のつめこみ主義の教育で、勉強の他はみず、きかずというやりかただったので、僕のはじめの期待とは全くあて外れな、鬱陶しいものだった。二年生になった頃から、そろそろ、この学校に反撥を感じはじめた。フランス語ということばも気に入らなかった。そして、三年生になって、僕にもどってきたものは旧世界で、僕の肌身に滲みこんだふるいものが、すでに郷愁のかたちになってあらわれはじめた。僕は、その頃から、あんなにも僕が嫌って、脱出したがっていた旧風俗のなかに、改めてみずからすすんではいりこんでゆくことになった。

漢学から文学へ

中学生は仇名をつけることの天才だ。うす菊面（あばた）のある国語の教師には「かたぱん」、同級の月足らずのような少年には「血塊（けっかい）」、顔色のわるい黄ばんだ少年には「うんこ」、僕には、「こんにゃく」という仇名がつけられた。

漢文の先生の野間三径には、「にせ聖人」という名がついた。野間軍兵衛という、どこかの藩の軍学者の子で、父から儒をさずけられたという。三径という号の出所は、陶淵明の「帰去来辞」にある「三径荒に就き、松菊猶存す」からとったものだ。政治の腐敗をなげき、乃公（だいこう）一たび廟堂に立てばと、志、時にあわないことを、ふうくらな僕たち生徒達の前でぐちり、せめて僕らのあいだから、志をつぐものの出ることをのぞむ口吻だった。暁星のノラ息子共は、殆どまじめにきいているものがなかったが、言句が激しい調子なので、他の時間のようにさわいだりせず神妙にきいている顔をしていた。

旧世界で育った僕には、漢学がよく理解できた。簡野道明の教科書だけではあきたらず、『十八史略』からはいって、『史記』の「本紀」「列伝」をあさり読んだ。『書経』を読み、『戦国策』『春秋左氏伝』というふうに、経書よりも、むしろ史書に親しんでいった。野間三径は、僕に眼をつけて、指導した。やりたいことしかやらない我儘よりも、やりたいことしか、どうしてもやれない憑かれた性格の僕は、他の学課をすべて放擲して、学校を休んで、夏休みのあいだも朝から夜ふけまで、古書によみふけっている日がつづいた。病気欠席届を、謄写版で何枚も刷って、じぶんで作らせた保護者の印を、それもじぶんで書いた署名の下に押して、郵便で学校に送った。先秦時代の史書をあさることに深入りした結果、帝国図書館に日参し、『玉函山房輯佚書』の、「竹書紀年」や、「楚史檮杌」「晋史乗」などまで丹念に毛筆で写本した。馬驌の『繹史』を、崇山堂でもとめた。『資治通鑑』の百冊の揃い本を小さな背にしょって、神田から汗みずくになって、牛込の家までかえってきたこともあった。史書をあさることは、なにごとにもかえがたい新鮮なよろこびであった。西洋流の学問をすてて、二松学舎に入学しようと思って、そのことを先輩や友人に相談したが、おもい止まるように言うものが多かった。学校の成績はがたおちした。一つのことに傾くと他を顧みない、バランスのとれない僕の性質は、僕の一生を支配する致命的なもので、なにか愚かでもあり、それだけまたひたむきとも言えた。僕は、じぶんで、道斎と号をつけ、野間三径とおなじように、軽佻浮薄なこの時代の風潮を矯正するため、漢学の普及、先哲の精神を鼓吹するために一生を捧げる気になっていた。

　しかし、それも芯まで滲みる暇がないうちに、儒教的な考えから次第に逸脱して、老、荘、列に移っていった。就中、荘子の文の壮麗が僕をとらえ、司馬相如を愛誦するようになった。一方で、僕は、稗史(はいし)小説をむさぼり読んだ。『八犬伝』『弓張月』からはじめて、はじめのうちは読本(よみほん)をあさっていたが、合巻物から、黄表紙、洒落本まで、活字本では気がすまないで、古書展をまわったり、夜店をさがしまわったりして、紙魚(しみ)の穴のあいた原本をあつめた。僕の本箱には、漢文の本と並んで数千冊の江戸小説類が蒐集された。いま思い出しても、それは一人前な蒐集と言える。当時はまだ、そんな原本が小づかい銭で手にはいったものだ。黒本や、浮世草子のような珍しいものもあった。黄表紙も、『千石通』や、『色男十人三文』のようなよりぬきが三十冊位はあつまった。江戸末期、化政を中心とした最も爛熟した時代のデカダン文学の背後を貫いている思想は、やはり老荘の思想であった。京橋の伝も、春町(はるまち)も、喜三二(きさんじ)も芝全交も、桜川杜芳(とほう)も、おおかたの作者というものは放蕩を讃美し、吉原をわが家として、世間を茶にして、放縦無責任な日常を送りながら、みずからを通人としてヤニさがっていた。十三歳の半可通な少年は、遂に、彼らの態度(ポーズ)をじぶんの態度に借りて、廓に関する文献によって色恋のあそびにも通暁してしまったような錯覚に陥り、みずから一炊亭南柯道人と号して、十枚つづりの合巻小説を、仮名書きの七五調で書きつづった。『月翳上野夜嵐(つきはかげるうえののよあらし)』『江戸川(えどがわ)桜鬱金双紙(ざくらうこんそうし)』などという題名のものだったが、散佚して、どんなことを書いたか、筋もおぼえていない。

そのころから、このひねこびた少年は、ふたたび「血のさわぎ」をおぼえ、おもいのままに羽ばたこうとして、焦りはじめた。今度は、性（セックス）という加担者がいて、ゆく道すじを迷わないように案内した。江戸文学ばかりではない。その頃よみはじめた紅葉や、乙羽の擬古調の小説類が、思春期のこの少年の稚い（おさな）欲情をそそり立てるに役立った。『忠義水滸伝』のような伝奇小説のなかにも、潘金蓮と西門慶のなまめかしい出会いがあり、その部分にとりわけ力を入れて読んだ。儒教モラルと放蕩思想とがそのまま一人の人間のなかで同居していても、それはありがちなことであった。中学生時代に読んだ本の数はおびただしい。漢文系の固い読書をしたので、それが、軟文学まで来るには、なかなかの抵抗があったし、その頃全盛だった自然主義作家の小説にとりつくまでには、一層はげしい抵抗感を味わわねばならなかった。僕らの周囲の大人たちに読まれるものは浪六や、弦斎の食道楽の程度で、中村春雨の『いちぢく』や、黒岩涙香の『巌窟王』は、もっとも文学的なはしりのよみものであった。

中学二年生の時、夏休みを利用して僕は、はじめて、一人で房州旅行をした。木更津から豊岡の山間にはいって、鴨川へぬける横断徒歩旅行である。自然は僕をよろこばせた。写生をしたり、美文の小品文を書いたりしたが、できたら、こんなふうにして日本中を旅行したいと思った。親戚にあたる大黒屋の息子が俳優を志し、旅役者の群に投じて、日本のはてばてをあるいている噂をきいていたので、じぶんもそんなことをやってみたいと思った。

そんなふうにしてあれほど熱心だった漢文学から離れるともなく離れて、稗史小説からさらに、同時代の現代小説をあさり読むようになる過程に、それを進歩と考えるよりも強く、離反の悩みを味わわずにはいられなかった。暁星に入学してからの、じぶんが貴族や富豪の御曹子でなく、一介の月給取りの息子であるという劣等感と、そうした二の次のわが運命に対する絶望感とで、どうにもならないじぶんを、ともかくも支えてくれたものは、儒教精神の貧しくてもその志を改めない顔回への憧憬であった。その優越感が非力に思えるいまになっては、日のあたる場所の級友達をむこうに廻してはりあうためには、学問でも駄目だったし、体育でも駄目だった。むしろ、彼らとはおよそ世界のちがった「悪たれ」になってみせるより他に道がなかった。

似たような悪友達が、二人、三人あつまった。三年に進級した時から、僕は、学校へ出なくなった。朝、鞄をさげて家を出ると、飯田町の樫村という人の邸宅の塀うちで、鞄のなかの和服をとり出して、制服と着換え、友達と落ちあって浅草公園をさまよい歩き、開館のベルを待って、活動写真館にはいった。『新馬鹿大将』や、『ジゴマ』のつづきもの、眼玉の松之助や、百（もも）之助の主演の忍術映画など、また映画の他には、瓢簞池に添うた小屋に、江川、青木の玉乗りもあった。中村歌扇（かせん）の娘芝居も人気をよんでいた。三友館のキネオラマ、ルナ・パークも浅草名物だった。まばらな午前中の見物席には、僕らのような不良組の少年たちが他にも四人、五人といた。互いにあいてをさぐるような険しい眼で睨みあっているが、外へ出ると必ず、あいても立ってきて、難くせをつけた。僕は非力で、喧嘩の自信はなかったが、闘わずして制圧する呼吸をしっていたので、滅多に血を流したり、手足を折ったりという結果にはならなかった。彼らは、××団とか、××義団とかいう名をつけた、印刷工の下っ端や、無職人などでその中には良家の子弟もまじっていた。女たちがそばへすりよって来て、僕らをからかうこともあった。それが銘酒屋の女たちの場合もあり、女の不良のこともあった。そのあたりから、清島町、三味線堀へかけては、銀杏組の縄張りだった。銀杏組の女たちは、髪を銀杏返しに結っていた。友達の叔母がやっている新聞縦覧所（今日の鳩の家）が、千束町の猿之助横丁のごみごみした建てこみのなかにあって、そこの二階座敷を昼寝の場所にした。女たちが昼頃まで居汚く眠りこけているそばで、友人達が花札をひいたりした。友達の叔母は、決して女たちを僕らに近づけなかった。

「金子さんは小説家になるのなら、こんなところを性根を入れてよくみときなさい。だけど、前途のあるからだで、こんなところの女なんか買うもんじゃありませんよ」

友達の叔母の言う通り、僕はすでに、心のなかで小説家を志望していた。鏡花を卒業して、花袋、泡鳴、秋声を耽読しはじめていた時なので、好んで、そんな頽廃した空気に沈湎（ちんめん）し、まだ、小説らしい小説の一篇もできないうちに、作家気取りでいたものだった。いまおもいだすとその頃は、苦いような、むせっぽく甘いような時期だった。三学年は、二百日近くも休んだので、学年試験も受けず、原級に止められて二度三年生を繰返すことになった。転校しようと思って、他の中学の四年生編入試験を受けに、大成と京北の二つの中学校にいってみたが、試験の答案は白紙のままで出すよりしかたがなかった。学業は何一つ身についていなかったからだ。

僕の現代文学への開眼者は、新潮社の中根駒十郎だった。

中根駒十郎、加藤武雄の二人は、若宮八幡の弓術クラブで、僕とは年配のちがう仲間同士だった。強弓で知られた日置（へき）流の姿見弥吉のクラブがあった。姿見の道場には、酒井、大久保という若手の強剛がいた他、佐藤紅緑や、狩猟官の岡崎花弓もいた。千家元麿の弟の幸麿と親友になったきっかけも、そこの道場だった。中根は新潮社の大番頭だったので、なにかの話の序（ついで）に、僕が、

「いま、日本で誰の小説がいちばんいいのですか？」とたずねると、言下に、

「徳田秋声の『黴（かび）』ですよ」

と答えた。これは、なんでもない返事だったかもしれないが、僕にとっては、決定的な力のある言葉だった。『黴』をむさぼり読んだが、そのよさがなかなかわからなかった。『文章規範』や、『平家物語』の美文からは遠ざかっても、『二人比丘尼』や、『歌行燈』の名文をすてきることができなかったからだ。同級の宗田義久が、自然主義文学に

心酔していて、僕のなかにのこっている耽美的傾向を痛烈に批判し、つきくずした。むしろ僕としては、宗田に張合うために、上手を越すつもりで自分から、自分の過去を清算しにかかったのかもしれない。『ほころび』という、可成り長い小説を書いた。小杉天外を下手に真似た筆致だった。

次に書いた短篇は、題名は忘れたが、秋声よりも、むしろ正宗白鳥に似ていた。宗田が絶讃して、彼が師事している鈴木三重吉の許へもってゆくと言った。謄写版の同人雑誌を出して、級で回覧することになって、同人には、僕と宗田の他、有島武郎の弟の行郎、官能的な短歌をつくる田中又次郎（現に梅若の謡曲の師範田中千弘）、当時の内閣の文部大臣の養子の小松原健吉などであった。中学校の四年、五年は文学で明けくれた。

口ほどでもないという感ではあったが、僕は、「徹底した遊蕩児として一生をおくるつもりだ」と家人にも広言して、毎夜のように遊廓や、淫売窟に足をふみ入れた。三十回に一度位は、女を抱いたが、女遊びというものにはいつも幻滅し、若いだけにちやほやされることがあっても、二度と一人の女の顔をみにゆく気にはなれなかった。闇黒世界からくる幻影が、僕を苦しめ、若いのにもう、僕の前途は断ち切られているような妄想が、僕に襲いかかった。おおかたの大人達をも、僕は腹のなかで冷笑していた。同級の生徒などは、どれもみな、苦労しらずの坊やの集りのようにみえた。少くとも三十歳のような気持で僕はふるまい、先生の肩に手をかけて思わず、「ねえ君」とよんだりした。

それだけに、前のように荒立った反抗などは示さずに、沈潜した、一癖ありげな陰気くさい少年になってしまった。そして、コツコツ書いていた。

もう一つの導火線

どんな時期にも、僕の心の底に、くすぶった導火線をながくひいて、別な一つの精神がくぐり入りながらつづいていた。

そして、一つのものでみたされないとき、他のものが首をもたげた。その精神について僕は、話をさかのぼって、もう一度語ることにしよう。

僕がまだ七つか、八つの頃、義父は、台湾の官庁の建築の大きな仕事の見つもりのために、台湾にわたってしばらく留守をしたことがあった。義父は土着民を威圧するためにというので、あご髯を胸まで延ばして、いかめしい風貌で出かけたものだった。土産にもってかえった大きな戎克船(ジャンク)の模型や、支那風な竜の丸の刺繍のついた布類、支那芝居の人形などといっしょに、そのときイギリスの画集が一冊あった。そのなかに、いまからおもうと、たしかにゲーンズボロのシドンズ夫人の像らしい着色の挿画があり、はじめて、そのとき西洋の明るい美に心がふれるのを感じたものだった。きらきらする水と、エキゾチックな、南方の物産の強烈な香気と色彩が、いっしょにまざって記憶に植えつき、シドンズ夫人の優雅さが、僕のこころに与えた衝撃はかなり決定的なもので、感動のあまり、厭世的にすらなった。

ゲーンズボロの女には、その後、ギリシャの女神の彫像の、ややいかめしい輪廓が重なった。それが、油小路の娘の微笑の顔のうすれていく記憶といれかわった。前にも説明した通り、僕の女性崇拝のはじまったのは僕の幼い日の性的なめざめと同時であった。僕の性欲は、食欲とおなじで、女性の肉体に対する激しい食欲が、僕じしんを女性に捧げる感情とまったく一致していたことも、先に述べた。この強烈な嗜好は、僕の十歳の頃のことで、僕は、少女を輪切りにする順序を画いて、それで密かな快楽を味わった。その画を家人に見られた時、僕は、死ぬより恥ずかしいおもいをしたが、家人は、それを一笑に付して、

「おかしな画をかく子だ」

と言ったきりだった。

その頃の僕の精神状態を、僕はいまも、それほどアブノーマルとは感じていない。むしろアブノーマルなのは、僕が漢学をやりはじめて、未来の経世家を気取り出してからのことである。僕は或る種の女達を賤業婦であるということで軽蔑し、恋愛のあいてと

する資格をはじめから認めなかった。東京へ来てから最初の思慕のあいては、黒住（くろずみ）教の例祭に招かれて観た吉備舞の舞姫であった。まだ、十三か十四の少女だった。中学二年の頃のことで、僕は苦心してその少女の家をつきとめ、その家の格子戸をあけると、少女が出てきた。舞姿のときの少女は、まなじりに臙脂（えんじ）をさして、﨟（ろう）たけてみえたのに、ふだんの彼女は、ただの小娘にすぎなかった。言葉も出ずに二人はしばらくむかいあっていたが、踵を返して僕は逃れ去った。その次の意中の人は、大宮市にいた。井上愛子という豊頬（ほうきょう）の少女で、一度会ったきりで、二度と会う連絡がつかなかったが、中学を卒業する頃までその少女の忘れることのできない俤（おもかげ）を抱いていた。十三歳の少年が、中学校の制服で、猿之助横丁やオペラ館うらのどぶ板をふみながら、獣欲をあさっている姿とは、表と裏である。現実の女性は未熟なエゴイスチックな少年の潔癖から、無残に選りわけられ、階級的な非情な眼で、不条理に資格を決められてしまった。ジキルとハイドは両頭の蛇のようにみずから咬みあった。僕はじぶんのあわれな放蕩を恥じるのあまり、じぶんをこの世でねうちの少いものとおもいながらも、そんなじぶんだけがじぶんではないと一方でうそぶいていた。

　ゲーンズボロの肖像の影がうすれると、僕の、反俗精神はゆるみ、庶民的な、らくらくとした気持にかえり、それがじぶんの本領ででもあるように、厚顔無恥に、封建社会の男の立場の優位によりかかって、女たちを享楽の対象にする、妥協性の強い、いじきたない、狡猾な人間になりはてていた。

十二、三歳から十七歳位まで、僕は、三十男のするような放蕩をした。義父ともいちばんその頃折合えたのは、そのことがすでに義父の影響だったからかもしれなかった。シドンズは、笠森おせんや高島おさだの一枚絵の女に変ったかと思われた。恋愛主義は、放蕩の讃美に席をゆずった。そのよごれた性情を意味づけるのは、最初は、「通」の観念だったのが、現代文学に興味をもつようになってからは、本能讃美のけだものの思想であった。江戸っ子をもって任じていた義父は、女義太夫や、寄席のファンであった。父子が、毎晩のように、「牛込亭」の常連席に納まっていた時代がある。その頃の落語界には、円喬のような名人が生きていた。ステテコの円遊もいたし、仙気の虫の遊三もいた。講談には、典山、文車、如燕、桃林などの錚々が轡を並べていた。女義太夫の小清を義父がひいきにしていた。世話物は小土佐に並ぶものがなかった。

だが放蕩は僕を苦しめた。欲情で女を抱いているときほど、うらはらな、心のさむざむしいことはなかった。それればかりか、僕は、女たちの片輪や、醜さばかりに気がつくのだった。彼女たちは、つんぼだったり、全身に赤痣があって、それがじとじと汗ばんでいたり、正面はまともな顔でありながら横をむくと、頰から下がげっそりとそげていたり、また、精神状態にいたっては、まともなものは一人もいないようにおもわれた。話をしても通じないことがわかっていたし、約束しても、まともにとらないのでむだという気がした。神楽坂というさかり場が近かったので、妓たちが、昼間、僕の家にあそびにきた。しょうばい女が遊びにくるので、家人はびっくりした。義父は、僕を手元によんで、

「道楽はしてもいい、男で道楽もできないイクジなしではしかたがないが、高等インバイだけは買わない方がいい。それに、お前さんは、この頃、ぷんぷん香水のにおいをさせているが、そんな真似は止した方がいい」

と、イケンをした。高等どころか、尋常も金がつづかないのにと苦笑しながら、

「コートーではありません。家へくるのは、あれは、神楽坂の芸者です」

「芸者はけっこうだが、神楽坂は、コートーとあまり変りがない。気をつけないとわるい病気がうつるぞ」

とおどかした。

芸者たちは、その頃僕が習いにゆきはじめた歌沢(うたざわ)節の稽古所友達だった。師匠は、芝女太夫といって、後には芝金の番頭になったが、神楽坂で、稽古場を開いていた。芝女太夫はひどい喘息持で稽古のはじめに、じぶんで腕に注射をうっていた。

級友の小松原健吉や、後に、慶応大学にはいった時の友人柳ヶ瀬直哉などが、あそびの方の友人だった。そうした遊興は、僕の心を沈滞させ、遥かな希望を失わせはしたが、かえってまた、そのことが清純なものをあくがれさせる足場ともなった。そして、僕の

心のシドンズ夫人は、ふしぎに放蕩によって汚されることはなかった。

僕の心の底にどんな時期にも流れている別な一つの精神についての説明は、不完全ながら、よむ人になんとか納得がいったかとおもう。

そんなときに、二人の女の俤がかすめてすぎた。

一人は若宮八幡の弓道場で留守番をしていた姿見の義妹の子供で、さい子だった。心臓がわるくて、白い腕にバラ色の斑点ができていた。夜更けまで二人でむかいあって話していることがあったが、両方共臆病で、なかなか中心にふれなかった。一度だけ、唇をつけたが、それから一週間たって彼女は、厠（かわや）から出て、部屋に坐るなり心臓麻痺で急死した。もう一人は、母方の親戚の娘のT子で、この娘とも、あぶなくふれそうになって、わずかな距離の差で永遠にすれちがう星と星のように、ゆきすぎてしまった。

しかし、その二人は、どっちもシドンズの俤を宿してはいなかった。

当時の青年たちの重大なテーマの一つに、チチアーノの画にもある「精神の愛」と「肉体の愛」の問題があった。

泡鳴のいう霊肉合致は、むしろ、肉体の愛に重点をおいてそれを強調したものであった。だが当時の泰西文壇の傾向として、自然主義の時代にかわって、ネオ・ロマンチシズムの時代が来るという評論家たちの所説が行われ、青年たちのあいだでも、もっぱらそのことが話題になっていた。つまり、男女の愛の問題にしても、肉体の愛を通過した精神の愛でなければならないということなのだ。ベアトリーチェは、永遠の女性の見本として、ふれるべからざるものとされてきたが、実際には、そんな対象はイミがない、人間界に天下って来られても迷惑な存在でしかない、というようなことを、文学青年達は、まじめになって議論していた。自然主義作家たちは、はじめからそんな見本なんかに目もくれない。肉への未練、執着の他に、恋愛などというものをみとめていなかった。

青年は、肉体をもった女をまず恋する。すると、その女性は、他の女性並な生理的な肉体からひきはなされた、その肉体を崇高な美のサンボルとした抽象的な存在となり、じぶんをその祭壇の薪として惜しみなく燃やす。この神格化は、あきらかに西欧的なものであり、イシスから、イスラエルの神母、騎士達が命をもってかしずいた王妃たちにうけつがれた献身思想で、西欧的なものへの青年の魅力の源泉でもあった。僕じしんのなかにそんな女性崇拝がはじまったのは、竹川町の教会へ通った頃まで遡って、おぼろげながらキリスト教の雰囲気にふれた頃、それを雰囲気として身につけたものではないかとおもう。そして、理想のかたちとしては、シドンズから油小路の娘、吉備舞の舞妓、大宮の少女というふうに、心にふれるいくつかサンプルがあつまって、次第に形が出来あがっていったものかとおもわれる。僕の生涯にわたる愛情生活の不幸のもとも、そこにあった。

そのために僕は、よき夫、よき父となることもできなかったし、また、放蕩無残な人間にもなれなかったのだ。霊肉は、僕のなかでは、決して一つにならないで、相せめぎ、「血のさわぎ」のもととなるだけであった。

中学四年の末から、卒業の頃にかけて、新しい同級の友人が出来た。石井有二という青年で、牛込の矢来に住んでいたので、いききをするようになった。石井は顎がながいので、「ロング・チン」という仇名があった。郵便局員の父がカトリック信者なので、彼も教会に出入りしていた。彼は、西洋人に生れないで、日本人に生れたことは天地に呪うといった、たいへんな西洋心酔者で、聖母や、精霊について、倦むことなく僕と語りあった。僕には、精霊というものがよくわからなかったが、ボッチチェリの「春」の女神たちのような、または、永遠の女性に通じるたなびく霞のようなものとして、うけとっていた。石井によってふたたび僕の心のなかにつれ戻されたキリスト教は、どこか異教的な多彩さがあった。えたいのしれないその精霊は、僕の欲念を洗いきよめるかわりに、その欲念をある高さにそれを高めたのだ。シドンズ夫人の高さまで高めたのかもしれない。

僕のなかで二つにわかれていたその両端の好みは、いっしょになってふたたび一つの理想の型（タイプ）を追うようになった。魅惑は一つの傾向に集注され、その一つをえらぶために、十を捨てることを惜しまない意気込みをもつにいたる。少くともそのことは、僕の青年時代を荒廃にゆだねないですむために、大きな役割をもっていた。

僕が精霊を感じさせられるような女性は、神楽坂や、浅草の女のなかにはあるはずがないときめこんでいた。こうした女性に対する偏ったきめこみかたは、僕の青年時代を終る頃までは訂正せられることがなかったが、そのために、少くとも僕よりも常識をもった年上の友人から反駁され、僕が頑固にじぶんの見解をすてないために、しばしば言争いになった。

気位の高い僕の恋愛のあいては、ただ、僕のこころのなかで、距離をおいて眺める画集のなかの女のイマージュに精霊のベレをかぶせて神格化したものにすぎないので、現実の女が僕の目の前にあらわれ、それが近づいてくると、ひどく勝手ちがいで、こちらからあとじさりをはじめ、所定の距離にひきはなしてから、ほっとしてあいてを見直すといった調子だった。そして、女が発散する動物的なにおいを嫌悪するようになっていた。

石井との話題も、精霊や神についてとは言い条(ながら)、二人とも意中の女性について語りあい、なぐさめあっていたのだ。男になりかけた、平均のとれない、なまなましい欲情の、狭いはけぐちをそんなところに求めていたのだ。中学校を卒業する前後から、僕はもう、完全に放蕩の足を洗っていた。石井と僕は、話に夢中になって、牛込を夜の十時頃に出て、夜通し歩いて井の頭まで行ったことがあった。途中ねむくなって、藁塚のなかにもぐり込んで、一時間ほど眠って、猶も歩きつづけ、井の頭の池についたときにはまだ、化粧崩れのなまめかしい明方の星がまたたいていた。睡蓮の花がひらくのを岸辺に坐って二人は眺めた。

ドリアン・グレイとサーニン

早稲田大学の英文科の予科一年に入学したのは、級友宗田のすすめだった。僕が早稲田へはいったので、慶応にはいるつもりでいた小松原健吉もいっしょにはいってきた。松井須磨子の『カチューシャ』がはじめて公演された年のことで、英文科の学生たちは、みな「カチューシャ」の唄を習いおぼえた。関口の大滝の前の草土手に腰をおろして、僕らも大声でその唄を練習した。日高只一、吉江孤雁、片上伸（のぶる）、内ヶ崎作三郎、北昤吉（れいきち）、永井一孝（ひでのり）などが教鞭をとっていた。本科では、坪内博士が、団十郎の声色などを使って、生徒たちをよろこばせていた。早大英文科の活気のある時代で、二、三年前には、宇野浩二、広津和郎がいたし、同級には、岡田三郎がいた。僕らよりまた、二、三年あとに小島勗（つとむ）や、吉田一穂、横光利一、中山義秀などの級があったわけだ。しかし自然主義文学の牙城であった早大文科の空気は、必ずしも僕とはぴったりしないことがわかってきた。

都会に育った僕には、いなかから出てきた早大文科生たちの重厚さ、つかみどころのない茫漠とした性格にうかがいしれない底がありそうなのが、交り込んでゆけない原因であった。鶴巻町あたりの下宿の二階で、炬燵にあたりながら、友人同士手淫しあって学校へもいかず、オブローモフのような怠惰な日をおくっているものもあった。

石井有二とは、農学校へはいって、牧畜の方に専心しはじめてから自然に疎遠になってしまったので、小松原健吉が、おなじ級に籍をおいている関係もあって、新小川町の僕の家へも遊びに来て、交友を深める結果になった。彼は、劇作家を志していたが、荷風や万太郎に私淑し、暇があれば歌舞伎をみにいくというふうな男だった。女風俗をまねて色襟のじゅばんを抜衣紋に着こなして、しなをつくってあるくばかりか、女の言葉で話しかけ、性をとりちがえて男の品定めで顔を赤くしたりした。彼のそういう傾向に僕は警戒しながらも、彼と近いものを感じたのは、「耽美精神」によってであった。彼によって、オスカー・ワイルドの『サロメ』を知った。『ドリアン・グレイの絵姿』をよんで、僕の人生観にしっかりした筋金を一本入れてもらったようにおぼえた。石井との交友で根をおろした、騎士的耽美精神が世紀末的な「辛子」で味付けされ、ドン・ファンの悲壮味を備えたものであった。

これこそ、僕の若い日のスノビスムで、同級のいなかの学生たちに対する示威的態度の表示だったのだ。そして、僕の人生態度に、一つの決定を与えたものは、アルティバーシェフの『サーニン』だった。サーニンの非情の明るさで、ドリアン・グレイの人生をおくること、これこそ選ばれた、他にかけがえのない青春のつかいかたで、人生の粋は青春であり、なんと理屈をつけても、青春のほかの人生は、のこりものであり、滓(かす)であると考えたものだった。そして、ドリアン・グレイとサーニンがつくった僕の青春献立で、文学などはむしろアクセサリーで、その献立通りを実践することの方に主眼をおくべきだと思いさだめた。そこで、僕は新しく出発することにした。

僕の前に、丁度、僕の理想を如実に実践している一人の選手が現れた。前野孝雄であった。彼は漫画家の小野佐世男の叔父にあたる人で、僕よりも、三つ位年長だったが、早大の商科に学籍があった。小野はまだ、小学校の一年生位だった。前野ほどの美貌は、僕が今日まで他にあまりみない位で、その美貌にものを言わせて、それが人生のたった一つのしごとのように、彼はつぎつぎと何人でも新しい女をつくっていった。黒い手帳に、彼の知った女たちの名が忘れないようにびっしり書きつけてあったが、僕がつきあいはじめた時、すでに八十何人の、素人女の名が書きとめてあった。路ですれちがった女も、魚を釣るように釣った。

彼にならって僕も、黄色い帳面をつくった。目をつけた娘たちの名をそれに書きつけた。跡見や、千代田や、淑徳や、雙葉などの女学校の門に立って、出てくる上級の女の子たちを物色した。どこまでも跡をつけたり、その子の家のまえをうろうろしたりした。縁日や、九段の招魂社例祭などに出かけて、これとおもう娘に話しかけたりした。女蕩しのやるそんなしがない真似をしながらも、僕はそれこそ人生のもっとも生甲斐のある仕事であって、他のことはみなむなしいとおもいつめていたのである。その真剣さの故に、かえってむくいられるところがなかった。その頃程僕の生涯で、服装や、風采に浮身をやつしたことはなかった。釣上げるのに成功することもないではなかったが、相手になる相手はどれもこちらの気に入らず、約束しておいて、その時こちらから破約することになった。

一年半で早大を中退すると、上野の美術学校の日本画科の試験をうけて、合格した。歌沢節の友達の田中富弥がすすめたためであった。僕にとっては、文学も、絵画も二の次だったが、学籍にあることが、僕の生きかたのうえに便宜だったのだ。僕は、また、親しくなった人の誰にでも、僕の考えをおしつけた。水谷という男は、僕の影響で、子供のある妻を離婚して、恋人渉りをはじめた。義母の実弟は慶応を出て、電気会社に勤めたが、僕に説得されて、女から女へわたったため、妻もまた、負けてはいずに発展し、しまいには夫婦ともに肺を患って、土肥に移ってあいついで死んでいった。小松原も妻帯したが、結婚の愚を僕から説得されて、その気になり、その家庭も壊れた。僕は美術学校は殆どゆかなかったので、三ヶ月で退学になった。すぐまた慶応の英文科に入学した。野口米次郎、広瀬哲士、向軍治などが教えていた。

歌人の柳ヶ瀬直哉と知りあったのが、慶応でのたった一つの収穫だった。柳ヶ瀬もまた、僕の所説にうごいて、しきりに虎の門の女学院の生徒のあとを追った。女学生の振袖のたもとに落すつけ文を、僕はいつも代筆した。

柳ヶ瀬は、本郷に下宿していたが、下宿に遊びにくる裁縫学校の生徒といっしょになって、ぬき差しならなくなって僕に相談した。僕は、旅費を工面して一週間程、二人を房州旅行にやって、そのあいだに女の郷里の熊谷に行って、その兄というのに会った。兄が、柳ヶ瀬を養子にして、商売をするなら資本を出してもいいと言い出したので、僕はその言葉を土産に東京に帰った。養子縁組はうまくいって、本郷通りに麗文社という書店を出したが、柳ヶ瀬の胸の病気が悪化して美子という娘一人をのこして、彼は、僕のヨーロッパ旅行中に死んだ。

徴兵検査があった。体重は、十一貫しかなかった。竹づっぽうみたいなからだして、お前来年までもたんぞ、と検査官は、いまいましそうに僕を小突いた。丙種だったので、僕はほっとした。

そんなひよわなからだをしながら、僕は、喧嘩っ早かった。手紙をやった女の兄から挑戦状が来ると、簿記棒をもってその兄に会いにいった。前野の姪のところへ手紙をつけた男に会って、二人でその男を江戸川に投げ込んだり、じぶんたちの行為にてらしてみてずいぶん辻褄の合わないことを平気でやった。犬殺しとわたりあって、弓懸（ゆがけ）をした手で怪我をさせ、家にねじこまれたり、大工や馬方などをあいてにしてあばれ廻ったりした。力もなく、自信もないくせに、強っ気だけで腕立てを好んだ結果、早稲田の近くの古寺のなかで壮士たちの喧嘩にまきこまれた時うしろから棒でなぐられ、昏倒したことがあって、それ以来、無謀なうさ晴らしはやらなくなった。

心がすさんでいったばかりでなく、肉体の衰えもひどかった。夜は不眠だった。眠ると、盗汗（ねあせ）をかき、悪夢をみつづけた。「死の恐怖」に脅（おびや）かされながら、本来のめない酒をのみに出て、二時、三時頃まで、神楽坂あたりをふらふらさまよいあるいた。そこで、坂本紅蓮洞（ぐれんどう）や、中野という本職の泥棒と友人になり、二十銭、三十銭の金をたかられた。夜ゆくところのないことで、彼らと共鳴した。これまでの友人たちは、だんだんよりつかなくなった。僕がよりつかないようにしむけたのだ。それは生きのびてゆくものたちに対する、はげしい族妬心に狂っての所業かともおもえた。そして、だんだん報復的に、悪魔的に、猶も、女たちを冒瀆しようという悲願のようなものが、永遠の女性をさがすという当初の願いにいれかわって、そこには欲情や愛の翹望（ぎょうぼう）さえも見出されなくなった。どうして、そんなことになりはててしまったのだろう？　それは、宿痾（しゅくあ）と、早晩死ぬべき予想からであった。

遂に、僕は病床に就いた。二十歳の頃のことだった。

人はみな、その頃の僕を狂人あつかいにした。僕じしんが、今日ふりかえって考えてみても、あんな若者が今日までよく生きのびてこられたものだとふしぎにおもう。あんな青年は、その後、僕の周囲には一人もいなかった。明日のプランというものがまるでなかった。どういうことをしたいという先の見通しもない。計画的なことは、無意味であり、すべて下らない辛抱であった。学校の講義などは、拷問だったが、さりとて、遊ぶことで心がなぐさまるわけでもなく、ただ、苛々としているだけで、救われる時は、睡眠薬で昏睡している時間だけだった。女性に対しても、しまいには、だんだん面倒になり嫌悪と敵意しか湧かなくなった。衝動的に愛情をかき立てても、すぐあいての顔を見るのもいやになった。約束しても、きまって、その約束を反古にした。例え会っても、話すことがなく、痴呆のようにじっと顔を合わせていたかと思うと、突然、うしろをむいて、トットッとかえってしまった。女は、侮蔑されたとおもって離れていった。女から離れて一人になると、嗚咽しながら街を走りあるきたかった。遊び場所の女たちのところへ行ってみることもあったが、障子の蔭から呼び込む女たちをみていると無性に腹立たしくなってきて、「もっと、すっかりと顔を出せよ」と叫んでいきなり障子の紙を下から引裂いた。叫び声がおこって、男たちが多勢追いかけてきたので、僕は迷宮のような抜け路を、こっちへぬけ、あっちへ逃れて、やっとのことで安全な場所へ出ることができた。

僕がいま、得々然と人前ではしゃべれないような、じぶんのろくでもない青年時代の、多少狂気じみた、愚かな所業を、くだくだと話してきたのは、どう考えても、ああした「血のさわぎ」が、なんのきっかけで、どういう理由で、周期的に僕の一生にくりかえしくりかえしやってくるのかが、合点がゆかないからだ。僕の血縁をたずねてみると、投機的な実父の系統に、事によるとそういう血が流れているのではないかともおもうのだが、僕の兄弟達は、もっとおとなしい人間ばかりが揃っている。むしろ、後天的な、僕の育った刺激的な環境のせいではないかとおもう。明治末年から大正初頭にかけての戦争で一流国になった日本人の「虚栄」が、精神の虚弱な、感じ易い少年の僕を、異常に駆り立てて、から廻りさせた結果が、実社会の生活に適応しない、平均のとれない人間をつくりあげてしまったのではないかとおもう。

「明治」という荒地の中で

肺尖カタルという病名で僕は、三ヶ月寝た。その頃僕は、保泉良弼（よしすけ）、良親（よしちか）の兄弟と交際するようになった。保泉を僕に紹介したのは、中条辰夫だった。

この文学青年の一団は、『明星』を主流とした日本詩歌のロマンチシズムの後塵を拝する時代の人たちで、殊に保泉の兄の方は、『東京景物詩』時代の北原白秋のディレッタンチズムに心酔していた江戸趣味の文学青年達だった。その仲間には水上おぼろ、森れじな、福田辰夫、邦枝完二等がいた。彼らは吉原仲ノ町の引手茶屋を発行所にして、雑誌『丹前』を出していた。おいらんの重ね草履にまねた石駄を作らせて、得意になっていた。江戸趣味というものが、自然主義のリアリズムに不満な、若い文学青年のあいだでかつぎ廻されていた。ドリアン・グレイの僕は、すでに江戸からははなれていたので、話がしばしばもつれたが、その後良弼はトルストイアンになって、僕との論争は、妥協点がなく、会うたびに口角泡を飛ばすというありさまだった。弟の良親は、か弱い抒情詩人であった。中条は、ドストイエフスキー心酔で、耽溺的な、重苦しい性格の青年だったが、このグループのなかで、いちばんながく僕との交際がつづいた。彼は、日比谷図書館に勤めていたが、おなじ図書館に、秦学文や、ロシア文学の原久一郎がいて、交際はその人たちの方までひろがっていった。

死を待つような気持で僕が病床にいると、保泉の弟の良親が毎日、見舞いにきた。彼は僕にじぶんの詩をみせた。詩人というものと交際するのは、それがはじめてであった。その頃まで、僕は、詩とは無縁だった。『古文真宝』の詩の部や、唐詩、『遊仙窟』『寒山詩』のようなものは、漢学時代に親しんだことがあるし、短歌や俳句は目にふれて、まねてみることもあったが、現代の詩だけはわからなかった。島崎藤村と、三木露風ぐらいの名は知っていたが、よむ興味もなかったし、どっちかというと新体詩というものは敬遠していた。

若々しい情感を盛った良親の詩は、病後の感受性の鋭かったせいか僕の心にしみるものがあった。予後の無聊をかこっている時に、まねごとのでたらめな詩を作ってみせると、良親は、激賞した。じぶんとおなじ路にひき込もうとする彼のトリックかもしれなかった。

約三十篇ばかりも、僕の詩が出来た。それはみな、良親の詩からヒントをえた、いわば彼の模倣のような作品だった。良親の詩は、「春駘蕩と、さくらしぐれに陽はかがやき」という文句をおぼえているきりだが、いかにも彼の人柄のわかる、純真で、哀しげで、サンチマンタルで、しかもゆたかな、のびのびとしたところのある作品だったように記憶している。僕の書いた詩はおぼえていないがお話にならない位、幼稚なものだったろう。

いずれにしても、良親がいなかったら、そして、僕が病気にならなかったら、僕と詩とはいまだに無縁だったかもしれない。

むろん末始終、詩をやるつもりで始めたわけではなかったが、三ヶ月程で、病気が治って起上ってからも、時々、詩書をよむようになった。小松原が、荷風の『珊瑚集』を貸してくれた。鷗外の『沙羅の木』、与謝野寛の『リラの花』などの翻訳詩集をよみあさった。ボードレールの詩に、もっともふかい血肉のつながりをおぼえた。アーサー・シモンズの象徴主義に関する評論をよんだ。日本の詩人の作品で最初によんだのは、人見東明の詩集だった。白秋、露風もおいおいによみふけっていった。暮鳥の『聖三稜玻璃』が刊行されたので買ってよんでみた。ゆきがかり上、少し深入りしすぎた詩から、なかなか抜け出すことができなくなってしまった。黒田忠次郎、遠藤清平、荒川吟波などが出していた新しい俳句雑誌『射手』を愛読して、黒田に会いに行った。保泉良弼は、黒田の詩をみて、新しい詩の路をそこに見出した。

僕の小説の制作のブランクに、詩が割込んできて、根をおろした。しばらくは、熱心に詩にとりつかれて、書きつづけた。室生犀星や、川路柳虹、福士幸次郎、日夏耿之介などの新しい有能の新進詩人たちが、白秋、露風にかわって、日本の詩壇の中心的な存在になろうとしている時代だった。雑誌『感情』が創刊され、萩原朔太郎の「三木露風を撲滅せよ」という論文が出て、世論が巻きおこされた時である。

僕は病気のあとで、もう、学校へはゆく気がなくなり、慶大文科も一ヶ年でおさらばして、ただあてもなくぶらぶらしていた。僕の病気をした翌年の五月、義父の金子荘太郎が、胃癌を宣告され、当時まだ切開手術の方法がなかったので、死を待つばかりになって、自宅でねていた。隣家の食客の相場師くずれの西村某が、義母と通じて、境の塀をのりこえては、しのんできた。そのことが、近所の評判になり、義父の親戚の耳にはいったので、義父あてに、差出人なしの忠告の手紙がまい込んだ。義父は、頑固な性質もあったが、この期に妻の裏切りを信じたくなかったのであろう、あくまで、中傷ときめて問題にしなかった。親戚達は、養子の僕と不貞の妻に、折角の財産をめちゃくちゃにされるのをおしんで、生前の義父に反省をうながそうというので、日糖事件の弁護士で名をうっている柴崎某に一任して、瀕死の義父と膝詰談判をさせた。義父はそれもはねつけた。

切迫した、重苦しい空気の日々がすぎた。義父の病気には、看護婦がつききっていた。八月にはいってからは衰弱が激しかった。義母は西村と二人で部屋にこもっていたし、僕は、僕でおおかた外出していた。お義理のように見舞いにゆくと、義父は、掛物を替えてくれと言った。生涯のうちに買いためた蒐集品におさらばがしたいのだろうと思って、僕は快く、彼の言う通りにかけかえた。蘭陽や、瓢竹からつかまされた偽物とは、僕も義父もしらないで、探幽や、啓書記や、友松の大作を床いっぱいにひろげた。庭の糸萩が咲きみだれていた。すでに、「死」については、僕は、相当つきつめた、冷酷な感じかたをもっていた。義父に対する愛情や、同情は別にして、僕は、僕の身辺に起りつつある新たな女たちとの交渉に没頭していた。

僕の家の前に引移ってきた浅利の娘の君子とのあいだに、新鮮な愛情が生れようとしていた。人眼をしのんで二人は散歩したが、親代りの姉に気づかれて、出会うことさえむずかしくなった。君子は、淑徳女学校に通っていた。その心のいたみをまぎらすために、数学教師の姉妹娘の妹の方の白井マツ子にはたらきかけていた。僕の家には、親戚達が泊りがけであつまっていた。従妹の秀子と、となりあって寝る機会から、肉体交渉をむすんだ。そのためにかえって、うとうとしくなった。嬢ちゃん婆ちゃんと仇名をつけた、顔立のよいために年齢のわからない看護婦がいた。その看護婦とも、簡単に肌をふれあってしまった。そんなうわの空のあいだに、父は死んだ。それは十月にはいってからであった。君子のほかは、誰にも愛着をもってはいなかった。

義父が死んでから、義父の親戚が僕に改めて面会を申込んで、僕の相続に不当を言立て、頭から威嚇してかかってきたが、もはや、そんなことにおどろくような僕ではなかったので、こわばった微笑をつくりながら、強気で通して、追いかえしてしまった。問題は義母にあって、はっきり義母が年下の西村に食いものにされたことはわかっていたが、例えそうなっても、僕としては、立場上義母と争ってまでわずかな財産にこだわろうという気になれなかった。そこで、家を売った金や、両国の美術クラブで売立てして、骨董品書画類からえた金を、はっきりではないが、心づもりとして義母と折半することにしておいた。義母の金がずるずる減っていった。僕の方も負けないで蕩尽した。二十万円にみたない金だったが、現在の金に換算すれば二千万円以上となるから、相当使いでがあった。仕事に手を出して失敗でもしなかったら、それほど早く使いはたす金高ではなかった。西村は、山師医者の華岡某と組んで華西商会というものをつくり、あぶなっかしい事業をはじめ、神楽坂や富士見町を根城にして遊興したし、僕の方はさんざん失敗して、猶こりることをしらない実父が、満洲から東京神田に引上げてきていて、僕の金に眼をつけて、二十年ぶりで僕の前にあらわれ、これほど有利で安全な金の利殖法はないと、千万言して、一万また一万と、僕の手元から金を引出した。いうまでもなく何一つ芽をふきはしなかったが、大きな期待をしていたわけでもないから、「気にも止めなかった」というのが正しかった。

僕じしんは、意味もなく放埒なくらしをつづけていた。街を歩いていても、ふと旅がしたくなればそのまま、当時まで女中一人を使って一つ家にいた養母などには知らせもせず、汽車に乗って、二晩でも三晩でも、時には一週間でも留守にした。岐阜大垣辺から、関西方面が多かったが、時には長崎から、舟に乗って五島の福江島にわたったりした。

すべてが目的のない行動だった。シドンズもさがしあてず、ドン・ファンにもなれなかった僕は、荒れる血をしずめるための小説のしごともものにならず、ただ病身と、いたずらな精神の疲労感、不安感、みたされないための、周囲への八つ当りで、自己の抑制や、秩序への情熱などにはまったく欠けた半ちくな人間になっていた。一口に言えば、精神の未熟さに帰してしまえるのだが、その未熟さには、あの「時代」から背負わされたものもあることを無視できないとおもう。個人は、いつもその時代の犠牲者なのだ。僕一人の形成には、義父や義母をはじめ僕の周囲にいた多勢の助力があずかっている。その義父は、典型的な江戸庶民で、八笑人や、蜀山人の笑いで、むずかしい問題をかるくいなすことが、手際のいい生きかただと信じていた。非常識な程、常識を尊び、共通のモラルに立とうとする気概はないのに、職人的な片意地だけを押し通した。

妻の姦通（女の方だけに過重な姦通罪が、敗戦で改正になるまで日本の法律に存在していた）というような事件を前にしても、義父はそれを判然（はっきり）と視る勇気がなかった。そして、それに眼をつむっているあいだに、好都合に事がはこばれることを漠然と待っていた。世間の人情がさしのべる手を期待していたのだ。義母にしても、世間が大目にみて宥（ゆる）してさえいる男の放蕩に対して、みすみす損口な女の放蕩で報復するしかなかったのは、やはり未熟さの悲劇であった。

なにかにつけて、明治という時代は大味な時代だ。『金色夜叉』や、『乳兄弟』にでてくるような人物は、必ずしも小説中の人物ではなく、粗雑（ラフ）で、浅墓さに似た単純なその性格に当時の人々がふしぎを感じなかったのでもわかるくらい、それらの小説は、明治気質のすくなくとも主要な一面をうつしていたのだ。

僕らの知っている明治の人達は、封建時代のままのモラルやものの考えをうけつぎながら立身出世と金力万能主義を、このんで口にする人が多かった。養子の僕が、一高にはいり、帝大の工科を出て、父業をつぐものと人はおもっていた。少年時代の僕の画才をかうものは、僕が寺崎広業を志すものときめていた。小説を書き出したときくと、「小説家になるなら、せめて、村井弦斎か、浪六のような大小説家になりなさい」と意見をした。そういう人達の意に添えなかった僕は、失望され、見放され、くずあつかいにされるより外はなかったし、僕じしんも、義父ののこした金のあるあいだは、それで生活しながらじぶん勝手に振舞っていればよかったが、金がなくなるに従って、肌寒さが迫ってきて、どうにかしなければならないという焦りも感じながら世間知らずで打つ手は何一つなかった。

そんな僕の前途の影のうすさに対して、義父は、しつけることをしなかった。寛大といえば寛大だが、殆どふれようとしなかったともとれる。義母は、病的な癇性で、愛憎の変化がめまぐるしく、彼女の意をむかえるためには、どうしたらいいのかまごまごするばかりで、しまいにはどうでもしろと、投出すよりしかたがなかった。通俗的な解釈をすれば、正常な愛情のない家庭で育った僕の、幼い頃からの荒れかたは、充たされない愛情をもとめるためのごく自然なうごきということになるのだろう。だが、それだけのことともおもえない。僕の周囲から影響されたものは、均等のとれないあの時代の精神であって、義父も、義母も、その他の人々も、成長をゆがめられた個々の犠牲者にすぎなかったのだ。

戦捷で調子にのっていた日本人は、「チャンチャン坊主」を軽蔑し、支那人のあるいているうしろから、子供に石を投げるようにけしかけた。須藤定憲という壮士俳優が、日露戦争劇をやったのを、親達と見にいったことがあった。露探（ロシア側の日本人のスパイ）が出てくると、怒号し、残虐な最期をみると、おどりあがって快哉を叫んだ。女たちまでが、「死ねばいい」「殺されちゃえ」などと口に出した。子供の僕には、怖ろしく、悲しいことで、はらはらしながらじっと眼をすえて舞台に見入っていたものだが、そういう人々のなかで成人してゆけば、僕一人が例外な人間になるということはちょっとむずかしい話である。こまかい心づかいや、おもいやりのある、ヒューマンな考えかたの人が、あったとしてもおしのけられただろう。明治の不毛磽确（こうかく）を、義父も義母も心に抱いたままで、死んでいった。僕も、その荒地のなかで、非実在の恋人たちの幻影を追った。

なにかが出発点でまちがっている。なにかのひどい犠牲になって、じぶんがここにいる。そういった感じは、二十代のはじめからずっと僕の心をしめつけていた疑念であった。青春時代の異性との対決に、僕のように悲劇的に、苦行し、捨身して、いっさいを投げて立ちむかった愚者もまた、少いだろう。その当時、僕とあまり年齢のちがわなかったその女たちは、おそらく死んだものも多いだろう。生きていても、六十歳を越え、七十歳に近い老女たちである。彼女たちが、僕をどんなふうに誤解していたって、それはしかたがないことだ。じぶんのことばかりしか考えていなかった僕は、彼女たちを毛すじの程も理解しようとつとめなかったし、彼女たちは彼女たちで、じぶん達が僕をそんなに苦しめたことに気づかなかったろう。ともかくも、その時の失敗感は、ながく僕の一生に劣等感となってのこり、僕が今日猶、ろくろくとして志をえないこと、この人生が不平不満でいたたまれないこと、かんじんな土壇場でいつも、充分な自力が発揮できないことなどにつながっているようだ。どんなに僕が上手に詩をつくれる時がくるとしても、それだけで償いがつくとは考えられない。僕のやりたいことは別にあって、その機会は永久にのがしてしまった。文学者や、芸術家でいくらえらくなってもしかたがない。政治家や、軍人でもない。商人でも、冒険家でもない。僕はただ、絶代の美貌にめぐまれて、それが衰えぬ若さのあいだに死にたかったのだ。それであれば、恋愛すらも、不要なものだったのだが。

第二部　「水の流浪」の終り

デモクラシー思想の洗礼

文学をやりはじめてから、何度となく、その時代の主流となっている風潮と面とむかって、否応の対決をしなければならない。そのような経験を誰しもがもっているだろう。僕の前半生にも、そのような大きな風潮が二つあった。その一つは、『白樺』派の人道主義で、他の一つは、社会主義思想だった。そのほかにも、小さな波はあとからあとからうち寄せた。半獣主義だとか、野村隈畔(わいはん)だとか、メーテルリンクの神秘説だとか、ベルグソン、オイケンの哲学だとか、サーニズムだとか、なにかしら新しいものが花咲いて、文学は、パッと明るくなった照明のもとに一とき「はやりもの」心理の青年たちをひきつけた。

仲間の話題からのけものになるまいとして、僕らは、無理にも理解しようとして、爪先立ちで、それらにとりついたものだった。

中学時代から僕を悩ましつづけたものは、『白樺』派の文学運動だった。貴族の御曹子たちがスクラム組んでおし出してきた。気負ったその文学に対して、それほどふかい理由もなしに僕は、はじめから反撥を感じていた。目の仇にするということは、それだけ手元にふみ込まれて、脅威を感じているということだった。

軽はずみと、無定見のなかで、プランクトンのように跳ねまわって、はかない自個の優位を誇るためにおのれを偽装することに尊い情熱をつかいはたしてきた僕は、真実を探求することよりも、虚栄心をみたす目的で、文学をはじめた。こういう自個をまもるための反撥だった。僕はまた、病弱で、神経質で、一面、大勢に逆らうという損口な性質をもっていて、じぶんを窮地におくことに、かえって生甲斐を感じるといったところがあったので、『白樺』党の文学青年に会うと、酒くせのわるい男のように、因縁をつけることを忘れなかった。もっとも活潑にわたりあったあいては保泉良弼だった。美以外に芸術の目的もなく、人生の目的もないと主張する僕の頑強さにさすがに辟易して、保泉は、

「君の言う美というのは、僕のいう愛のことなんだな」

無理に妥協させて、話の鳧（けり）をつけた。

一夏、石井有二と二人で、大島旅行をおもい立ったことがあった。元村の漁師の家に、二人で自炊しながら、一ヶ月程滞在した。大島はまだ今日のような観光地ではなくて、

道の木蔭になったところには、五匹、六匹ずつ蛇があつまっていた。長いペン軸を作ろうとおもいついて、僕は、海岸の砂っ原を走って烏蛇（からすへび）を追いかけた。登山路は、蛇が木の枝からぶらさがっていた。海岸の松林のなかで、坂本繁二郎という画家が牛を画いていたのに会って挨拶して通ったり、しばらく画を見ていたりした。差木地村には、加藤純之輔と、小山敬三がいた。春陽会の画家たちだった。加藤は詩も書いた。東京へかえってからも、加藤との交際がつづいた。芸術家気質で、自我の強い彼は、内という字のなかの字が人か入かということで、朝の十時から、夕方まで僕と議論をした。数百冊の書籍を積上げて、お互いに証拠をつきつけあったが、人になっていたり、入になっていたりしてなかなかはてしがつかず、また明日という約束をして、もの別れになった。

加藤純之輔と、小山哲之輔、坂本由五郎、僕と四人で、詩の同人雑誌を出す相談がもちあがった。『構図』という題名を、加藤がつけた。小山は、暁星中学からの友達だったが、坂本という人がどんな人だったか、誰の知合いで一緒に雑誌の仲間へはいってきたのか、記憶がない。小山は、萩原朔太郎張りの器用な詩を書いた。加藤の詩は、色彩的で、個性がつよかった。同人たちは、いずれも天狗揃いで、理屈ばかり栄えて仕事がはかどらず、二号を出すまでにいたらないうちに、ぽしゃってしまった。

詩人としてばりばり仕事をしてゆくのかとおもっていた加藤は、その後、画の方もいっしょにすっぱりと止めて、専門の牧畜の仕事の方に専念した。小山も詩を止めてしまった。彼が詩をはじめたのも、保泉たちの影響らしい。彼は、歌がるたの選手である他、性来ばくちめいたことが飯より好きで、花札をやったり、麻雀をやったりして、一生をぶらぶらあそびくらして、今は経堂の病院で老人結核の療養をしている。

　義父の死後、僕は、しばらく神田の方の病院にはいった。喀痰検査の結果は陽性だった。僕は、他に所在ないので詩に打込んだ。保泉兄弟も死に、小松原も遠くなってしまったので、詩について語りあうあいてもいなかったが、それまでくらかった現代日本の詩人に就いての予備知識もだんだんついてきた。誰々が詩人で、どんな傾向にすすんでいるかということもわかってきた。

　いい加減に病院を出ると、僕は、病気に対する必要な養生もまったく怠って、あいかわらず夜ふかしをして、ほんの寝るためにしか家へは帰らなかった。新小川町の邸宅を手放してから小日向水道町の、川べりの家に養母とともに移り、そこからまた、赤城神社の崖下の日当りのわるい借家にうつり住んだその時は僕は義母と別になり、彼女は情夫と新小川町の借家に納まった。

　中条辰夫がしげしげとやってきた。彼は僕のもっていないいろいろな素質をもっているので、彼によって僕のなかに新しい視野がひらけた。彼は、ドストイェフスキーに心酔していた。僕とは、全く異質な人間だった。女体に溺れて、生死を越えた涅槃（ねはん）にはいることを人間の理想として、しきりに僕に説いた。粘液質で、暗くて未練がましい性質だったが、彼といっしょにいると生温かく、ささくれた浮世の風を忘れることができた。彼といっしょに、大垣から、京都方面を旅行した。彼から、雑誌の話が出た。『魂の家』という標題は、彼が考えた。僕と中条で編集して、この雑誌は、三号まで出たが、体裁から内容まで、中条のこのみだった。執筆者も彼がつれてきて、原稿の取捨も彼の一存だった。秦学文、佐野袈裟美、原白光（久一郎）などの他に、その頃うり出してきた吉屋信子の原稿ももらった。須藤郁子、青木しげ子など、女流の作品ものせた。詩や、小説や、雑文がにぎやかな感じであつまっている雑誌で、僕は流行のデモクラシーまがいの詩を書いていた。

すでに白秋、露風、朔太郎などのにおいのついた日本の象徴派の詩から脱却していた僕は、社会主義思想の先乗りのように、当時奔流の勢いで日本の思想界に流れこんできたアメリカ・デモクラシーにとびついていったものだった。

ホイットマンの「娼婦」にうたいかけている詩が、僕の耽美主義的、エゴイスチックな女性観を粉砕した。僕のなかで、職業による女性の階級的差別の横木が引きぬかれて、僕は、暗室から、いきなり目もくらむ白日の広場に、からだごと投出された。ホイットマンにつづいて、僕はエドワード・カーペンターの『民主主義の方へ』を耽読し、世界の広さを取戻した欣(よろこ)びを味わった。カーペンターの詩を紹介していたのは富田砕花だった。どういうきっかけで、富田と直接交際するようになったか、いまはどうしてもおもい出せない。ワイルドを猿股のようにふみぬいてデモクラシーの襟章を胸につけるようになったのは、うつり易い青年の日の気まぐれだけではない。この全く血統のちがった、相反する二つの考えは、僕じしんとしては、それなりに移ってゆく必然性があったのだ。僕じしんのなかに培われた老荘の平等思想、乃至(ないし)は支那風な「王侯将相なんぞ種あらんや」の考えかたが、暁星中学時代のアリストクラシーに対する対抗精神の支柱となったものだった。暁星の貴族主義への抵抗は要するに、羨望と卑屈からきたもので、それはそのまま裏返して、わが身のひけらかしにしたのである。また、僕の「死の恐怖」というよりも「死のまわりの悲哀のムード」というにふさわしい情感的な絶望感が、僕の進取の精神を蝕んで、諸行無常が僕を放逸にみちびいたことは、前にも述べた諸行状で納得がゆくこととおもう。青年の前途が蝕まれだした大正初期の第一次世界大戦のあとの、ゆきづまりの時代にさしあわせ、僕の安物の貴族主義は崩壊せざるをえない道すじをたどるのだが、それまでにはまだ、幾多の紆余曲折を経過しなければならなかった。

デモクラシーは、僕にとって、辿りついた駅亭であり、水飲み場であり、ほっとした息つぎ場であった。『民主主義の方へ』は、むすぼれ解けない観念上の錯綜の糸を、どこか仏教的な平等に似た精神によって、解きはなち、断ち切り、地球上にあるものすべて等しき価値をもっていることを力説したものであった。ホイットマンは、大統領と波止場人足とが本来おなじ価値であることを、やや天降(くだ)り風なのびのびした立場から、情熱をこめてうたっていたが、カーペンターは、その情熱をうけつぎながら、さらに精緻に論理づけ一般常識にまで定着させて、会得させようとするところがあった。僕らは、そこで過去のゆきがかりの荷物をおおかた放棄せねばならなかった。闇夜の低迷から、光りの場につれ出された僕は、眩暈し、自個の表現を見失って、おしつけがましい主張ばかりで内容の乏しい模倣的な作品を濫作した。

　柳宗悦のブレーク研究に傾いたり、白秋の『白金之独楽』や、ゴッホの画集に共感したのも、おなじ心境の変化からで、それはまた、僕の健康とも大きな関係があった。覚悟していた胸の疾患が、その後の不摂生にもかかわらず進行の模様がなく、瘦せ枯れてはいても体力に自信がついてきたので、再生の充実感があふれていたためであろう。

　少くなってきた家産を盛り返すために、鉱山に手を出した。カーキ色コールテンの猟服をつくって、腰に鳶口の子供のような石割りをぶらさげ、売りかたの技師に案内されて、群馬や福島の境の山また山をみてあるいた。三日で二十五里も歩いてへとへとになりながら、不死身のような鉱山技師のあとについていった。

「この下は、みんな満俺（マンガン）ですよ。そうですね。ことによると一千万噸（トン）位あるんじゃないかとおもいますよ。そうしたら……」

「そうしたら……」と僕もいっしょに勘定した。たちまち三井・三菱につぐ財閥だった。売り主は百姓だった。百姓といっても、農事は蹴ってしまって、露頭をさがしあるいて、出願したものを、亡者どもにうりつけるのが商売ののらくらものだった。そういう連中が上野の駅前の旅館に何人となくごろごろしていた。みんな鉱区図をもって、いい客を持ち、うれるまでは、高い旅館代をためて、頑張っているのだった。

群馬県の鹿沼からはいった山地で、仕事をはじめることにした。金の取引がすむと売り方の百姓たちが、いなかの遊廓のようなところへ僕を招いて、飲めや唄えの大騒ぎをした。それから飯場生活がはじまり、朝は葱（ねぎ）の味噌汁、昼晩は、塩秋刀魚（さんま）と判でおしたようなおなじ食事が一ヶ月もつづくと、そろそろ辛抱ができなくなった。ダイナマイトに火をつけるのも僕がやったし、夜は、ダイナマイトといっしょに寝た。秋口から冬のはじめにかけて、あの辺りは冷気がきびしかった。柿の実がみごとになった。鉱石は出ることは出たが、まざりものが多く、選鉱して、積出すと、運賃とさし引いて、採算が合わなかった。

一九一八年、僕が二十三歳の年もくれると、鉱山の仕事もおよそ先が知れてきた。この仕事で金を失ったばかりでなく、その他にえたものといったら、百姓たちの奸智と、陋劣（ろうれつ）さを知ったこと位だった。

顧みると、僕の青春は、ただざわがしくて、底が浅く、その上光りが足りなかった。することはなにもかも中途半端で、一物をもえず、半生をむなしくわるあがきをしたという感がふかい。そして、僕ほど、馬鹿正直に、時代の表相に翻弄されるがままになり、頑なに主張し、そのために若い日の生命の実体をおろそかにしたものも珍しいかもしれない。書いたものもすべて、空虚なお題目に終った。濁流に流されながら僕は、文学という浮華な板子にすがりつき、虚栄心一つで詩をつくるまねごとをしながら、冥々としておしながされていただけであった。そして、それらの無自覚な作品をひろいあつめて詩集にまとめ、『赤土の家』と名づけて、自費出版した。

牛込見附うちに住んでいたので、僕の家からは比較的近い先輩の川路柳虹を訪ねた。川路柳虹は、当時の詩壇の、白秋、露風に次ぐ大家で、新しい詩壇の東道の役をするもっとも先覚的な存在だった。「学生ですか？ それとも……」という先方の質問に、「山師です」と答えたので、彼は、びっくりして改めて僕の顔を眺めた。詩集出版の話をすると、彼は、こころよく、いろいろな忠告を与えて、氏の友人の田辺孝次のいる精芸印刷を紹介してくれた。加藤純之輔が装幀をし、挿画を画いた。五百部刷った。本になってから十日目に僕は、詩集を書直しにかかった。デモクラシーの詩人仲間からは、好評とまではゆかなくても、すこしの反響があったが、その他からは問題にされなかったといってもいい。同時に、松本福督の『春はよみがえる』という詩集が出た。毎月、そんな詩集が一、二冊は出ているので、格別、手痛い批評をうけずにすんだ。寄贈された人たちは、ちょっと匂いをかいだだけで、よみもせず片すみへおしやったことであろう。その詩集は、僕の実名の金子保和という名で書いていた。

そんなときに、洋行のはなしがふってわいたのであった。

最初の洋行

洋行の話を僕のところにもってきたのは、義父の友人の鈴木幸次郎老だった。鈴木は、骨董商であった。骨董商といっても、日本にいる時は、骨董屋のおとくい様で、買いあつめた美術品を、欧米の得意先にうりに廻るのが彼の商売だった。義父とは、子供のときからのながいつきあいだった。

丁度、欧洲大戦が休戦になって、僕の満俺（マンガン）も相場が暴落し、空拳千金の夢もはっきりとぽしゃってしまったことがわかった。わずかにのこっている金で、また無為徒食の生活がつづくのだった。食事はたいがい料理屋で食べ、家にかえることも少いという不規則さで、むだの多い生活がまたかえってきた。だが、その先はもう知れている。さすがにおちつかない気持で毎日を送っていると、そんなとき、赤ら顔で、眼玉ばかりぎょろぎょろと大きい、足の短い洋服姿の鈴木幸次郎老があらわれて、

「一つヨーロッパへ行ってみないか。一度海外をみておけば、気宇が大きくなって、人間が変る」

と、誘いかけた。

「行きましょう」

と、僕は、即答した。この誘いが、僕にとっては、助け舟だったのだ。のこりの金もあと一万位はあった。そこで、おもい立ったら、誰に相談をする必要もない。たとえ反対する者があっても、おしきって、やりたい通りやるのが、その頃の僕の生きかただった。そのかわり、思いきりがよく、結果がどんなことになっても、くよくよすることはしなかった。

話がまとまると、鈴木老は、僕の旅費のなかから、三千円立てかえておいてくれ、金はあっても手いっぱい仕入れてゆきたいのだ、先方でそれを売ったら、元金に応分の利子をつけて返すと申入れてきた。成程、老人はそんなつもりで僕を誘ったのだなとわかったが、そのために今更、変更する気にもなれない。鈴木老は、僕の手元にまだよほどの金がのこっていると睨んでいたにちがいない。三千円はいうがままに用立てた。さすが商人で、十八回も欧米を往復している慣れた彼のことで、むだはすべてはぶく主義だった。船も、洋室の三等、一人三百円の運賃の特三でゆくことを主張した。僕としては、千円払って一等でゆきたかったのだが、別々というわけにもゆかないので、特三をつきあった。

神田の今文という牛肉屋の二階で、僕の送別会をやることになった。中条や、井上康文が幹事になって、富田砕花や、平野威馬雄、佐藤惣之助、佐佐木茂索などが出席した。富田砕花は、後に彼といっしょになる女の人と僕をつれて、洋行に必要な買物を見立ててくれた。そのかえりに、銀座四丁目の角のカフェ・ライオンで定食を食べた。

僕は、モーニングを一着注文して、山高帽子をかぶり、神戸から、佐渡丸に乗船した。佐渡丸は、生きのこりの御用船で、その頃でももう大分古ぼけた、七千噸級の船だった。欧州大戦が終ってから、第二回目の航行であった。

神戸まで井上康文がついてきた。荷物の積込みの都合で鈴木老は先に出発していたので、関西がはじめてという井上に、僕は京大阪を見物させたりした。佐渡丸の甲板上でうつした写真を、井上はいまでも保存しているということだ。

中条たちは、僕はもう二度と日本へ帰ってこないと考えていたらしい。僕自身にも、それはわからなかった。日本以上に果して外国がくらしよいか、どうか、それも行ってみての上のことだ。だが、洋行ということに、かける筋でない期待、おもい通りにならないよその期待までかけていた事実は、いなみがたい。洋行が機縁で、とんでもない幸運がきて、すばらしいことになりそうな夢までえがいていた。

はじめて国外に出る気持程、新鮮なものはない。陸も海も、香気にみち、ゆく先々におどろきがあった。揚子江の黄濁、大上海の煤にまみれた碼頭、青磁いろの南支那海、かこ法螺のような戎克船の帆、等々。出発したのは十二月の半ば頃なのに、八人詰の三等船室は、蒸暑く、そのうえペンキの臭気が強く、船暈（せんうん）になれない僕は、ロッキング、ローリングで、むかついてくるので、ひまがあれば藁蒲団のベッドに横になっていた。鈴木老のいびきは、雷のごとしという形容通りである。上海や香港から白系露人の亡命者や、その家族、中国人、ポルトガル人、アルメニア人の商人など、雑多な人種がのりこんできた。戦争で定期の航路が休んでいたので、帰国を待機していた人たちが多かった。諸外国人の生活を、目のあたりにするのは僕にとっては何につけ珍しいことばかりだった。いま、それを述べている暇はないが、言葉もろくに通じないその連中と僕は親しくなった。シンガポール、コロンボの南方の風景は、まったく僕の心をとらえた。そして、もう一度、ゆっくり、東南アジアをへめぐってみたいものだとおもった。

佐渡丸は老朽船だった。「常陸丸」という琵琶の歌の文句に、「佐渡もつづいて沈みゆく」とうたわれているあの船だが、事実は佐渡は沈没しなかったのだ。休戦になったばかりでまだ、掃海がしてないので、万一の時の用意に、非常呼集の演習があった。手早く、浮袋を背なかにつけて、甲板に並ばねばならない。印度洋のまんなかで、左舷をすれすれに浮流水雷が流れてゆくのをみたとあとできいたが、なぜか、格別な実感もなく、恐いともおもわなかった。沙漠をながめながら、スエズを通り、ポートサイドから地中海にはいったときは、厳しい冬の風が、鉱質な波のうねりを白泡で蹴立てていて、裁きの日の近づいたように心のひきしまるのをおぼえた。

正月の終りに、英港リバプールに着いた。丁度、暮方のラッシュ時で、多勢の職業婦人たちが列をなして帰るところにさしあわせ、イギリス女の端正な顔と、裳の短い、ストッキングの足の肉感的なことに圧倒された。ソーセージで夕食を食べてから、ドックと起重機のリバプールから夜行列車でロンドンに発つ。ロンドンに着くと早速、ブリティシュ・ミュージアム・アベニューのボーディングハウスに居を定める。あいかわらず鈴木老の鼾声に悩まされる。モーニングと山高の姿が、成程、ロンドンでは普通の風俗で格別に気を兼ねる必要はない。鈴木老のあとにくっついて、彼のふるい得意先を廻ってあるく。応接間をガラス棚で取囲み数百口の日本刀の抜身を飾っている刀剣蒐集家のハッチンソン氏、すぐれた浮世絵の蒐集家の富豪のラファエル氏などで、自慢の蒐集をみせてもらう。有名なオークションがあると出掛けてゆく。鈴木老は、僕をじぶんの二代目にしたてて、得意先もゆずり、亡父との友誼をはたす心算だったらしいが、それが見込みちがいであったことが、しばらくいるうちにだんだんわかってきたようであった。小言幸兵衛で、じれる性質の老人に、僕の方でも、つきあいきれないと思いだした。しかし日本の古美術の評価について、義父などとちがって本筋な道に少しばかり眼をひらかせてもらったのが収穫だった。それでも、ロンドンをあちこち見てあるいて、五月まで滞在した。ソーセージとキッパー（干魚）、羊のカツレツ、イギリス人の食味が鼻につき出した頃、ドーバーを越えて、対岸のベルギー、オスタンド港にわたった。海草の

スープや牡蠣が名産のオスタンドの小料理屋で食事をしながら、鈴木老は、

「君は、フランスへ滞在したいと言うが、このベルギーにしたらどうだ。ここは、物価も安いし、それに、僕によい考えもある。パリにたってというなら、僕の友人で、パリ郊外で植木屋をしている日本人がいるから、その男にでもたのんでゆくが……」

と切出した。彼は、できるならフランスへは寄らずに、ブルッセルの得意をまわってから、アメリカへわたってかえりたい意向らしいのだ。あとつぎになる気が僕にないとわかった今になっては、アメリカまで足手まといの僕を同伴する気はなくなったらしい。ベルギーになんの馴染みもなかったが、鈴木老と一日も早く袂をわかって一人になりたかった僕は、老とここで別れてから、勝手な行動をとればいいと思ったので、

「どっちでも僕にはおなじことですよ。あなたの都合のいいようになさい」

と言った。汽車でブルッセルの北停車場に着くと、サン・マリー寺院の丸い屋根がすぐうしろにみえる。サン・マリーから更に郊外電車に乗って、しばらくゆくとショーセー・ダクトのディーガムという村に着いた。そこに、日本の根付の有名な蒐集家のイヴァン・ルパージュがいた。鈴木老は、そこへ僕をつれてゆくと、じぶんの商売をすませてから、僕のことをたのみ込んだ。つまり、鈴木老にルパージュ氏が支払う金を月賦にして、それを月々の生活費として一年半ばかりのあいだ僕が受取り、僕の手元からそれ丈の金を鈴木老が借用して、一度ロンドンへ帰って日本の骨董を仕入れ、それをもって

アメリカへわたるという融通の道を考えついたのであった。往きの借金の三千円の代りに、老は、僕の帰国の旅費のため、筋のいい初期浮世絵の一組をかたにおいた。僕が、それを誰かにうればいいわけだ。鈴木老は、なかなかぬけ目なく僕を利用したわけだが、そんなことをとやかく言う気は僕にはなかった。

「君は、商人にはなれないよ、芸術家にでもなりなさい」

と、見はなした僕に捨てぜりふをのこして彼は別れて発っていった。一人になって、僕はほっとした。ブルッセル郊外のディーガムのリュー・ド・ムーラン（風車横丁）七番地のルパージュ氏の邸宅のすぐ前の、カフェといっても、村の者のあつまる居酒屋の二階の一室に、朝のパンとコーヒーだけついた、部屋借り生活をすることになった。それは、ゆきがかり上のことではあったが、ルパージュ氏の人柄と、村の環境がすっかり僕の気に入ったので、この滞在の一年半は、僕の生涯にとってもっとも生甲斐ある、もっとも記念すべき期間となった。古ブラバント侯国領の豊かな田園ですごした月日は、僕のその後の人生を決定したといってもいい。このあいだに学びえたもの以外に、その後何程のものもつけ足しはしなかったろう。朝は読書し、昼は散歩しながら詩を書いたりして、夜は、毎晩のようにルパージュ氏のもとにでかけて行って話をして、夜を更かした。大戦後で、まだ兵隊たちがたくさんいたが、このへんは、戦禍のあとは少かった。素朴な村の人たちは、フラマン語をしゃべった。フラマン語はオランダ語の方言だ。街の人たちは、フランス語で通じた。ルパージュ氏は、機械技師だったが、絵画彫刻のひろい趣味をもっていて、ことに、日本の根付については、全ヨーロッパで一、二の目利きだった。周山や、一斎、岷江、右満などの名作に接することのできたのも、氏の蒐集によってであった。それよりも重要なことは、氏が、ヨーロッパに対してほとんど無知に等しかった僕の、眼をひらいてくれたことだった。鉄と石の文化の基礎（いしずえ）のふかさと、永遠の疲労と、痛風の足と、皮肉に食い込む鉄の足枷（あしかせ）、首枷と、諸々の悲劇のうえに築かれた歴史の類ない魅力を、由緒ある街なかのモニュマンや、美術館の古美術によって、ねんごろに僕に説きかかせてくれたのは彼だった。殊にブラバント、フランドルには、南方のイタリー・ルネサンスにたよらない土着の芸術があった。「王は百姓とともに飲む」を描いたジョルダーンス、「鎮守祭（ケルメス）」の画家テニエルスの他に、北方の暗い諷刺画家ジェローム・ボッシュや、ブルーゲル父子がそれである。

僕は、足を伸ばしてエスコー河畔をあるいた。赤い長靴を水たまりに立てたようなビールセルの古城で一日くらした。灰緑の葉飾りの古びたオーデナールの古寺をたずねた。水と靄（もや）の都ブルージュや、赤瓦の無人のようにしずかなガン市を、枯葉に追われながらさまよったこともあった。

七月、八月は、もっともよい季節だ。北よりの地方なので、暑熱もさほどでなく、僕の住んでいた宿の周りは、麦の穂波が起伏して、丘の上には、大きな風車が聳（そび）え、いまはそれも実用がなくなって広告塔の代りになっているが、そのまま、よい画材である。百姓の娘たちが、赤い更紗の布をかぶって、しごとをしている。カラカラと曳きずる木靴の音。寺院の鐘。エミール・ヴェルアーランの詩が、改めて実感こめて心にうかんでくる。

僕の読書はそこで、ヴェルアーランの詩集からはじめることにした。二十冊ばかりの全集が、狭い部屋の机のうえに並ぶ。最初の詩集『修道僧』からはじまる。ボードレール張りのくらい、格調の正しい、それだけにまだ、作者の調子の出ていない詩集だった。『揺れる麦』『至上のリトム』『積重なる光輝』『幻の田園』と、おなじ作者のものを殆どよみつくしてから、フランス象徴派詩人の詩にさかのぼりした。ヴェルアーランの詩にとりついた誘因は、やはり、ウォルト・ホイットマンであった。ヴェルアーランから学んだものは、大きな骨骼と、ふかい息であった。僕の住んでいるその場所が、ヴェルアーランのえがいている地方で、風車も藁塚も、ビスケット色の小舎も、麦穂にまじって揺れる野生の矢車草も、寺院の塔も、百姓も、百姓の娘や、子供や、老父も、詩集のなかからそのままとりだされて、現実の世界に配置されたもののようである。僕は、手を取られるようにして、息のかよった表現の秘密をそこで教えられた。そして、僕は、おなじものを書こうと焦慮した。実際にはなかなかうまくゆかなかったが、この期間の詩作で僕は、日本で書いていた詩の方法を少しずつ脱皮し、改めていった。一年間、四つの季節の変化を通じて、僕は北ヨーロッパの自然のたのしさを味わい、その厳粛な秩序に従う人間の生活のありかたを知って、それを何十篇かの詩にした。

ヴェルアーランからサマンの『西班牙（スペイン）王女の花園』にとりつき、更にレニエの『水の都市』、モレアスの『章句』、ボードレールの『悪の華』の順序で、エレディアの『トロッフェ』にさかのぼり、ルコント・ド・リルに到着した。パルナシアンの諸衛星、プリユードムや、バンヴィルや、コッペ、マンデスとわたりあるいて、とうとう、ゴーチエの『エモー・エ・カメ』に至り、アルフレッド・ド・ミュッセの諸作品に手をかけた。その一年のあいだに僕は、ただ一人の日本人とも会わなかった。北停車場附近の僕の食べにゆく小料理屋で、一年ぶりに、日本人の旅行者に会ったが、大袈裟な話のようだが、日本語が訥々（とつとつ）として、なかなか出て来なかったものだった。ブルッセル市には当時、公使館員の他に、旭ガラスの派遣員がいたが、訪ねていって会う気にもならなかったのだ。

ルパージュは、土曜日毎に僕を、彼の友人の王室数学顧問という役人のタッセル老人の許につれていった。タッセルは、版画の蒐集家で、書斎の机の両脇の棚に、天井に届く程の版画をもっていた。その解説をしてやることに話がきまって、その代償にモネー王室劇場に、氏のためにとってある桟敷で毎週歌劇を見物できることになった。サンカントゥニェールの東洋美術館長のボンメールとも親しくなり、美術館で買いこんだ日本の書画を鑑定する仕事もやった。ルパージュ家の親戚たちとも知合うようになり、方々の家庭の舞踏会や、晩餐に招かれたり、ピクニックの一行に加わったりした。一すじな向学心に燃えた、規律的な、清浄なこんな生活が、なによりも僕にぴったりしたものと、ためらいなく考えるようになったじぶんを、過去の懶惰（らんだ）な、シニックなじぶんと比べてみて、信じられない位だったが、それはみな、ルパージュの友情のたまものであった。まなぶことのたのしさは、この時期をすごして、永久に僕のもとへかえってこなかった。シュザンヌ嬢、マドレーヌ嬢、ルル嬢など、一族の他に、ルパージュの二人の小さい娘、アンマリーと、フランシーヌも、この異国の旅人にやさしくしてくれた。

ブルッセルを去って、パリの生活は半歳足らずだった。霧ふかいパリに朝着いたとき、ガラスの都ブルッセルに比べて、この世界の都は、すこし荒れすさんでみえた。宿の二階で僕は毎日、詩稿の整理をしていた。

一応のヨーロッパ心酔が終ると、僕は、新しい眼で故国の日本をはるかにふり返り眺めはじめた。さまざまな感情をこめて、うつくしくおもいだされてくる日本は、僕がすこしもそれを感じなかったつもりのノスタルジーがみせる幻燈劇にすぎなかったのかもしれない。それにしても、僕は僕なりに、方法をつかんでいたので、成功しているか、失敗しているかはしらないが、これまで誰もうち建てなかった、美の殿堂を、詩によってつくりあげようと試みた。ヴェルアーランのリトムは、いかにも空疎で、よそよそしいものにひびいてきた。帰国頃の僕の心を領していたものは、グスターヴ・モローや、ベンガルのミニアチュールの壮麗で、神秘な金碧燦爛（さんらん）の世界だった。詩のたった一行の陰影のなかに、infini の生命の変転を塗りこめることが、僕の生れてきた使命だと、僕の若さが一途（いちず）に気負って考えるようになった。要するに、少々西洋の美酒に酔っぱらったのだ。

ロンドンで帰国の船に乗込むとき、大トランクのゆくえがわからなくなった。人々がさわいでくれるのを、物質にそれ程執着をもたなくなっていた僕は、

「なければそれでもいいのです。着換えがみんな入れてあるにはあったんですが、これから熱い海をまわってかえるのですから、裸でもかえれますよ」

と言って、さっさと船室にはいって寝てしまった。船のデッキのペンキ塗りたてのハッチのうえに、大島絣（がすり）の羽織のままで腰をかけ、ペンキがべったりくっついたが、僕は、おどろきもせず気にもかけなかった。マルセイユで、酔っぱらった船客達が、波止場の女郎屋をひやかして歩くのについてゆきながら、僕だけは、女を買わなかった。船の余興大会の時、特三等に乗っていた僕が、相場がわからないので一ポンド寄附したところ、一等船室も十志（シリング）以上出さなかったので、筆頭に僕の名が貼り出されたこと。そんなことが度重なって、それでなくても船という狭い社会のなかで、僕の存在が好奇心と注視の的になった。そのうえ話せばつかみどころがないし、船室にはいっていれば、なにか

コッコツ書いているので、なにかよほど変った、ふしぎな人物ということになった。三等船客には、随分変った連中がいた。栃木生れの五十年配の曲芸師、娘をつれた奇術師、果実商、送還される狂人の学生、大学教授、ロンドンの鉄工場の見習工、その他に汽船を売りに来て帰りの乾汽船の乗組員などがいた。倉野という水夫長がいて、なんか僕を遠大な志をもった人物と思いちがいして、

「船員にならんか。あんたなら大物になれる。なんなら口を利く」

と言って、しきりにすすめた。その頃の船員社会は今日のようなものでなく、一種の渡世人だった。度胸や腹がものを言う、人情と顔の世界で、乱酒と、殺伐のたえない、物騒な連中の集りだった。酔狂の余り、町に放火して船に逃れても、陸上からの追手は手がつけられなかった。そんな連中のなかにいて話をきいていると僕は、はっきり自分が異分子であることがわかった。彼らは、船底で大蠟燭を点して毎晩賭場をひらいていた。水夫長は、船尾で血を吐きながら、蒼い顔してウィスキーとビールをのみつづけている。

ヨーロッパ生活に没入していた僕が、にわかにこのような日本にかえってきてなじむことのできないのはむしろ当然のことだろう。ヨーロッパの伝統のよいものだけをみてきた僕は、はやくも日本に絶望し、帰らねばならないことを悲しんだ。しかし金もなくなり、仕事の場もヨーロッパにはない僕としては、帰るより他に方途がないのだ。詩の

ノートは、二十冊あったが、そのうち十冊は、よみ返すのも気はずかしいものだったので、船窓からペルシャ湾の碧い海に捨てた。ネプチューンに献げるつもりの洒落っ気からであった。ドーフィンが一匹ずつ、それをくわえて船を追ってくる夢をみた。シンガポールに船が着いた朝、中国人が二人で、病気の老人の頭を、タラップの金板にうちつけて殺すのを、目撃した。二人は、船が着くなり、老人のもちものをさらって、逃亡した。二昼夜の滞在中、老人の棺が、波止場にうちすてられたままで、引取りに来るものがなかった。

上陸してみると、華僑たちの排日の最中で、中華飯店にあがっても、日本人には、むっつりとして、はこんできた注文品を放り出してゆくようなサービスで、不愉快のかぎりであった。ヒンズー人の部落を歩いている時、はげしい驟雨にあって、たちまちあたりが奔流となり、溝にはまり込んで、首までつかって、泳ぎ出る始末だった。全身ずぶぬれになって、どうしたものかと思っているうち、驟雨があがり、炎天下で、みるみる麻服が乾いていく。一茎のバナナを買って、かついで汗みどろになって船にかえる。誰でも勝手にちぎって食べるように、船室のまんなかにつるした。バナナの房を数えると、四段になって三百個あまり、ついていた。夜、陸からかえってきた倉野の部下がみんなの寝ている部屋のなかで、酔狂のはてに、ピストルを乱射した。天井にあたる弾丸が、鉄板にあたってどっちへそれていくかわからないので、みんな小さくなっている。

その男が僕のベッドにあがってきて、唇をなめ、みだらな行為を強要したが、そのまま眠りこけてしまったのを幸い、すりぬけて、僕はベッドを下りる。部屋の人たちは、はらはらしながら成行をうかがっていた。人間は、本来、男も女もないようだ。男にさせられ、女にさせられているにすぎない。異様な性の倒錯の心理を経験し、そんな心理を味わったことの不潔さで、憂鬱になった。神戸に着いたときは、持金をすべてつかいはたして、東京までの一等急行の汽車切符を買うと、あと二十円しかのこらなかった。京都で途中下車をする気になった。夜はふけていた。モーニングと山高帽でふらふらと本願寺のうらの陰気な、暗い町をあるいて島原に泊った。黒光りのした柱の古風な妓楼で、白人（はくじん）さんは、ロンドンから来た男を、奇異な眼で迎えた。女と二人で、昆布だしの熱いうどんをすすりながら、足掛三年ぶりでかえった故郷の最初の夜を、侘しく、かなしく、なつかしく、またしみじみとこれが日本だとおもって、味わいしめたものであった。

格別、誰にも帰国をしらせることをしなかったが、中条にだけ、電報をうった。東京の駅に着いてみると、中条と他に二人、プラットホームに迎えにきていた。三等のところで待っていると、一等の車から、例によって、モーニング姿の僕がふらりと下りた。赤城元町の家にかえった。義母は、新小川町で、西村と同棲していて、留守宅には、義母の義兄の伊藤父娘が住んでいた。僕の荷物は、二階にまとめてあったので、早速、その二階に落ちつくことにした。東京にも、僕の持金は、のこり少くなっていた。僕が、ヨーロッパからもちかえったものは、画集や、詩集をのぞいては、コーヒーを挽く道具と、印度更紗が一枚、十冊の詩の草稿のノート、それだけであった。

僕は、その二階で、力ぬけしたように、それからは寝てばかりいてくらした。東京は、なかなかなじめなかった。空の垂れさがった、低い屋根の並んだ、じめじめした、空疎なこの町は、散漫で、とりとめなくて、そのくせ、ざわざわと人通りばかり多くて、はやくも、第二の故郷のヨーロッパに対する郷愁に駆り立てられ、彼地で考えていた時のような、とびついていくようななつかしい情感は、すこしも湧かなかった。じぶんが性来のバガボンドではないかとおもって、物悲しくさえなった。

しかし、ぼつぼつと、友人達と再会の顔を合わせ、むかしの生活がまたじぶんのものとして戻ってくるような思いになっていった。送別会をやってくれた時の、ほぼおなじ連中が、歓迎会をしてくれた。その歓迎会は、やはり、神田の牛肉屋だった。福士幸次郎が、サトウ・ハチローをつれてきていた。ハチローはまだ十八歳の少年で、赤いジャケツを着て、神妙にひかえていた。メンバーは、惣之助、富田、佐佐木茂索、平野威馬雄、井上康文、中条辰夫等で、その人たちの顔をみて僕は、はじめて、本当に日本へかえってきたなと納得した。

処女詩集の頃

歓迎会がすんでから、福士、富田、井上、サトウの四人といっしょに、神田の牛肉屋から、九段坂をあがって、牛込見附に出て、神楽坂から赤城元町の家まであるいた。二階の八畳で五人は、殆ど夜通ししゃべってから、ゴロ寝をした。彼らは僕がヨーロッパで、どんなしごとをしてきたかに、多少の興味があるらしかった。僕は、蒐集品でもこっそりみせるように、『こがね蟲』のノート、まだ推敲（すいこう）の余地のたくさんのこっている一冊を、富田にみせた。まだ『こがね蟲』という題名はなく、紺色の表紙の二百枚位を綴ったノートだった。富田は、しばらくそれをみていたが、

「こりゃあ、君、アルベール・サマンじゃないか。福士君にみせた方がいい」

と言って福士にわたした。社会詩人の富田の心では、間男の子が生れたようなあて外れだったのだろう。『太陽の子』で社会詩人とも有縁（うえん）におもわれていた福士は、丁度、その頃から、フランス伝統派の批評家ブルンティエールに傾倒しはじめていて、僕の『赤土の家』には不満だったので、富田から渡された詩稿を、はじめは迷惑そうに手にとってめくっていたが、そのうち、一人、横の方へ行って熱心によみはじめた。

「金子君、これは、もう一度ゆっくりよませてもらいたいから、一日貸して……」

「よんでもらうのはいいけど、草稿が別にないので、紛失されると困るんだけど」

僕は、不安になって言った。僕じしんがものを紛失させる常習だったからでもあるが。なん度も念を押してから、貸すことにした。あくる朝、一番早く福士は、その詩稿をふところに入れて帰っていった。一日おいて、福士は、ハチローをつれて、僕一人のところへまたあらわれた。

「この詩は、君、すばらしいよ。日本でははじめての試みだとおもう。富田君は、サマンと言ったが、サマンじゃない。手法は、パルナシアンだと思う」

福士はさすがに目がたかかった。僕のパルナシアン巡歴の痕跡をみぬいていた。

「ときに」と福士は切り出した。「二、三年前から僕は、詩の雑誌を一つ出そうと思っていてね、僕のところへあつまってくる人達のためにさ。ところが、なかなか出ない。みんなはしびれを切らせている。君が一つこの雑誌の面倒をみて主宰者になってくれないか。僕は表面へはでない。いっさいは任せるから」

おもいもよらない話になってきた。僕は、知遇をえたわけだが、僕としても若くて、プライドが強い人間だったので、雑誌を任せられることで、なにかの色彩がついてしまうのがいやだったので、福士と僕との関係がはっきりしない以上、ずるずると仲間入りすることを警戒した。雑誌にあつまっている連中は、福士の風をのぞんで寄ってきた人達にちがいないが、僕はまだ、福士をよく知らない。

あとになって後悔しない方がいいと思って僕は、辞退した。しかし、福士はなかなかきいてくれないで、もうすこしよく考えてくれと言って帰っていった。二、三日するとまた、現れて、どうだろうという返事の催促であった。三度目にはもうことわりきれなくなって、そのあいだ、ろくに考えてみる余裕もなく、遂に引きうけることになった。雑誌は『楽園』という名がついていた。これは、僕がかかりあうより以前から、すでについていた名で、そのままにしておくことにした。福士門下は年配によって二つにわかれていた。兄貴分と弟分だ。兄貴分は、僕より二つ三つ位若い連中で、林髞(たかし)、佐藤一英、桜井貫一、大山広光等の諸君で、弟分は、赤シャツの三兄弟、国木田虎雄、サトウ・ハチロー、永瀬三吾のほかに、平野威馬雄、小松信太郎などがいた。福士と同年配の友人増田篤夫、斎藤寛、宇野浩二などが顧問格であった。比較的新しい接触らしい吉田一穂、秋田義一などが、兄貴分の外廓にいた。僕がその餓鬼大将になるわけだった。つぎつぎにその人たちに僕は引きあわされた。『楽園』のことについては、僕の友人のうちで、佐藤惣之助は「まあ、やってみるさ。だが、あの雑誌は、何度も福士が金をあつめてつかってしまって、本がいつまでたっても出ないので福士がじぶんでは駄目だと思って君におしつけたんだから、そのつもりで」と注意をしたし、大藤治郎は、僕の顔をつくづくみて、「お前はすこし馬鹿かもしれない」と言った。

福士幸次郎という人物は、つきあってみると、なかなか人柄がよく、すこし面倒くさいところもあるけれど、懇切篤実な、長者の風があった。佐藤紅緑先生は、ひどく彼を可愛がって、面倒をみていた。俳人紅緑先生の句会には、福士をはじめ、千家元麿（銀箭峯）、佐藤惣之助（大魚）も参会して、教えをうけていたりしたし、先生とは、むかし姿見の道場でいっしょに弓をひいたこともあり、浅からぬ因縁の糸でたぐりよせられている感があった。僕の杞憂でなく、人情家の福士とその周囲とのあいだには、なにか僕とは肌合いのちがう、親分子分のえにしのようなものがあった。後年、あまり交際をしないようなことになったのも、そんなひっかかりがあると、我儘な僕としては足掻きがとれないことになるというだけのことで、そうなった結果、彼に対して不信をいだいたり、気まずいことになったりしたのとは本来は異にしている。内にはいってみると、門下同士のなかにも、ごたごたとうるさい感情的なものがあった。そんな連中にまきこまれないためには、かえって僕のような、風来坊がよかったのではないかと、あとになっておもうことだった。

林髞とは家が近かったせいもあるが、特に親しくなった。国木田、小松が僕になついた。あとになって、平野と平野の別のグループの友人達、日本橋の山形屋の息子の窪田栄二郎や、安成二郎の弟や、小石川の小日向水道町の三等郵便局の息子の宮島貞丈などと近づき、その方へ交友関係が傾斜するようになった。佐藤、大山とはそれほど親密にはならなかったが、佐藤の友人の吉田一穂とは、その後、もっとも深い交際をつづけて今日にいたっている。ただ、桜井君は、一、二度会っただけで、親密になる機会もないうちに、夭折してしまった。ハチローは純情な少年で、感激するとよくホロリと涙ぐんだりして、いじらしかった。ノイローゼ気味で、みんなが詩を書くのに、じぶんが童謡しか書いていないというので、しきりにすねたりした。永瀬は、チョコマカして、風に吹かれて、江戸川べりを、いまにも川のなかへおっこちそうにひらひらとあるいていた。増田篤夫や、三富火の鳥、斎藤寛、もっと外廓にいた山内義雄などの点すフランス・サンボリズムのアセチリンのまわりに、陶酔してあつまっていたその連中こそ、いま顧みると、たのみある青春の伴侶であった。

ともかくも、『楽園』第一号がでた。表紙画は、「フラマンの諷刺画」からとった古い木版画をつかった。作品は、平野威馬雄がすぐれていた。平野は、日本の芸術通で、日本に帰化したヘンリー・ブイの息子で、作品にも駄々っ子らしい、サンシブルな、人の心をうつものをもっていた。

『こがね蟲』の草稿が、なかなか満足できるところまでゆかないので、どこかしずかなところで、推敲したいと思っていると、富田が、京都の等持院の茶屋を借りてやると言ってくれた。早速、京都に出かけていった。和尚への紹介状をもって洛北にゆくと、すぐその茶室に案内してくれた。等持院は、いまのような、撮影場などはまだなかった。まことに淋しい畑のなかの寺で、ゆく路に小流れなどがあった。足利家代々の菩提寺で、歴代将軍の等身大の木像が並んでいた。庭は、池あり、築山ありで、飛石をつたってゆく茶室には、次の間がついていた。その次の間を借りうけることになった。一ヶ月、食料つき十円で約束した。その頃としても、法外に安い。しずかで、勉強するにはよかったが、昼間のあいだは、名所見物の客がきて、茶室をのぞき、なかには、僕のいる部屋のふすまをあけたりした。朝は早く、小坊主が、

「金子はん。ごはんおあがり」

と、起しにきてくれる。ついてゆくと、台所のひろびろとした板の間に、四、五人の僧達が、箱膳を前にして、行儀よく坐っている。まんなかに大きな汁鍋がある。ろくに実のはいっていないうすい汁だ。他に漬物があるきりだ。食事が終ると、注いだ湯で上手に茶碗と椀を洗い、洗った汁をのんで、ふきんでふき、そのまま膳におさめる。昼は、南瓜(カボチャ)か、茄子(なす)などを辛く煮たもの一いろ、晩は、朝ののこりの汁で雑炊をつくってたべる。おどろくべき粗食だった。僕は、二日で閉口してしまった。そこで、一策を案じ、朝はわざと寝坊をして、小坊主が起しにきてもきこえないふりをする。十一時頃に起き出して、そっと寺をぬけ出し、夜、新京極あたりで食事をすませて、みなが寝しずまってからかえってくることにして、三食とも寺のものを食べないことにした。夜更けて足利の木像の部屋を通らねばならないのが無気味だった。後日、富田に会ったとき、あれではまったくひどいと苦情を言うと、富田は笑って、「僕もあの食事には弱った。しか

し、僕の前には日夏耿之介が逗留していて、あれで結構だと言っていたよ」と言った。

二ヶ月ばかりで、なんとか我慢のできるものにつくりあげた原稿をもって、僕は東京にかえってきた。丁度、その時、植村宗一こと直木三十一の編集で、『人間』という同人雑誌が出た。後に、鎌倉文庫から出した『人間』の前身だが、吉井勇や、小島政二郎も同人だったかと記憶する。その新しい雑誌の創刊号から、特別に僕の詩を一篇ずつのせてもらうことになった。僕は、その雑誌がどういう雑誌かよくも知らなかったが、同党心の強い福士がじょうずに話してくれたものらしい。その詩は『こがね蟲』のなかの幾篇かであって、小説家のあいだで愛好者ができた。福士は、また、加藤武雄や、中村武羅夫たち、新潮社関係の人たちにも、僕を、日本一の詩人だなどと大仰に吹聴してあるいた。一時は彼も本気になってそう考えていた時期もあったらしい。しかし、どうやらそれも、『楽園』で僕がめんどうをみたことの返礼として、無名の僕の詩集を新潮社にうり込むための準備行動だったらしくもあった。もし、そうだったとしたら、それはまさになかなかの成功であった。

しかし、福士がいくら持ちあげてみても、当時の詩壇の連中は、僕の詩に承服しない者の方が多かったにちがいない。文壇にも社会主義的傾向が強くおし出されようとしていた時代で、ロマン派の詩人たちは影をひそめていたので、僕の詩を支持してくれそうな人はまことに少かった。むしろ、当時の詩壇の主流は、ヒューマニズムの詩人たちで、そこには、多少とも『白樺』派のにおいがした。高村光太郎、千家元麿、室生犀星、佐藤惣之助など、僕とはそんなに関係のわるくない詩人たちでも、内心では僕の詩に首をひねるにちがいなかった。萩原朔太郎とも相いれないものがあった。白秋の一派だって、雑誌『未来』の仲間だって、僕の提出した異端の表現に反撥を感じるらしかったし、民主主義の詩人たちはいうまでもなく、趨勢に逆行する、耽美主義の芸術をいい顔をしてむかえる筈はなかった。そんな外部との抵抗のなかで、新潮社の中根駒十郎から、詩集を出してもいいと僕のところへ申入れてくるまでには、僕のしらない福士のあっせんの労があったのだとおもう。詩集の名はまだついていなかった。二つ三つ考えて、牛込見附で間借りしていた増田篤夫をたずねて相談すると、そのなかから『こがね蟲』というのを選び出して増田は、

「光っちゃん、これになさい」

と、例の、女性的で、高飛車な調子で言った。装幀と、字は、じぶんでやることにした。

挿画は窪田栄二郎にたのんだが、内容と合わないので、エジプトの古画の写真を挿画にした。惣之助がじぶんからすすんで跋を書いてくれた。吉田一穂には、こちらからたのんだ。吉田はそれを書くために、友人のいるいなかに行った。部数は千五百刷った。新進の詩人の詩集としては、部数が多かったが、それでもおもったよりもよくうれた。

若武者一騎が花々しくのり出した感じだ、と増田篤夫は、その頃の僕の感想を述べた。出版記念会に、佐藤惣之助は、

——これからは、かなぶんぶんの夜となり

と、句をおくった。佐藤の俳句は、才智がはじけて、其角をおもわせる。

大正期の詩人たち

詩をつくりたがるようなこころのもろさが、詩をつくるよりしかたがないという、意のはげしさに居直るまでの長い時間に、手持ちの品は、おおかた手ばたかなければならなかった。それは、ただ動産、不動産の物件だけではない。僕のそばをすりぬけて、目の前で他人の手にわたる僕の所有を、気にも止めずに僕は見送っていた。

そんな頃の僕をよく知っているのは、佐藤惣之助だった。僕の知合った頃の佐藤はまだ若く、二十代の青年だった。詩集『正義の兜』が出たばかりだった。あの六号活字二段でびっしり組んだ詩集は、佐藤の出足の方向をきめたもので、よむものの根気が疲れるというだけでも、年少の僕をおどろかすに足りた。

川崎砂子の佐藤の家に、ひんぱんにあそびにいったし、彼も、赤城元町の崖下のうす

ぐらい僕の家の二階へよくやってきた。

彼がやってくるのは、いつも早朝だった。飯田町の恋人の家で泊って、翌る朝、眠り足りない顔であらわれるのだった。その頃の僕は、そんなことに一向無頓着だったし、むこうからその女の人について話しかけても、僕の方では殆どきいていなかった。詩についての話もあまり出なかったが、たまさか詩のことにふれると生娘がこころのなかの人のことにふれられたように頬を赤らめた。彼は、詩に対する熱情を「病気」だといっていた。僕は、そういうじぶんのゆかれかたが意外でもあり、腹立たしくもあったので、「詩を止めなければ、本来のじぶんにかえれない」と、最後までおもいこんでいた。が、さしあたり文学にかわるものが、この人生でみつからなかった。平均のとれた佐藤は、ほんとうは病人でなく、病気に対しての同情者だったようだ。僕にしても、病気にかかっていたとしても、ほんの青春期のはしか、不眠をともなう神経衰弱程度のものだったのだ。

僕は、曳出し箱いっぱいの、ヒスイや瑪瑙（めのう）の小さな装飾品をもっていた。つかいみちがないので、そのままもちぐされになっていたが、佐藤は、そういうものに目が利くらしかった。「これは羽織の紐の環にするとおもしろい」とか、「これは机のうえにおくとよい」とかいうので、「ほしかったらもってゆけよ」というと、彼は、近眼鏡越しに、僕の顔をみてから、

「これはおかしい奴だな。まったく変ってやがる」

と言いながら、それをもって帰った。

僕は、溺れようとするものが、なにもかもぬぎすてて身軽になろうともがくように、じぶんにのこっている所有物を一つでも減らしたかったのだ。それで誰にでも、ほしがるものを与えた。そうした僕の無欲の根元が、あとあとまで佐藤は気になっていたらしく、

「君のなかには、ドーミエの描く諷刺人物がいるんだよ」

と、じぶんに説明するように、僕に言った。

僕は、僕で、彼をすばらしい奴だとおもっていた。詩がうまいということだけならば、当時、白秋や、日夏や、川路の方に傾倒していたが、彼にはもっと未来をはらんだ、渦状星雲のようなカオスがあると、僕はおもっていた。仕事もそれを証拠立てていた。そして、詩集『満月の川』から吸いこんだみずみずしい水気と妖雰(ようふん)にみちた夕もやが、今日もなお、僕の心のかたすみをずんぶりと涵(ひた)している。彼の手が鷲づかみにする、やや粗雑だが、多彩な実写とともに、老いこむことのない芸術の新鮮さとがみごとにとらえられて、きらきらした羽をかがやかせていた。あんなに挑発的に宝物の箱を人の前でちらつかせた詩人は、前後になかったかもしれない。白秋だけがわずかに似ていたが、白秋のはあくまで芸術のマジックであるのに対して、惣之助は、世界のみかたを変える、

もっと本質的な予言にみちたファンタジーの領土のことで、正に次元を異にしていた。

一九二〇年前後の日本の若い詩人のホープは彼だった。

だが、さて、どんなかかりあいで、どんななりゆきで、僕は彼と知りあったのだろう。ヨーロッパから僕が日本へかえってきたとき、歓迎会のあとで、佐藤も、赤城元町へやってきて、

「フランスで詩を書いたそうだが、それをみせろ」

と、単刀直入に切りこんできた。僕は、『こがね蟲』の草稿をみせないで、別の大ノートに書いた叙事詩をみせた。物語風になった長い詩ばかりをあつめたもので、「印度王妃マルナタ」「ルル」「指蔓外道」などの詩篇がはいっていた。彼は、それをぱらぱらとめくったが、決してそれをよんだわけではなかった。よむ暇のあるはずもなかった。ただ匂いをかいだだけでわかるカンの力をもっていた。

「お前、これを発表すれば、日本の詩壇で一流になれるぜ」

と言った。だが、惣之助が印を捺してくれたその大ノートは、気に入らなくなったのですててしまった。日本の詩人全体に対して批判的になっていた僕は、惣之助の気ばやな、詩人肌な、のみこみのいいことばを、あまり信用しなくなっていた。大ノートの詩が未熟なものであることは、じぶんでだんだんわかってきていたからだ。彼が僕をかってくれるそのかいかたに、かえって彼の大人ぶりを発見して、彼がむかしのように尖鋭

でなくなってきたことを知って失望した。彼に対する僕の天の邪鬼がはじまった。そんななりゆきも、今になってふり返ってみると、我ながら大人気ないようであるが、当時としては、そんなふうにしてでも自分を定めてゆくよりしかたがなかったのだ。それでも、佐藤との交友は、十年近くつづいて、いろいろの面倒もみてくれた。その点、彼は、僕にとって、多くいる筈のない知己の一人だったということができる。

　四十年前の詩壇もいまとおなじように、若手の新人たちが多勢いて、十日にあげず、自費出版の詩集が出た。そのなかで、ぬきんでていたのは、『秀才文壇』でとりあげられた、三人の新進有望詩人が評判であった。北村初雄、前田春声、福田正夫がそれだった。惣之助はそれより少し先輩で、『こがね蟲』を出した僕は、佐藤の言った通り、その三人と踵（くびす）を接することとなった。僕と同期生とでもいうべきは、村松正俊、矢野峰人、橋爪健、尾崎喜八、井上康文、大木篤夫等々多士済々であったが、殆ど同時に出てきて、その多くの新人をひきはなして、諸輩の上に出ることに成功したのは、やはりデモクラシーの時流に乗った若い百田宗治であった。

　百田のことは、それまでにも富田の口からいつもきかされつづけていた。彼はまだ、故郷の大阪にいて、大鐙閣という本屋につとめながら、詩を書いていた。ストリンドベリーの研究をしていた藤森という男と二人で、雑誌を出していた。藤森が死んで、百田がいよいよ東京に出てくるということになった。『ぬかるみの街道』という詩集が出て、はじめて僕は、百田の詩をよんだ。百田が東京へ出てくるということは、デモクラシーの陣営にとっては心づよいことだった。デモクラシー陣営では、富田、白鳥のあとにつづくものが、井上、花岡では手うすすぎる。その点、風来坊の富田や、いなかもののねっちりした白鳥とちがって、百田は、目先もきくし、実際的な事務もやってゆける重宝な人間だ。富田は、僕と親しかったので、多少の期待をしていたかもしれないが、僕はどっちつかずで煮えきらず、本心は富田への義理で、陣営のめぐりをうろちょろしていただけだから、たしになる筈はなかった。

上京してきた百田を、僕は早速見物に行った。百田と妻君のしをりさんに会った時、二人の客あしらいのよさに、いい気持になって、初対面の家に十二時過ぎまでしゃべっていて、電車がなくなり、巣鴨から牛込までてくてく歩いてかえった。

百田のはなしぶりが、客観的で、乾いていて、声が時計のセコンドのようにきこえるので、

「君は、六角時計みたいな男だな」

というと、彼は、すこし四角ばったじぶんの顔のことと解して、それはなかなかうまいと感心し、

「しかし、六角時計というのはない。あれは、八角時計や」

と訂正した。

詩集『こがね蟲』が新潮社から出ることになった前に、雑誌『人間』に詩を発表したことはすでに述べた。だが、その以前から、当時の詩人の社交機関の「詩話会」へは、僕も誘われて時々顔を出していた。「詩話会」は、万世橋の省線駅の食堂を会場にして毎月例会がひらかれていた。なかなか活潑な会で、論争があったりした。岩野泡鳴と福士幸次郎がわたりあったのをおぼえている。韻律の問題だった。「きりぎりす」という詩を例によって自信たっぷりで新作披露のつもりで朗読すると、

「岩野君、その詩はセックですね」

と、福士は、いたいところを突いた。芸術派も民衆派も団結して『詩人』という雑誌がでて、その雑誌を中心の話も出た。泰西詩人の写真が肩の方にある青い表紙の雑誌で、内容は充実し、各詩人の後に代表作とされるような作品が発表された。この雑誌にあつまらないのは、『感情』の室生、萩原だけだった。「詩話会」では、いろいろな詩人と顔を合わせた。いかにも良家のお坊ちゃんらしい北村初雄ともここではじめて会った。北村は、詩集『吾歳と春』を出して、柳沢健や西条八十らの雑誌『未来』の芸術派から、選手としておし出されていた。福士が僕をおし出そうとしたのも、僕を選手として対抗させようとした傾向がないでもないようだ。尾崎喜八ともまた、そこで会った。後になってからの尾崎の話では、「この気障な野郎が」とおもったのだそうだ。結城のかさね

に献上の帯、十徳を着て宗匠頭巾という河内山の出来損いのような二十代の青年が気障にみえたのはあたり前だろう。

「詩話会」が主体となって、新潮社から新しい詩の雑誌が出ることになった。詩壇は、「詩話会」を中心とする主流派と、旧『未来』の三木露風門弟から成る高踏派と、はっきり二つにわかれていたが、「詩話会」の方が、はるかに広範囲に、その時代のあらゆる要素をもった詩人群を包括していた。雑誌の名を『日本詩人』と名づけた。しかし、それだけの雑誌の編集に適当な人間は、なかなか詩人のあいだからは見つからなかった。事務の才があっても、お互いにさしさわりのない関係にあって、誰からもよいという人間はいないものだ。そこで、新人ではあるが、誰とも因縁の少い百田が、編集をひきうけることになった。

新人としてまだやっと頭をもちあげたばかりの僕が、これは内緒の話だが、百田の相談あいてになったについては、それ相当な理由があった。編集するにあたって、じぶんの主張とは別個に、公器の責任者としての公平な立場をまもろうとした百田は、『日本詩人』という雑誌に、じぶんの体臭、デモクラシーのにおいをつけたと言われまいと、必要以上に警戒した。それでなくても、『日本詩人』にあつまる投稿者、依頼者には制限ができて、「詩話会」の元からのメンバーが必ずしも主要な執筆者ではなかった。おのずから『日本詩人』は、限られたグループの雑誌になってゆく怖れがあったので、彼はそれを引きしめ、バリエーションをつけてゆこうとした。例えば、外国文学の紹介などで『未来』の教授詩人たちをむこうに廻すには、貧弱というよりも、人がいなかった。

そこで僕が金冠子という匿名で、毎月フランスの詩の翻訳をしたり、林龘をつれてきて、林久策という名で、ドイツの詩の紹介をしてもらったりしてお茶をにごした。雑誌のうらの昆虫のカットも、僕が描いた。装幀のことも、配列も、新人のあつかいも、一応、意見を出してみることになっていたが、そういうことになると百田の方が上手で、格別、僕の方からの新しい発案もなかった。創刊か、二号からか、僕は巻頭詩の特別優遇をされたが、それは、百田の配慮だった。そういう処置にしても、彼は、他人に文句を言わせない妥当性をつかんでいた。デモクラシーはその後下火になっていったが、その仲間には、彼の公正らしい態度を面白くおもっていない連中もあった筈だ。僕と百田にこうした特別なかかりあいのあるにもかかわらず、作品の問題となると、僕と百田は折りあわない点が多かった。それは自明の理だったが、若い二人は、そのためにいつはてるとない議論を闘わした。僕の方でも遠慮して、他の客のいる時には、口をつぐんでしまった。ただ、百田の食客をしていた山崎俊介が、ポーを耽読していて、いつも僕の方に味方した。百田の美点は、自説を固守しながらも、大局においては他人の立場も無視しないという点にあった。

二言目には、「君、関西では、ものそのものの味を殺さんように料理をするよ。関東の味は、かやくが多すぎて、ものの味は殺されてしまう。君とちがう僕の詩は、ものの味を殺さんための淡白さや」

と、自論をもち出すのだったが、僕はなんだか話がちがうとおもいながら黙ってしまった。鏡花ファンのしをり夫人も僕の方へついてしまうので、百田はいつも孤立の立場になって、遂に苦笑しておわる。関西の味かもしれないが、百田の詩は淡白がすぎて、水トンか、かき玉のようだと僕は考える。白耳義でヴェルアーランを読んできた僕は、百田が民衆詩にしてもなんにしても、詩の醍醐味を味わったことがないので、一味足りない作品ばかり書くにちがいないと思ったので、彼を説得して、一週に一回、赤城の家でヴェルアーラン研究会をやるということになった。それは、僕の友情からであった。百田としても、当時の詩人の渇仰の的であったヴェルアーランの正体をつかみたい意欲があったので、乗気になって、約束通り週一回赤城へやってきた。二人は、ヴェルアーランの作品のなかでも、もっとも油の乗りきった頃の詩集、『ミュルティプル・スプランドゥル』からはじめることにした。ヴェルアーランは富田も訳していたし、三富朽葉も熱心に研究していた。それらの味読法がみな、深味に欠けていると称して、僕は、彼の研究心に囮をかけた。この研究は、僕のフランス語があやふやなうえに、彼が初歩課程もやっていないこと、テキストが二冊ないので双方で準備や勉強ができないこと等で、無理が多かった。労力が多すぎて、二時間もやると、二人はげっそりして昼寝をした。

この研究はいつのまにかジャミてしまった。その後、雑誌『楽園』同人を中心としてフランス詩への研究会がはじまり、講師を招いて、何回かつづけた。矢来の林病院の一室を会場にして、フランス新帰朝の斎藤寛がランボーの『酔っぱらいの舟』の講義をやった。増田篤夫も講師になったと記憶している。きいては、僕や、百田や、まだ医学生だった林や、『楽園』の同人諸氏、福士などであった。その後、会場が百田の家だったこともあった。

『日本詩人』は、その後もつづいた。編集者もかわった。福士がやったり、惣之助がやったりしたが、丁度、ポール・クローデルが大使となって来日して、クローデル号が出るにあたって、増田篤夫が熱心にプランを立てた。当時の詩壇に、『楽園』サークルが寄与した目にみえない功績を、今日まで誰も知るものがないのは、その後の詩壇に大変転があったという理由を除いて、『楽園』の人達の仕事がはっきりした運動のかたちにまでならなかったこと、彼らが青春のたのしさから詩を書いていただけで、詩壇というような観念に固執せず、わるく言えば、迫力が乏しかったことにもよるのである。

百田が編集しているあいだ、『日本詩人』とはいろいろなかかりあいがあったため、友人の大藤治郎が、『日本詩人』の官僚主義を排して、玄文社から長谷川巳之吉のあとおしで『詩聖』を出すにあたって、

「二人でやろうじゃないか」

と相談をもちかけてきたが、

「僕は、こんどはそっとしておいてほしいんだ。百田との義理があるんでね」

といってことわる以外はなかった。なんだか政界人の内幕みたいで、いま考えてみるとへんてこりんな気持がしないでもない。

大藤治郎とは、俳人の黒田忠次郎を介して知った。大藤は、落語家の禽語楼小さんの子だという。彼は、福士の『太陽の子』の真似をして、『太陽の虫』という詩集を出した。戦争前からヨーロッパにいて、大戦がはじまると、徒歩で横断旅行をした。

詩風は自由で、新しかったが、どこかまだぬけきれないところがあった。彼なりの進歩的な意見をもっていて、僕とは別のイミで、既成詩壇にあき足りないのだった。佐佐木茂索のあとか先に、時事の文芸部長をしていたし、新潮社から婦人雑誌『婦人の国』を発刊したこともあったが、その方は、うまくゆかないで廃刊し、その後、胸を患って死んだ。歯ごたえのある、よい仲間を一人失った。

『こがね蟲』前後の交友と、詩壇の事情について概括的なことを述べたが、僕の内部に起っていたことをもうすこし述べ足さなければならない。

いつのまにか、僕は、詩のしごとに没頭して、他を顧みる暇がなくなっていた。そして、女との愛情問題や、情事に賭けていた青年時代の夢は、いつのまにか、「詩」に対する野望にとってかわられていた。だが、その目的は、いかによい詩を書くかということにあるのではなく、やはり、詩によって、いかによい生きかたができるかということにあった。

一旦生を受けて、どこまで可能性を生かして、いちばんいい生きかたをするかということに主眼点があったのだ。芸術のための芸術こそ、僕にとっては、人生のための芸術であったわけだ。（当時、芸術のための芸術と、人生のための芸術の論争が、文学青年のあいだで盛んだった。）

『こがね蟲』の作品は、ゴーチエから象徴派末流までのフランス詩の影響をつよくうけたもので、芸術のふるい美への心酔があらわれているが、フランドル派の画家ファン・エイク、メムリンク等の北欧の芸術と自然からうけたものも濃厚に感じられる。ふるい調度品、武具、文房具などへの特別な嗜好は、だいたいいい加減に人が見物してすぎる骨董品的なものにもこまかく関心をもつことになり、別な眼がそこにひらけ、それがまた僕の気質に影響を与えるという順序であった。

僕のなかにはまだ、近代の否定的な精神はめざめていなかった。ふるい美を無視したり、すてたりする代りに、それによってじぶんをゆたかにしようと心掛けた。それは、欧洲の古典美をみてきて、日本のそれが等閑視され、新しいものが借りものにすぎないことを認識したとき誰もが陥り易い、無条件な伝統への復帰というところへゆきつくものであった。デモクラシーに調子を合わせていた頃のじぶんの作品は二度と読みかえすに耐えなかった。

『白樺』派乃至は、社会主義的な当時の詩壇の詩に対しても、反撥を感じ、異論が百出した。また、形式だけ外国の詩に模した当時の芸術派の作品にももの足りなかった。一つの言葉また色調や、音響の軽重による一行のニュアンス、その重なりが全体を作りあげる要素となるので、言葉一つとしてその連関がゆるがせにできないものであることを僕は考えた。思想的には、ロマンチシズムであるが、手法は、あくまでも実験的、自然主義的な正確さを追った。それがゴーチエから学んだものだ。僕は帰朝後、一年間、デッサンの仕事に熱中した。デッサンの仕事とは、つまり、写生詩で、身辺の物象、風景その他、目にふれるものを、十六行詩にまとめて、活写する練習である。それらの詩は、つもりつもって三百篇に余った。しかし、もともと練習のためのものであったから、散佚するままに任せて、現在は、四、五篇位しかのこっていない。創元社版の『金子光晴詩集』のなかにある「寺」「武蔵野」等の詩がその詩の名残りである。古い美の新しい支持者であったことは、僕がまだ、わずかな財産ののこりで生活をしていて、社会とじかにむかいあって、活計の苦しさを経験しなかったという卑俗なことと照応しているといえないこともない。しかし、僕としては、今日の価値批評を必ずしも正しいとは考えていないので、多くの批評家が言うように、今日に適応した僕の近作の方が、『こがね蟲』の詩よりもすぐれているとは今猶、早計にきめてしまえないことだとおもう。『こがね蟲』には、青春のヴァニテーがある。青春のヴァニテーというような問題を、功利的な立場からきめつけることは、今日までの健全な社会が敢えてしてきた過誤であって、それは最後の審判の日にはじめて、はっきり裁かれることであろうとおもったものだ。

詩のエチュードの仕事は、僕の技術上のプラスがあったことだけはたしかだ。エチュードの仕事は、僕のレアリズムの傾向を延ばした。ヨーロッパでしてきた仕事は、傾向に従って、三冊のノートに分けてとりまとめたが、『こがね蟲』を、郷愁、夢のためにした仕事とすれば、日本に来て棄ててしまった長篇詩集は、あまりに野放図で、世間に発表できるようなものではないとおもわれたが、これは、オペラの台本のようなものであった。

もう一冊は、仮に『大腐爛頌』という名をつけて、あたためていたものだが、丁度『こがね蟲』とは別個な作品で、『こがね蟲』のなかの「熊笹」と一連のような、地道で、意欲的な作品があつめてあった。『こがね蟲』の多彩にくらべて、それは黒白であった。この詩集は、『こがね蟲』と同時に、あるいは、すこしあとで出版する計画であった。『こがね蟲』とその詩集を併せよんで、光と影の二つのトーンによって僕というものを認識してもらいたかったのだが、『こがね蟲』の出版に先んじて、僕は、なにかつまらない考えごとで放心していたために、常に身辺から離さなかったその草稿を包んだ風呂敷包ごと、電車のなかに置き忘れた。友人達がそれをきいて、電車会社の遺品係りに行ってしらべてきてくれたが、遂にみつからなかった。

そのうち四、五篇は、下書があったり、おもい出して書き直したりしたが、おおかたは、長い詩のせいもあって、どんなに苦労して考え出そうとしても元通りのものができなかった。この詩集を失ったことは、今日考えてみても残念なことだった。

『こがね蟲』のもつ、呼吸の長いリトムはエミール・ヴェルアーランと、『未開詩集』の著者ルコント・ド・リルのたまものであり、上述の「熊笹」や、「鐘が鳴る」に、この二人の影響がはっきり現れている。南方や、エジプト、近東地方へのあくがれも、ゴーチエや、エレディアを通して色濃く出ている。『こがね蟲』から、サンボリズムをひき出すことは、むしろ妥当でないかもしれない。そのデカダンスは、十九世紀末のデカダンスではなくて、もっと近東的な明るさをあくがれ、むせび泣くリリシズムのかわりに、放胆な哄笑がひびいてくるようである。「金亀子」「風雅帖」などの極東を主題にした詩は、百田も言っていたように、「君の東方趣味は、日本人のものではなくて外国人のみた日本や」という批評がぴったりである。増田篤夫は、『こがね蟲』を高くかって、「西方と東方との結婚式」というような表現で、讃辞を与えた。

『こがね蟲』が出てから、何らかの意味で日本の詩人達は、僕に注目した。先輩の詩人たちは、僕に好意ある言葉をかける人達でも、批評を書くことはさしひかえた。同時代の詩人や、僕より若い詩人達のうちには、過去の詩から何とかして脱出したい意欲をもっていたものが多かったので、手を握りに来たものも三人五人に止まらなかった。共感を持ちかねる人達も、僕の自信の強さには押され気味だったらしく、堂々と名のり出て、鋒先を争おうとするものはいなかった。支持者はなかなか多かったので、僕の詩が特殊で、しかも時流と逆行しているのにも拘らず、孤立という感じではなかった。

ともあれ、僕の前途は、今日の若い詩人達の考え及ばないくらい大きく約束され、実生活のうえに於ては日々没落の途をたどっていたに拘らず、それをオーバーするような、しっかりしたなにものかの約束がある感じだった。

それは、僕が若かったために感じた、事実の拠り所のない信念ではなくて、その後の詩壇の大崩壊によって、積上がる根城を失ってから、今日猶、あの当時のようなしっかりした足がかりがないというのが本当のようだ。それは、当時の詩人の詩が立派だったというのとはちがうのだから、その点を混同してもらっては困る。それに比べて、混乱と苦難のながい歴史を越えて、叩きあげてきた現代の詩人達は、個性にみがきをかけて、やっと一人前になった詩を書くものが日本にもぽつぽつ現れてきたという感を深くする現役連中である。

『こがね蟲』の出たのは、大正十二年の初夏のことだった。僕が二十八歳の時だ。

その頃、僕は、赤城元町の家の二階の八畳を他人に貸して、玄関わきの女中部屋の三畳にうつっていた。この三畳は、また、障子一つで台所に面し、ガラス戸で、玄関を通らずに外に出られるようにもなっていた。三畳とは言っても、裾の方の一畳は、釣戸棚で、そこに夜具を入れるようになっているので、戸棚の下へ足をのばせるが、立って歩ける面積は二畳だった。僕は、殆ど、そこに夜具をしきっぱなしにしていた。「自動車部屋」という名がついていたが、そこには、さまざまな人がのぞきにきた。あがれといってもの足のふみ場がないので、外に立って話して帰ってゆくものもあった。『楽園』の連中では、国木田や、サトウ・ハチローが現れた。吉田一穂も来た。朝方まで話して、誰もまだ起きない未明の町をあるき、よその家に配ってきた牛乳をみんなで失敬したり、僕が音頭取りで、神楽坂の商店通りの芥箱を道の中央に出したり、薬局のイーナーという薬の看板の狸を、食料品店の前へ移したり、必死になってかき廻しをやったものだった。なにか、はけくちのない、もっていきどころのない若い日の鬱屈を、そんなことではらそうとしたのだった。明るくなって街にいってみると、すべては元通りに戻してあった。

十八歳の牧野勝彦が、ひょっくりと、友人の後藤という少年といっしょに、その自動車部屋を訪れた。牧野は純真で、信じ易く、また、血の気の多い少年だったが、その頃は、油画の勉強をしていた。三等郵便局の息子の宮島貞丈も、毎晩のようにやってきて、舎弟の大鹿卓と四人がいつも落ちあい、みんなが持ちよった材料で炊事をした。大鍋でカレーライスをつくり、腹いっぱい食べたあとは芸術談ではなくて、芸づくしだった。宮島の似顔、声色は至芸で、後には、色ものの高座にあがった。牧野は、浪曲に堪能で、楽遊、虎丸、一心亭辰雄、京山小円、三河屋円車、重松、重正、誰の声色でも、一応似ているようにうなってみせた。あの和んだ空気は、今も忘れられない。『こがね蟲』を出したあとの一脈の虚しさ、淋しさを、その団欒がそっと抱いてくれた。三人は僕に傾倒していた。牧野は、僕といっしょに、その三畳で起臥することとなった。夏にはいった。八月は、例年よりもしのぎにくい暑熱だったが、下旬にはいると、昼のうちは油照りに照りつけ、夜になるときまったように、大雷雨が襲来した。

「水の流浪」の終り

その年の九月一日に、関東一円にわたる大地震があった。

正午頃、僕がまだ三畳の自動車部屋に寝ている時に揺れ出した。その年の夏は、牧野、大鹿らと、伊豆の大島にあそび、牧野はあとにのこって秋の展覧会に出す出品画を製作し、そのまま、郷里の名古屋に帰ってしまったので、僕一人で寝ていたのだ。揺れ出して、そのうち終ると思っていた地震が、ますますはげしくなり、はては、台所の引窓から屋根瓦が落ちてきた。神社の石垣の崖下にある家なので、危険を感じた僕は、座蒲団を頭にかぶり、瓦の落ちてくるのを防ぎながら通りに出た。当時はもう新小川町の情夫の方へいきっきりになっていた義母をたずねてみるつもりで、神社の前を通ると、鳥居がいまにも倒れそうにゆらゆらしていた。大地は飴のようにうねりつづける。僕が通りすぎるとすぐ、うしろで、がらがらと石塀が崩れる。新小川町に辿りつくと、近辺の小家は大方勤め人で、主人が不在で女や年寄が途方にくれている。川田家の板塀をひきはがし、庭の空地に二百人ばかりの老幼婦女子を避難させた。無断闖入（ちんにゅう）というので、川田から文句がきて、早速、邸内から出て欲しいという。余震は益々はげしく揺りかえし、下町の方角にあたって、火の柱が立った。大火で竜巻が起っているのであった。追々勤め先から命からがらの男たちがかえってきた。庭に頑張って、一晩、二晩、戸板のうえに寝る。再三追出しの催促がくるので、僕と、もう一人が、日本刀を腰にさして談判に行った。その剣幕で、ともかくも、こちらの言い分を認めさせた。連日火事は消えず、遂には江戸川を一つへだてて対岸まで燃えひろがってきた。そのあいだも、地震はくり返され、つぶれた家から圧死体がはこび出された。夜は、狐火のようにいろさまざまな焔が燃えて、うつくしいほどだった。

この天災で、多くのものがくずれ去った。江戸時代からのこっていた建物や什器、その他、二度と存在しないような貴重な物件が烏有に帰した。なんらかの意味で、過去の完成に支えられていた僕じしんの精神の拠点がゆらぎ出したとともに、その後の日本の崩壊も、すでにその時に端を発していたとおもえる節があった。単なる災厄ではない。明治が早幕に築きあげた新しい秩序が、ようやくその上塗りを剝がされ素地の非力を露呈しはじめたものとも考えられる。そのどさくさのあいだにおこった朝鮮人さわぎや、左翼書生への神経病的な当局、並びに一般市民の警戒ぶりが、はっきりそのことをものがたっている。地震のひびわれのあいだから、反政府の思想運動が芽ぶき、人々の心に不安と、一脈の共感をよびさませた。余震は十日すぎても猶つづいた。髪の毛をながくしていたが組織され、椅子テーブルを持出して通行人を一々点検した。髪の毛をながくしていたために社会主義者ときめられて、有無を言わさず殴打されたうえに、警察に突出されるのを、僕は目撃した。アナーキストだった壺井繁治などが逃げあるいたり、弘前なまりのために、鮮人とまちがえられた福士幸次郎が、どどいつを唄って、やっと危急をのがれたりというようなことが、あっちでもこっちでもおこった。いつもわけのわからない人間が多勢集るというので、僕のうえにも疑惑の眼が光った。隣家の東条という家の二階で、夏休みで帰省している学生の本箱からクロポトキンの『相互扶助論』をみつけて、読みふけっていた。丁度、大杉の虐殺の事件があって、そんなことが夜警詰所で話題になったとき、それについて、激昂して自警団長の理髪店の主人と議論をやりあった。そんなことから痛くもない腹をさぐられた。

暴力団のような男がいて、大曲の河岸で待っているから来いと、僕のところへ申し入れてきた。誰にも言わず、僕は、日本刀を腰にさして出かけていった。青江下坂の三尺近い細身の長刀で、造りもよく、奈良安親作の赤銅に鉄線の花を彫りあげた精巧な鍔がねうちのものだった。まさか、それであいてを切る気でもなかったのだろうと思うが、ゆきがかり上、わきへそらせることのできない融通の利かない性格のために、つい先へ、先へと自信もないのにすすみ出てしまうのはわれながら日本人の、とりわけ東京育ちの弱点を備えていると気づいておどろいたものだ。先方は、棍棒をもって三人で待っていた。「この社会主義奴（め）、くたばれ」といって、いきなり一人が棒をふり廻してきた。僕は、やっと事態のばからしさに気がついて、ニヤニヤ笑い顔をつくって立っていると、先方も顔をみあわせて、ぶつぶつ話していたが、このへんにまごまごしていない方がいい、二度と顔をみたらただではおかないと凄んだ果てに引上げていった。左の拇指（おやゆび）と、左の耳のうしろに僕は傷をうけていた。僕はひどく悲しくなって戻ってきたが、そのために牛込を去って、鶴見の潮田の汐見橋の橋詰にある叔母の家に当分行っていることにした。

つづいて、東京の土地をあとにするような仕儀になった。

名古屋の清水町にある牧野の生家をたずねた。名古屋という土地は、殆どなじみのない土地であったが、牧野の一家にあたたかく迎えられて、一、二ヶ月も滞在した。牧野の父は退職の陸軍騎兵大佐で、日露戦争の時は乃木大将の部下として勇名があった人だそうだ。すでに老齢で、飄々(ひょうひょう)とした人物であった。牧野が総領で、男や女の兄弟が多勢いて、みんな学校へいっていた。そこは、あまりに心身にいたみを受けた当時の僕にとって、この上ないかくれ場所だった。

『こがね蟲』は、大震災のために出鼻をくじかれてしまったが、僕はまだ、『こがね蟲』を書いたことを後悔してはいなかった。しかし、震災以後、僕は、じぶんの作品などよみかえさない人間になっていた。

僕の表情の、どこかの筋肉が引きつってしまったらしい。それなのに、僕は、じぶんの作品の他人の批判に対して、謙虚を欠いていたが、それも荒々しい震災気分の結果である。僕の身辺にあつまる人たちは、誰一人そのことを僕に注意してくれなかった。当時、『こがね蟲』の作者の手をにぎりに、まっ先にやってきたのは北村初雄だった。あとで、弟の富永次郎からきいたのだが、兄の太郎も、あの詩集のファンだったそうだ。三高の学生だった藤沢桓夫などもそうだった。僕の「西洋人の眼」が、およそ日本人の嗜好からは遠い日本文学の別個のジャンルをうち建てようとした無謀な試みが、理解されにくいと同時に、また、ハイカラな共感者を獲得することができたものらしい。沖縄の中学生の山之口貘(ばく)さんも、モダニストだった。正岡容(いるる)もそうだった。しかし、帰朝後一年、二年経って僕の眼が日本になれ、僕の好みが、もとの日本人にかえるに従って、作品は光彩を失っていった。それに、僕の若さでは味わいつくせない日本のふかい片隅がたくさんあった。日本そのものにわけいってゆくか、新興の文学を迎えて、新しい勉強をしなおすか、この二つのうちの一つを選ばなければならない岐路に立って、僕はいつも動揺した。『こがね蟲』でつかったボカブラリーに、だんだん僕は嫌気がさしはじめた。たくさんの漢字の色彩感覚は、象眼細工のようにふるびた趣味に変ってきて、その頃書く作品では、つとめてその表現を避けるように、変ってきた。じぶんでは強硬にがんばるつもりでいても、一般が認める趨勢のおし流す力にがんばり通すことは無謀なことだと考えるようになってきた。詩集『水の流浪』の作品は、その過渡期のもので、多くこの名古屋滞在のあいだに作られた。

名古屋の土は黒かった。晩秋にむかって、荒涼とした田野の風景のなかに、名古屋城がそびえていた。清水町の牧野の家を一歩出ると、城がみえた。侘しい風景のかぎりを味わいながら、僕は毎日散歩し、ノートにおもいついたことを書きしるした。名古屋には、高木斐瑳雄、中山伸、春山行夫などのやっていた『青騎士』のグループがあった。牧野は、おつにとりすました彼らとうまがあわなかった。井口蕉花という詩人がいて、その人だけが時々、清水町を訪ねてきた。彼は、瀬戸の茶碗の上絵師だった。牧野も、僕も、金に困っていたので、井口から金を借りた。その金でドテ焼きを食べにいったり、御前漫才を見物にいったり、また、原嘉六などという名古屋土着の浮かれぶしをききにいったりした。牧野の父が、湿地の多い沼べりで、鯰を釣ってきて、蒲焼をつくってくれた。妹たちは、離れ小屋に起居している兄や、僕の日常をふしぎそうにながめていた。牧野の母は親切な人だった。いずれは、詩の修業の功成って、じぶんの息子が、僕の力によって世に出る日のあることを期待していたのだろう。僕にしても、あるいはそんなことがあるのかもしれないという甘い考えから、師匠づらをして、悠々と食客をしていたものだ。牧野は、がむしゃらに詩を書いて、僕にみせた。雑然とした写生詩のようなものだった。詩の修業が、究極は彼をいじめつけるだけのことだと彼がさとったとしたら、それは、彼が僕からはなれたあとのことだったろう。彼は、僕のためにつとめることがおそらくたのしくないことではなかったろうし、僕の方でも、心をゆるして、しっくりと彼を受け入れた。そういう人間同士の関係は、その後の僕には、もはや二度とは来ないことであった。

名古屋を発つときは、牧野と二人づれであった。兵庫県の西宮戎に、僕の実妹が河野家に嫁いで、住んでいた。河野は、関西学院で教鞭をとっていた。三間程の貸家で、隣家とは、板一枚でつづいていた。二人はそこに泊りこんで、夜の更けるのも忘れて話しこんだ。話のなかに加わりながら河野は、山と積んだ蜜柑をまたたくまに一盆二盆と平らげていった。東京から宮島貞丈がきた。小日向水道町の郵便局は辛くも類焼をまぬかれたということだった。三人づれで、和合人のように、洒落を言ったり、からかいあったりしながら京都を見物した。宮島にとって関西ははじめてであった。牧野とちがって、宮島の詩は、彼なりに筋が通ったものだった。『こがね蟲』のエキゾチシズム日本から刺激されて、歌舞伎や、寄席を題材にした詩、草市や縁日の夜の情緒をうたった詩など、ひそかにただ一人で玩味しふけっているような珍しい日本的抒情の作品で、よかれあしかれ他に類似品を見なかった。もともと、古い教養をもった僕には、それを味わうことでしばしば荒々しい心が和む心地がした。牧野も、宮島も、二人ともまだ、酒の味もしらず、童貞であった。彼らの回顧趣味や、情誼の世界が、どんなに僕を甘やかし、嶮しい現実の対決に追いつめられていた僕を、しばらくのあいだでも庇護し、身づくろいの時間をかせがせていてくれたことだろうか。僕は、あえて、その空気のなかに、逃避し、沈湎(ちんめん)した。寄席行燈ににじむ燈火や、李太郎のキリコの世界に新しい燈つぎをしようとする貞丈の若い、ひたむきな感傷に、外の世界の凄まじさ、熱風と業火と、潮なりのような地震の襲来がまだ耳もとにのこっていて、人間の終滅の悲しみを如実に味わいながらも、それなればこそ猶、亡びたものをふたたび繕い、もう一度じぶんのものにするために、夢と期待をかけるのだった。「現実」が変ってゆくものとしても、出来るならば、その現実をまんまと瞞着したいというジェラル・ド・ネルヴァル風な偏向からでもあった。

それは、『こがね蟲』というマジック・ランタン直流の思考で、一度消え去って、人のまぶたのうらにある人生を、白日から避けてとりいだし、遠景のなかで愛でようという、ロマンチシズムの精神であった。

僕がその世界と生命をひとしくし、殉死できれば、すこしの悲劇も起らなかった筈だ。僕のなかに砕け散った、あまりに多くのもの、わずかながらの財産や、家憲、永久に僕の姿を小さく映している筈だった納戸の黒塗り箪笥、すぎ去った時の伴侶だったあの人、この人のうすれてゆく輪廓、唇の微笑、頬にふれた巴丹杏の肌の触感、かすれた声で、喃語のようにささやく人の声の記憶。だが、僕の肉体の自然は、彼らといっしょに亡びるかわりに、猶、幾年か幾十年か、あとへのこらなければならなかった。新しい非情冷酷が、僕を待ちかまえている。悲劇は、僕の精神が、ある強靭性をもっていて、荒野に生きのこることに耐えられることであった。そして、宮島が僕の試験台にされたことであった。彼は、僕よりもずっと若いのであるから、僕をつきのけて、別の世界に生きながらえる路をさがさなければならなかったのだが、彼は遂に、僕のための犠牲者として終った。正岡容や、吉井勇が彼の才能を惜しんでひろいあげようとしたが、好人物の彼には、彼らを足がかりとするタフな処世術に欠けていた。

その点では、国木田虎雄もおなじだった。彼の詩集『鷗』が新潮社から出たのは、『こがね蟲』より半歳か一年先であったが、彼の詩は、本質的には、『こがね蟲』を継承していなかった。むしろ、それは『大腐爛頌』の血つづきで、僕の可能性の一つを国木田によって試験した結果になるのだが、彼はじぶんが代ってそれをおしきれなかった。小説のなかで生かしてみようとしたが、それも長つづきしなかった。

うらぶれて、ゆくあてもなく、さすらいながら、東京へ舞いもどってみても猶更なすすべないままに僕は、一日でもながく関西の土地を流れあるいていたいとおもっていた。そして、そんなあいだに、『水の流浪』の作品が殆ど完成した。それは、僕の流離の書で、作品としても弱体であった。『水の流浪』は、『こがね蟲』のおちぶれてゆくあわれな道すじであったが、僕の苦しさは、じぶんの落魄をじぶんで納得して甘受しなければならない仕儀になってゆく気弱さであった。そこに当時の芸術派共通の悲しみがあった。こういう弱さは、すべて、本質的な既成のなにものかを選択することでしか、何につけても方法をもっていない平家の落武者のような人間にとっての宿命で、よりすがっていたものと宿命をともにするか、背反して他に趨(おもむ)くの二途しかないわけだが、それというのも、それは、すべて、自個というものをもっていないところから来ているもののように思われる。

およそ、白秋や杢太郎から萩原朔太郎にいたるまで、大正時代の人たちのあいだでは、「自個」は元来おのれに似たものの寄せあつめで、それ自身が自発的にあゆみ出すための芯となる思考の根、つまり思索の実践力というものをもっていなかった。それは、あまりにもまぶしい舶来思想や表現力に圧倒されながら受けとったものを何とか、ソシャクするだけで、せい一ぱいの時代だったのだから、それもしかたがないことである。だから日本人は、まだ、個人がものを考える自由性にもなれていなかった。思想の整理は学者的方法しかなかったので、芸術家といえども、整理は学者的にやる以外はなく、さもなければ、無整理のままの気まぐれで、議論は、多分に感情的、衝動的になり、大局的には俗論に傾いてゆくことで納まるのだった。白秋や、その他の詩人の精神生活のなかに、自個の統一的発展の歴史がみられないで、かえって、日本人の年齢的変化の類型がよみとれるのもその証(あかし)であろう。

朔太郎の論理も、単に彼が身につけたもののそれは、彼の芸術の低い案内役しか引きうけはしない。彼だけの詩人の、入門書としても、もっと彼の自個のあぶらの裏側までしみとおった、機密に関する書をのこしておいてほしかったものだ。『アフォリズム』も、ニーチェか、誰かの反映、ほとぼりで書いた臭気がつよい。自分自身で考えてはいないのである。感じるだけで、考えない時代。それが、大正という時代の限界として、僕らの心にうつる。

この点では、アナーキストにしても、大正の流行のコミュニストにしても例外ではない。彼らは、安易に人のあとについて反抗したり、主張したりした。悲憤したり、激昂したりしたが、黙々として終始を考えながら、人なき道を歩くような辛抱人はきわめて少かった。右翼血盟団のそれと、同じである。彼らはまず、与えられたテキストを丸のみこみし、狂信者の強さで他人にのしかかるが、もともと自個のぎりぎりの場で納得したことではないので、その強さの反面の反動的なもろさをそなえていて、そのために、去就となると案外淡白なのだ。

そんなあやふやな自個を、自個として抱いていたことは、僕も同じである。そして、もやもやと心中のことの整理のできないままの、当時の僕ら青年共は、誰しも、流行りの言葉の懐疑という一つのわだかまりの雲として、頭の片すみにのこし、なにか貴重なインテリのレッテルのようにひけらかして、割り切れないことを、よきこととする傾向もあった。文学者達は、それを原動力として、はかない創作活動をつづけた。簡単に割り切りたいもののためにも救いの道があった。それが左翼思想であった。

そういう僕自身の自我の形成にしても、今までこの本を読んでこられた読者もおわかりのように、分析してみるまでもなく随分お粗末なものの寄合い世帯で、自我と名のつくようなユニークな、幼時からすくすくと延びた中心になる高い意欲はみつからない。中心もぼやけている。ただ、動物的な自個満足の欲望と、性癖の我意と、その他には便利主義によって、自個を有利に合理化するために、任意に、時に応じて、他人の思想や言葉を借用しただけのものだ。どんな立派な思索でも、その時と所に密接してでなければ、真の意義はないものだ。古人の考えなどは死物だ。ただ、死物の注射でも、結構見境なく、人間は、一人前な顔で通れるのだ。そんなイミで、僕の『こがね蟲』『水の流浪』も、考えようによっては、がらくた舟だ。享楽主義と、神秘主義と、ふるめかしい人情主義が、最後の言いわけのような虚無思想のうえに宝船のように乗って、あぶない航海をつづけているといったまでのものだ。つまり、僕ならずとも、僕と同様な思想経路をもった人間があの時代にはたくさんいたわけで（今日も僕と同年配でそういう人たちはいるにはいるが、僕程には過去の日本の思想の根をもっていない人の方が多いには多いだろう。井上康文にしても、大木篤夫にしても、僕よりはずっとハイカラだった）、江戸の淫蕩な戯作者がよりどころとして老荘思想をもっているように、十代からしみついたその東洋思想が、僕の支えになりながら、僕のカンジンなところを喰いやぶりつづけた。

ニヒリズムは東洋ばかりでなく、西洋でもふるくからある思想で、一般市民のなかにも根がふかい。ただ、キリスト教というものがあちらでは根が深く喰い入っているので、箴言の空しさは、信なきものに限っての空しさをいったものである。でも十九世紀のリアリズムが教養の空しさを問題にしたので、ニヒリズムは東西とも近いものになった。『こがね蟲』の耽美主義にかくれていた甘美なニヒルが、『水の流浪』では、むしろ、むき出しになった。それは、現実として震災や、そのための放浪の根のない生活によるものらしく、すべてによりどころを失いそうになっておろおろしていた当時のじぶんをふりかえると、いつも気の毒になった。あの詩集には、僕のそんな弱々しさばかりがあらわれていて、後年の詩の『蛾』と対応をなしているが、『蛾』の方がまだしも安定している。

『水の流浪』の無防禦のなかには、大正時代の性格である、手放しのもろさがある。あの頃の僕には、どこからでも突かれるスキがあった。僕がワイルド流な傲慢さでつっぱり、サーニズムでおし通せたら、外観だけは、もっと立派だったかもしれない。しかし大正人の僕にそれだけの自負や拠点があるわけがなかった。ぐらぐらしているからまだしも、ほんの少しの脈があったのかもしれない。そして、新興思想に簡単に音をあげてしまわない懐疑のとりこであっただけに、もうすこし脈があったわけだ。

僕が過分にふるい過去を背負っていたということは、しかし長い生涯には二重の利点もあった。一つは、過去に対する理解をもつということと、一つは、過去の邪悪を承知しているために、反抗のあてがあったということである。

『水の流浪』の題名の詩は、牧野らと大島にあそんだ時の着想であり、「新造船」「人買船」等の着想は、西宮戎（えびす）の港での着想である。

一方、生活の窮乏とともに僕はいっさいのみえをすてて、泥に手をつっこまなければ、小魚もつかめなかった。ニヒリズムが、上品な人間として通用していたのでは、その日が生きてゆかれなかったのだ。それほど、僕は、実生活に、無経験で、また、なにをやってもヘマをやりそうで、ゆくゆく乞食にでもなるより他なさそうにおもえたからだ。

前にも言ったように生れつき僕は、なまけものだった。その上夜と昼とがいれ代っていて、午後四時頃に眼をさまし、その代り、夜中じゅう起きていて、街をさまよったり、ひとりで床のなかで眼をさましていたりした。ねむればひどい悪夢をみた。怒りっぽくて理非の区別がなかった。眼つきがけわしく、鼻が尖って、男も女も、打ちとけてそばへはよせつけなかった。淫蕩をこのみながら、性欲はなかった。芸術の上では、女の美をあくがれ、ないものを求めて、ながらくほっつき歩きもしたが、現実の女には、むしろ冷淡といってよかった。二十三歳から二十七、八歳までの僕は、その通りだった。世間の男女の交情が胸くそわるかった。プライドが強くて、容易におのれがきずついた。無口であるかと思うと、雄弁になった。人を嫌いながら、人がいなくては、淋しくていられなかった。それで、人に会いにいっては、くらい気持でかえってきた。そんな、容易に、感じ易い人間にとって、泥に手をつっこむことは、たとえば借金に行ったり、ありもしないことで金を騙(だま)しとったりすることなど、本当はどんなにつらいことだったか。それに、もう一つ、僕を反逆させたものは、友人知人の好意のお座成りさ加減が、それが冷酷な世間とつながっていることを相手の言語挙動から先廻りして、感じとったためであった。

「つまらない人間に思われてみよう」という僕の転向は、洒落気だけではなかった。それも究極のところをしっかりとたしかめて見たい気持からだったのだ。そして、はなれるものは、はなれていった。親しくしていたものとも、不愉快な関係になった。僕が被害者の側ではなくて、あいてが被害者の側となると、瞬間、てきめんにあいての態度は変った。しかし加害者は、被害者の苦悶をみんな知っている。

だがこのけばだった対決のなかで、僕は、あいての反撥や、敵意から、人間本来の、かえってそれが当然あるべき関係をたしかめた。つまり犠牲の多い方法で人間を学んだのだ。

僕の二十代の最後と三十代とは、くらい歴史であった。

第三部　棲みどころのない酋長国

おゝ。やつらは、どいつも、こいつも、まよなかの街よりくらい、やつらをのせた
　この氷塊が、たちまち、さけびもなくわれ、深潭のうへをしづかに辷りはじめる
　　のを、すこしも気づかずにゐた。
みだりがはしい尾をひらいてよちよちと、
やつらは氷上を匍ひまはり、
……………文学などを語りあった。

うらがなしい暮色よ。
凍傷（しもやけ）にたゞれた落日の掛軸よ！

だんだら縞のながい影を曳き、みわたすかぎり頭をそろへて、拝礼してゐる奴らの
　群衆のなかで、
侮蔑しきったそぶりで、

たゞひとり、
反対をむいてすましてるやつ。
おいら。
おっとせいのきらひなおっとせい。
だが、やっぱりおっとせいはおっとせいで
たゞ、
「むかうむきになってる
おっとせい。」

――「おっとせい」三より

日本を追われて

震災の翌年早々、僕が関西から東京へかえってくると、相前後して牧野も上京し、赤城元町の自動車部屋生活がつづいた。

早春の一日、林髞が来て、二人で、つれ立って、大森にいる『楽園』同人だった大山広光をたずねた。大山は、小柄色白な美青年で、たしかまだ早大文科に籍をおき、吉江孤雁に愛されているという話だった。彼は、二人の顔をみると「明日、大阪から、女の詩の弟子が二人上京しますよ」と得意気に言った。

「二人も？」

童顔の林が、眼をくるくるさせてきき返すと、「ええ、どっちもちょっとした娘でね。一人は和歌をやるし、一人は、まだ、お茶の水女高師の生徒です」と言った。その一人が蒲生千代で、もう一人が森三千代と、あとになってわかった。ともに関西の『塔』という和歌中心の文芸同人雑誌の仲間だった。大山も関西人で、その雑誌にかかわっていた関係である。

大山とは全く別なルートで、三千代が、僕の方に接近してきた。それは、牧野勝彦で、彼は、この二人の娘のもう一人の仲間の城しづかと、おなじ家に下宿していたというひっかかりである。三月のある日、牧野が森をつれてくるという手筈がきまった。自動車部屋は坐るところもないから、新小川町で会おうということになり、僕と、大鹿と、宮島の三人が、新小川町の二階で待っていた。

彼女は、くらいオリーブ色のカシミヤの袴をはいて、袴の紐のところに、桜の花の女高師のバッジをつけていた。勝誇ったような眼をした、健康そうな、カリカリした娘だった。話は詩のことが中心ではなかった。

放浪で疲れはてた僕らの心境は、彼女の出現で救われたような気がした。それに、それまでの僕の女性に対する恋愛至上的な業も崩れ、青二才の偏見のようなものも解消して、自然なみちすじに就くことも可能とおもわれる時期がきているようだった。彼女があらわれるようになって、二人のあいだに結ばれあうものがありそうでありながら、そうスムーズにははこばなかった。「ふたたび情熱はかえりきたらず」。荒れはてた青春の終りにあたってそんなあせりが強かったのを、牧野の好意から彼女によって、清新な換気をしてくれようという、小ざかしい裁量があったようだ。だが『水の流浪』の感傷が、僕の恋愛を明るく引立ててみせるよりも、ともするともう一度、窈冥（ようめい）のはてにただよわせようとするのだった。彼女にも他の傷心があり、同情者として僕をもとめていたわけもあった。

彼女は、弟をつれて、伊豆の大島にわたった。僕は、僕で、もう一度、関西放浪に出た。大阪郊外の帝塚山にある佐藤紅緑邸にしばらく居候をしていた。そこへまた、牧野が追いかけてきた。一ヶ月あまり関西ですごし、五月中旬に、僕は帰京した。大森にある大山広光の家と背中合せに蒲生千代の一家が住んでいた。新学期の始まった森が、寄宿舎を休んでそこに泊っていた。早朝、訪問して、彼女をつれ出し、畑ばかりの馬込村を一めぐり散歩して別れた。彼女が訪ねてくるのに便利なように、矢来の下宿の五畳半という半端な部屋を借り、大鹿卓といっしょに、卓や、椅子をかついで引越しをした。彼女は、寄宿舎をぬけ出しては遊びにきて、目黒不動や荒川土手や、吉野園、小金井と、二日、三日つれ立ってあるいたが、二人の間にまだなにごとも始まらなかった。小金井へ行った日、夕方、彼女ははじめて、その五畳半に泊った。夜、袴をぬいで、帯のかわりに風呂敷にボール紙を包んで巻き、羽織を着て、藁店亭にゆき、老境で少し声の低くなった柳家小さんをきいた。噺家（はなしか）のことばがはや口で彼女にはききとれなかった。その頃から三日にあげず、泊るようになった。危険を冒し、門番の隙をみて校内にとびこむような芸当もやり、段々学校にいづらくなってくるのがわかった。

しかし、恋愛に就いては、大正期の解放思想（マグダや、ノラ等）の影響をうけた彼女は、肉体と心の燃ゆる時を一期と考え、必ずしも結婚に実をむすばせるものとは考えていなかった。僕も、それを知っているので、僕らのあいだ柄も、一年つづくことか、半歳でお別れになるかと、はかなさ故に、どのおもいもみな美しかれよかれと念じていたものだった。七月はじめに、子供ができたことがわかった。そこで、ことはおもいがけない方へ進展した。学校は、わかれば退学である。あと半歳で実科が終り、来年春は卒業という間際であった。早速、伊勢の神官の家に生れ、皇学館で国学を学び、当時は長崎の東山学院に教鞭をとっていた彼女の父に上京してもらって、了解をえて、子供を産ませて、小さな家庭をつくるという仕儀になった。

身重な彼女をつれて、七月中旬、青森の碇ヶ関にくだって、そこにくらしていた福士幸次郎をたずね、川一つへだてたむかい岸の、百姓たちが農閑期にからだを休めるための自炊の温泉旅館の一部屋を借り、夏をそこですごした。十和田を経て八月、肌寒になって東京へ帰った。翌年三月、青山の赤十字病院で、乾がうまれた。大森の新開地の泥田のあとに建てられた三間の借家を借りて、そこで三人の最初の家庭生活がはじまった。実世間の経験に乏しい僕には、子供の出現は、あっけにとられるような事件だった。彼の傍若無人は、父親のエゴイズムを粉砕し、無視した。僕は、子供の首だけ出して、丹前のふところに入れ、新聞をひろげてよみながら、大森の通りを散歩した。

家財をつかいはたした上、ようやく、一銭の貯えもなくなり、これといって正規に糊口の方法をならいおぼえていない僕と、十六年間、寮から寮の生活で、家庭というものの見聞知識をもたないにひとしい女とでつくった新家庭は、その当時の人の眼からは、異様でもあり、話のほかでもあったろう。非常識極まるものだったにちがいないが、そんな目ひき袖ひきも、蔭口も、彼女にはわからないし、わかっている僕も問題にしないのであった。妥協性の全くない僕はこれまでに、一軒ずつ親戚と絶交していた。歌人の先輩松村栄一氏が心配して、紅玉堂という書店の主人を世話してくれて、そこから、フランス詩集とか、アルセーヌ・ルパンの翻訳を出し、分割払いされるわずかな金で、辛くも生きのびることができた。大森の生活も、家賃が三つ、四つとたまって追出され、高円寺にうつった。凹地で二階の蚊帳のまわりを電光が這ってまわるような場所で、泥川のにおいがあたりにしみこんでいた。
十銭で六つのコロッケが御馳走だった。森の郷里の宇治山田から妹のはる子が手つだいにきた。しばらくして、省線の線路むこうの平家（ひらや）に引きうつった。朝から手車に家財を積んで、僕が曳き、女二人があとおしをして線路を越え、ふり返ってみると縄がけがわるいので道に転々と荷物がおっこっていた。子供は車のたらいの上であそんでいる。ふりあおぐと、もう夕月が輝きはじめていた。

小学校の近くの新居は、粗末なバラックだった。そこへは、新居格（にいいたる）がどてら姿でふらりと来て、五十銭借りていったり、松本淳三、福田正夫、松平道夫、神戸雄一、吉田一穂、大木篤夫、その他、いろいろな若い連中が遊びにきた。

新潮の叢書で『水の流浪』が出たが、この本が売れず、そのために折角のこの叢書が中止になり、残部のじぶんの本を竹中古書店にもっていって、五円で質にとってもらった。僕と森の上海旅行の記念の詩集『鱶沈む』が出版されたのは、そのあとだった。大森の生活のあとで、乾が乳脚気にかかり、糸のようにやせたので、僕らは、東洋汽船の豪華船の一等で、その時まだ長崎にいた彼女の両親にあずけにいき、その序に、二人で海をわたって、上海に一ヶ月程逗留した。先輩の谷崎潤一郎から、郭沫若、魯迅、田漢、欧陽予倩（おうようよせん）、内山完造、『大毎』の村田孜郎（しろう）らに添書をしてもらったので、歓待され、蘇州、杭州、南京をみてかえってきた。そのおみやげの風物詩集のようなものだったが、すでに、その当時、老朽組に入れられかけていた僕という詩人は、また世渡りも下手なので、世に問うすべもないありさまだった。そこへ誰かが入れ知恵をして、みんなから本代を前にあつめて、自分で作れば、本屋に出してもらうより有利だと教えてくれた。金づまりもひどいので、馴れないことだが、やってみることにした。奉賀帳をもって文士達を、芋づる式にたずねて署名の上、本代の前金一円をもらった。やってみると大変な仕事だった。一穂もいっしょにまわった日もある。結局、米塩と、途中の一休みで消えてしまう。友人の小山哲之輔が、代々木のへんで丁度、有明社という印刷所をはじめていた。その小山夫妻が引きうけて、本が出来た。二百部ばかりのうすっぺらな本で、本当なら五十銭位の本だったが、一円ずつ先に取ってあるので、その本でがまんしてもらった。

貧乏はどん底をつくようになって、彼女は子供といっしょに、一日十銭位しか持金なしでくらし、僕は僕で朝食もたべず家を飛出し、金策にあるいて、夜の十二時でなければかえらなかった。横光が少し世間に出てきていたので、心配して、改造社の仕事をまわしてくれたり、講談社から少女雑誌の原稿をたのんできたりして、たまに少しの金がはいると、貧乏人の癖で、一文なしになるまでおちつかなかった。普通の人妻生活なら耐えてゆかれる生活ではなかったが、彼女は、都合よく比較の対象の女房ぐらしというものを知らなかったから、そんなものかと思い込んでいる様子だった。近所の店の借金はたまり、家賃は四つ、五つとマイナスが重なったうえ、本や雑誌はおろか、新聞一つとる余裕がないので、知識欲ではち切れそうな彼女がなに一つ新知識のない世外に捨てられたようなくらしを一年、二年とつづけていた。

その頃、僕が交際していた詩人達は、「詩話会」の勢力下の若い詩人で、井上、尾崎、中西、陶山篤太郎といった仲間だった。「詩話会」の機関雑誌『日本詩人』は、編集が福士から佐藤惣之助にうつって、猶つづいていた。「詩話会」詩人の幹部の横暴というようなことが、真偽は今猶はっきりしないが、いろいろなデマとなって、世間に飛んでいて、それをきいた当の幹部達も相当いやになっているらしいところへ、後継詩人達六氏の連名の挑戦状のようなものが新聞に発表され、喧嘩を買うかとみていると、ころりと雑誌を投げ出し、会も解散してしまった。あいてがなくては喧嘩もできない諺通り、いやがらせを言って雑誌編集を引渡させようとした六人も、あてが外れて、呆然という次第だった。この筋書は誰が書いたかしらないが、その六人は、尾崎、井上、金子、勝、中西、陶山で、乗取り運動の失敗は、ちょっとみっともない図であったことはたしかで、僕も、よそでその話がでると、こそこそ逃げ出したものだ。

日本の詩人は、「詩話会」を中心とした末流で網羅されていて、大なり小なりその息をふっかけられて、卵があとから、あとから孵っていくものと決められていたが、もうこの時代になると、「詩話会」の権威は地に堕ち、「詩話会」直系をよそにして、全く別な地盤から別な氏素性の詩人たちの大群があたまをもちあげてきた。いわゆるアナーキスト詩人たちで、岡本潤、萩原恭次郎、壺井繁治、ドン・ザッキ、植村諦聞、坂本遼、局清、陀田勘助、それにその仲間にいた渡辺渡、草野心平その他で、その連中は、既成詩壇の残留組をあたまから無視してかかった。彼らは、白山の南天堂茶店に屯して議論をしたり、喧嘩をしたりしていた。僕らの仲間で、彼ら新人と一番交渉が多かったのは尾崎喜八だった。ヒューマニストの高村光太郎と、彼ら若い詩人とに血脈の流れがあったために、尾崎も近かったのだろう。自個を持することが過大であった僕は、相容れもしなかったが、それかといって無関心でもいられなかった。板ばさみの、ひどく苦しい時代だった。旧来の文学者が、心あるものはみんな苦しんで、去就に迷っていたあのときの惨澹たる気持を誰も忘れることができないであろう。そして、僕らは、不見識のないように、じぶん達に対抗するものの、手のうちを、あいて自身よりもよく知ってしまおうとして、勉強した。しかし、あらゆる抵抗面の荒々しさを味わいながらじぶんで切りひらいてゆく勉強は、それほどためにならないものではなかった。

　そして、僕の心は、詩からすこしずつ離れて、小説に引戻されていこうとした。小説『芳蘭』八十枚を、芥川賞の先駆の第一回改造懸賞小説に応募して、次点になった。入選は保高徳蔵氏であったと記憶する。僕を推したのは佐藤春夫、横光らで、保高氏を推したのは宇野、広津であった。賞金をえて、貧乏から足を洗う態勢をととのえるつもりだったので、この失敗でひどくくさって、小説にはふたたび手を染めないことにした。そしてまた、詩にも熱を失った。わずかに、ポール・モーランの作品から流行になったモダニズムの表現にヒントをうけた、若干の詩をつくってみたが、そんな借り物は、身につけてなんとなく気づまりなので、ふかくははいらなかった。

舎弟の大鹿卓編集で、宮島、牧野、森と、『風景画』という詩雑誌を出したのも、その頃だった。

高円寺の生活は、近辺の豆腐屋、そば屋などまで山のように重なって払いきれなくなったので、真夜中の二時に、トラックをよんで、そっと夜逃げをした。京王線の笹塚で下りる中野雑色というところに、一軒借りて、そこに引移ったのだった。日々の生活はゆく先の光りらしいものがなにもない。このままでは、徒らにくらしに追われて、悲惨になってゆくばかりなので、相助けて仕事をやってゆくという初志も、それなればこその二人の成立も、全くイミをなさないことになってきそうであったので、子供のことを別にして考えれば、別れて自由になる方が合理的に思われ出した。彼女もそれに不服はなかろう。だが、いざ彼女が別な男とつれ立って現れ、さあ、それでは実行しましょうと言い出した時に、さらりと通せない男心の片意地があったことを否定できない。生い立ちからくる古めかした虚栄や、未練から、男の新思想にかぶれてものをいう女の口弁に対して、余計嫉(ねた)みの火を燃やすような不明朗な事態が、この頃の新旧変り目の僕のためにはよい試練になったものだった。彼女の恋人事件は、僕が国木田虎雄に誘われて、上海へ行っていた留守に、彼女が美青年と恋仲になっていたことだった。笹塚の家は、鍵がかかっていた。彼女は一旦かえってきたが、僕は、ふたたび、笹塚の家を白昼、家財を居抜きのまま売り飛ばして脱走し、早稲田鶴巻町のうなぎ屋に二階借りをすることにした。僕にとって、東京は不義理のために住みづらい所になっていたし、そのうえ、面子(メンツ)も失ったので、いっそ、海外に二、三年も遊んで、ほとぼりをさますことで、他にもっと活路をさがし出すという、一石二鳥をおもいつくにいたったのだ。けちのついた僕は、「女をとられるような男はどうせ……」ということになりそうで、是が非でも、一度は取戻さねば駄目になるという感が強かったのだ。彼女はその相談に異議なかった。姦通罪という法律上の制裁が行われていた頃で、彼女は、それに対しても気を弱くしていた。僕の周囲も、僕にその条文を利用するようにけしかけるものが案外多かった。

八月の暑い盛りを、旅行免状、その他のことで汗だくになって僕は奔走した。宮島が餞別に仕込杖をくれたのもそのときだ。仕込杖は、護身用にしろというつもりらしかったが、持ってゆくのがむずかしいので、岡本潤にやった。九月一日、遂に東京を発ったが、大阪までの二人分の汽車賃が払えないで、名古屋まで買った。大阪では、正岡容(いるる)がいて、新戎橋の初勢旅館という放送局関係の旅館に世話してくれてそこに滞在し、大阪で出発の用意をすることにした。三ヶ月近くも大阪に留って、秋のおわりにやっと長崎に着いた。こうなると僕は、ひどく気長で、ほとんど際限のない先のながい前途を前にして、急がず、さわがず、まず昼寝をしたり、鼻唄をうたったり、無念無想で日なたぼっこをしたり、目的などは、とうの昔に忘れ去っているように傍目（はため）からはみえたであろう。じぶんの生死が平均に眼にうつるような、そんな成層圏外に場が移ると、僕は、本来のじぶんの世界へかえったような気がするのだ。決してこれは、放浪癖とか、貧乏性とかよぶものではない。

子供を、舅姑（きゆうこ）のもとにあずけて、長崎から見送る人もなく、上海行の連絡船に乗った。淮山碼頭（ばとう）に着いたとき、相変らず五円しかもっていなかったにも拘（かか）わらず、僕は、日本を逃れたということだけで、ほっとしていた。

上海の北四川路、余慶坊一二三番地の石丸リカという長崎うまれの婆さんの家の二階の部屋を借りることにした。この旅行は、僕としては、息抜きぐらいのつもりだったが、あまりに無一物だったため、ながびきにながびいて、とうとう前後五年間にわたる大旅行になってしまった。

第二回のヨーロッパ旅行は、そんなわけで、決して、海外にあそぶというような余裕のある、のんきな旅ではなかったのだ。また、日本をあとにしたということは、食いつめたというだけのことではなく、僕の文学的生命も、栄養分を失い、つづけてゆくにしても、そのままでは八方ふさがりという状態に立ちいたっていたのだ。正直のところ、ゆきあたりばったりで、仕事に対する情熱を立直すという気持よりも、過去のあんなに華やかに燃やしたわが情熱をいたみ、かなしみ、できるものなら、沙漠のはてに韜晦したいというようなセンチもたぶんにあった。当時の文学の世界の趨勢は、猶、僕の肌に合わないものだった。文壇は、プロレタリア文学の華やかな初登場の時代で、ジャーナリズムは、左翼作家に席捲されていた。一方、『文藝春秋』一派の、横光、川端、十一谷などの芸術家が、わずかに気を吐いていたが、詩人の世界では、アナーキスト全盛だった。ドン・ザッキや、草野心平などの体臭が強く、新宿、池袋あたりの街うらに、溝くさい青春のにおいをただよわせていた。僕にはもう、どんな発言権もなかったし、どんな作品を書いても、頭からみとめられなかった。

「消滅するよりも、アナか、ボルに転向したらどうだ」

無遠慮にそんなことをすすめるものもあった。

「冗談を言うな」

突っぱってはいるものの、この渦巻は僕のうえにいつまでつづくことかわからず、僕じしんも動揺して、稲垣足穂のように、星のことばかり考えている度胸もなかったので、日本での現実生活は追いつめられた果てまできて、この度の渡欧旅行は、われながら危く身をかわしたといったところであった。

上海での僕の周囲の日本人は、いずれもみな、僕にしんにゅうをかけたような生計のしかたをしていた。いろいろな連中がいた。女衒くずれや、朝から六百ケンばかりやって、ぐうたらしているあそび人、ピストルや、春画の密売人、泡のようなしごとをたくらんでは、いつもうまくゆかない連中、そんななかに、ファッショもいれば、アナーキストもいる。じつに多勢の友人ができた。中国人もいれば、日本人もいる。なかで、いちばんながく行動をともにしたのは、秋田義一だった。秋田は『楽園』の外廓にいたので、日本にいたころから、よく知っていたが、上海では、突然、五馬路の中国旅館に、支那服姿の彼が現れて、僕をよびに来た。彼は、西田税の添書を持って、上海市長だった張群に会い、彼から金をひき出すためにやってきていたのだ。彼は、西田の革命を利用して、もう一つの手榴弾をなげる考えをもっていた。僕が、上海で出会った人間のなかでは、彼ほど淡白な人間は少かった。だが、彼のからだはすでに病気の巣で、彼の耳は、よくきこえない。彼は、なかなかつかまらない張群を追いまわして、上海と南京のあいだを何度となく往復する。僕は、彼といっしょに蘇州へいって、一ヶ月ほど滞在する。ストライキを種に、彼は、大会社の工場へ金をとりにゆく。だんまり役で僕がいっしょについてゆく。あぶく銭がはいると、鶏を一羽焼きながら、余慶坊の家の土間で大ばんぶるまいがはじまる。梁山泊のような、そんな生活が半歳もつづいて、秋田は遂に、志を遂げないで日本へ帰っていった。

時代の花形の前田(まえだ)河広(こう)一郎が、『改造』の小説を書くために上海へやってきた。彼は、毎晩虹口(ホンキユー)あたりをのみ歩きながら、

「君は、どっちかと言えば、浮浪インテリで、当然プロレタリアに解消すべき人間じゃないか。僕たちの仲間にはいりなさい」

と、強硬に勧誘した。上海の創造社の連中とも交渉があった。立役者は鄭伯奇や、詩人王独清、作家には張資平、茅盾(ぼうじゅん)がいた。内山書店には、そんな連中が誰か来ていた。パン・ウル（宇留河泰呂(うるかわやすろ)）がお河童で、上海の街をふらふらしていた。魯迅と郁達夫は、いつも肩を並べてあるいていた。

痩せ型のちょっと日本人のような顔の郁と、少し背の低い、たれ髯の、好々爺然とした魯迅は、北四川路の横浜橋(ワンパンジョ)のあたりや、内山書店の裏にあたる小路を、話に実が入りながら近づいてくる。魯迅は、僕をみつけて笑いかける。大変な虫歯だ。彼は当時、尖鋭な若い革命作家からは、ふるいアナーキストとおもわれていた。多分に、文人的な風貌もあって、僕は、若い仲間といる彼がいたいたしかった。ひどくのんきそうなところもあったし、大人(たいじん)のようなところもあった。従って、あまり、むずかしい話はしなかったが、彼はいつも、くすぐったい微笑で、僕をみながら、この「風来坊が」といった顔つきをした。郁は、ずっとざっくばらんで、勝手なことを話しかけてきた。

「金子さんは詩を書くんですか。画をかくんですか」

「詩も、画もかくよ」

と、魯迅は、僕の返事も待たずに言った。

両方かいてもいいじゃないか、というような言いかただった。昔から儒教中国でなく、道教中国だという説をきかせたのも魯迅だった。一刀一刀あざやかに、中国をけずって、手の上にのせてみせてくれた彼は、ただの文人ではなかった。この二人はアナ系で、まだはっきりとコミュニスト陣営には近づいていなかったが、もうだいぶその方へ傾斜していた。郁は、黄白薇女史や女史の恋人の革命家の楊などといっしょに、しげしげと余慶坊の家にあそびにきた。金は一文もない僕にも、あのころの上海の思い出はたのしかった。

十二月の末、在華日本人名簿の編纂の手つだいのしごとで、僕は、揚子江を遡り、漢江に旅をした。武昌には、丁度、蔣介石軍が広東から北上してきて屯していた。つい三、四年前、長崎から上海へあそんだ頃は、まだ群雄割拠の時代で、上海には、五省督軍孫伝芳が勢力を張っていた。漢江からかえってくると、いよいよ、出発がせまっていた。どこへ？　行く先は、一つ先の港、香港だった。僕はそのために「上海風俗画」の展覧会をやって金をつくった。魯迅が二枚買ってくれた。一枚は、唱詩人（女の歌手）の画だったが、彼は「これは、日本の女の顔ですね」といった。

香港までの旅費しかないので、また、そこで二ヶ月滞在した。海岸沿いの日本人町ワンチャイの旅館にいて、待機、シンガポールにわたる。着くなり、二人とも、デング熱という風土病にかかる。そこでまた、一ヶ月、二ヶ月とすごす。日本人クラブで、シンガポール風景小品画の展覧会をひらく。「このシンガポールでもたくさん欧洲へゆきかえりの絵かきさんが展覧会をひらいたが、金子さん、あんたぐらい下手な絵を画く人もない。わしは、大いにそれが気に入った」

そんなことを言いながら肩入れをしてくれるへそ曲りもいて、シンガポールで小づかいができると、一先ず、ジャバへ行ってみることにした。KPM会社の船で、バタビヤに着く。バタビヤでまた半歳、スマラン、ソロー、ジョクジャを経て、スラバヤまでいって、やっと、一人分のパリへゆく旅費が手にのこった。

炎熱下の旅は、ものうくつらかったが、僕らのほかにも、はるばる故国をはなれて旅をしている人間がいて、鉢合せをした。むかしの女衒（ぜげん）の親方あがりの顔役がいて、そういう人間に一宿一飯の世話をかけたこともある。浪花ぶし語りの名前だけは大看板のにせ虎丸だとか、世界徒歩旅行者の武内某とか、女づれの曲芸師だとか。

久しぶりで、シンガポールへ戻ってくると、森一人を、郵船の船にのせて、マルセイユへ発たせた。パリへ着いて、一ヶ月は生活できる目算で、そのあいだに僕も金をつくってあとを追い、その後の生活の補給をつけるという目算だったが、はたして、目算通りにゆくものかどうか、皆目見当がつかないことではあった。船窓から首を出している彼女と、船がはなれて遠く顔がわからなくなるまで、さんざん悪口雑言を吐きあった。そうでもしなければおさまらない気持だった。そのまま永久に二度と会えるかどうか、僕らの力にも限界があることで、にわかに決められる問題でもなかったからだ。

ひとりになると淋しくはあるが、一面気らくでもあった。僕は白服に中折帽子でスーツケース一つ提げて、ジョホール水道をわたり、邦人ゴムと石原鉄鉱の集散地、河口のバトパハまで、車を走らせた。熱雲のした、白枯れた椰子林や、はてしないゴムの栽培林をつきぬけてバトパハに着くと、川蒸気でセンブロン川を遡った。センブロン三五公司第二園に滞在し、さらに、スリメダンの石原鉱山を訪れ、大小数ヶ所の、川すじのゴム園事務所を泊りあるいた。僕はそこで泊って、もとめに応じて、肖像や、風景を描いて稼ぎながらあるく「旅絵師」というものになっていた。ジャングルと隣接する辺地の宿舎で、虎のうそぶくのをきいた。夜道を、コブラとぶつかったこともあった。さらに、東海岸の三五公司第一園は、瘴癘（しょうれい）の地で、白昼も、蚊いぶしの煙幕のなかでなければすごせなかった。野象の群が裏山の樹林をおし倒して通ったあとも見にいった。

さらに、車で、マレー半島を北に縦走し、スレンバン、ペラ・イッポ、連邦州の首都クアラルンプルの路を辿り、西へ折れて、ピナン島に出た。ピナン島からイギリス汽船で、対岸のスマトラ島、メダンに上陸した。

それで、一通り、用意もできたので、南方の旅に終止符をうった。いっさいを節約して、南のはてを旅行しながら、僕は、文学などにはじめから無縁なもののように、殆ど郷愁すら湧かないで過した。僕は、紹介や、推薦の手紙をもたないで、体当りで人に会い、目的にむかって猪突した。成功率のいちばん少いところから、成績をあげてゆく、一セールスマンの誇りをもった。

　面識もない日蓮宗の坊さんや、回教徒の日本人が話にのってくれた。僕は、雑貨をもって僻地にひっそりしている商人から、言伝てをたのまれて、一種のブローカーのようなことをやったり、余興にたのまれて素人芝居に出たりした。しかし、なんといっても、東洋には日本人が多かった。どこへいっても日本人の顔がきいている時代でもあったので、みごろしにはしないというところもあった。困って二進(にっち)も三進(さっち)もゆかなくなったのは、むしろ、スエズ運河を越えてむこうの世界だった。

　スコールを頭からかぶりながら、熱地の旅をつづけていても、僕は、意気軒昂だった。僕の眼がみたものは、めずらしい南方の風物ではなく、血ボロをさげた原住民のみじめな生活だった。原住民までさがった僕の生活、手づかみでカレーをむさぼり、路ばたで、サッテを食う僕のくらしが、僕を、彼らに近づけた。

『シンガポール日報』の長尾正平氏の家でごろごろしながら、僕は、スチルネルを再読し、レーニンの『帝国主義論』を熟読して、僕はいつのまにか、ふるい植民政策を批判する手がかりをつかんだ。搾取と強制労働で疲弊した人間の目前のサンプルには、事を欠かなかった。

シンガポールに帰ってきた僕は、そこで、郵船のマルセイユまでの三等切符を手に入れた。放浪は、一ヶ月半ほどかかった。

僕としては、ただ、ゆきがかりの上で、遠い旅をつづけているので、ヨーロッパに対してさほどの食指がうごいていたわけではなかった。むしろ、出来るならば、南方にもっと滞在するか、逆のコースをとって、中国の方へ戻りたい位であった。中国の奥地にこそ、もっと行ってみたいところが沢山あった。ヨーロッパは、僕にとって、もうわかり切った場所だった。また、面子上の問題ならば、日本を出たということだけで、沢山だった。誰も、じぶんに迷惑のかからない以上、僕らのことなどにひっかかっている者がいるはずがなかったのだ。

だが、日本から、そんなふうにして遠ざかり、忘れられてゆくことは、はじめのうちこそ少々淋しい気もしたが、それですむものならば、その方が気らくでもあったし、決してわるいものではなかった。苦労して、ヨーロッパへゆくことは、どう考えてもうっとうしいことだったが、女一人を先にやっていて、あてにしているとなると、責任上、金を送るか、じぶんが出むいていって始末をするより他はなかった。そのひっかかり一つでとも角、予定通りフランスまで行ってみることにしたのだったが、それからまた、もう一度日本へ二人が帰るとなると、せち辛いヨーロッパの土地でどうやって帰路の旅費を入手できるものか、今度はもう全く目あてがつかないことであった。

「ことによると、日本へは帰らずに終ることになるかもしれない」

じぶんにむかって言いきかせたその言葉には、実感がこもっていた。

その当時、日本の『毎日新聞』の学芸欄では、日本を去ってから、誰のもとにも、一通のハガキすら出さず、消息を断っている僕について、「印度の鄙地(ひち)で、金子がジャズバンドにはいって太鼓を叩いているのをみたものがある」というゴシップが出た。

再びパリで

多くの日本人は、パリへ文学の修業に来ているのに、僕は、パリへ着くなり、それまで一片の情熱として胸の底に燃えていた、書かない詩まですてはててしまった。

僕は、過去の詩をおもい出すことに、腹立ちさえ感じた。僕は、無一物ということで、パリの街のなかで、真空のなかにいるような苦しみ、内臓の涸渇してゆくいたさをおぼえ、じりじりと迫ってくる飢餓におののいた。

世界の都、花の都で、僕らは、生きてゆく方策を奪われているのだ。フランス政府の労働法で、自国の労働者を保護するため、労働証のない外国人に労働を禁じているので、殊に、植民地人でもない極東の旅行者の僕などに、働き口のある筈はない。日本人同士のあいだでは猶更仕事はなかった。ただ一つ、案内人という仕事があったが、これは僕などにむきそうもなかった。泥棒か乞食ということも言葉だけで通用はしない。泥棒をするには様子がわからないし、乞食が立っていたって一銭にもならない土地だ。そのうえ、パリは、悪天候だ。一年のうち半分は冬で、暖房設備のない部屋では、ベッドにもぐり込んでからだをちぢめているよりしかたがない。寒気と栄養不良で、貧しい外国人はよく、胸をいためる。胸疾者は、施療病院に送られるが、病院へ行ったもので、棺にはいらずにふたたび門を出たものはないと言われている。そんな土地では、猶更、僕らは、身をいとわねばならない。

　木村毅の住んでいたリュー・ド・トゥルノン（議院（セナ）の正門通り、カルチェ・ラタンのまんなかにある通り）のホテルに二ヶ月ばかりいて、僕と彼女は、すこしは諸式が安いというので、郊外のクラマールに引移った。パリに着いた時、二千フランほどあった金をもって、フォンテンブローの森へ遊びに行ってのこり少なに使ってきてしまった。黒鷲旅館という、ルイ十五世風の部屋のある旅館に泊った。いずれにせよ、早晩無一物になるのだから、すこしぐらい早くても、景気よくパッと手ばたいてしまった方が、気持がさっぱりすると観念したからである。

クラマールからまた、街に戻ってきて、ダゲール二十二番地に住んだ。パリの食いつめもの達が、類は友をよんで、僕のまわりにあつまってきた。だが、その二年間に、僕は、めっきり痩せた。無一物の日本人がパリでできるかぎりのことは、なんでもやってみた。しないことは、男娼ぐらいなものだ。博士論文の下書から、額ぶち造り、旅客の荷箱つくり、トーシャ版刷りの秘密出版、借金のことわりのうけ負い、日本人名簿録の手つだい、画家の提燈持ち記事、行商、計画だけで遂に実現にいたらなかったのは、日本式の一膳めし、丼屋、入選画家のアルバム等々だった。夏は、トロウビルまで出かけていって、海水浴客あいての日傘を並べて、客のみている眼の前で、秋草や、日本娘の絵を画いて売ろうという計画を立てて、わざわざノルマンディー海岸まで出掛けていったが、道路上の商売の許可がなかなかむずかしいので、すごすご帰ってきてしまった。みずから永井柳太郎の乾分（こぶん）と称する出島某という日本画家がいた。強おもてで画家達をおどして借金をするので、ひどく評判がわるかったが、評判などあまり気にしないせいか、弟分のように僕に馴れ近づいてきた。この男のあと押しをして、浜松屋をきめこんだこともある。また、大使や、駐在武官のところへ直接飛込んでいって、僕は借金を申し込んだ。そんなことはめったにやりはしなかったが、たいがいの場合、のっぴきならない理由があったので、話はわかってもらえて、必要な金を借りることに成功した。そんなことが風聞になって、パリでの僕の名を、物騒な人間の代名詞にしてしまった。

「君がくるというので、パリの画家たちは、半歳もまえからふるえあがって、用心していたんだよ」

と、僕に告げる人がいた。「僕よりももっとうわてが来る」と宣伝したのは、僕がパリに着いた時、入れちがいに日本へ帰ってしまった万事消極主義の辻潤だという話だった。それをきいて、僕はおもわず、苦笑した。パリは、針小棒大で、小心な人間達が神経衰弱気味で、万事大仰(おおぎょう)にことを言いふらすところで、うっかりするとひどい宣伝をされて、迷惑をこうむることが多い。僕のような温良な人間を、パリの日本人は、そんなふうにはじめから誤解して、ことごとに警戒したので、あの二年間のくらしは、どうにも住み心地のわるいものになった。パリでは、栄養をとらなければ斃(たお)れるという前車の轍(てつ)を目撃しているので、少々な不義理な借金をしても充分、食べる費用だけは、なんとしても確保しようとした。そのため、えげつない人間に見られて、それがまた、不評判の種になるというわけだった。反政府的な考えかたも露骨だったので、不穏な人間というふうにおもわれもした。惨澹たるパリでの生活は、一見、無意義な悪あがきとしかみえなかったであろう。日本が格別好きというわけでもないが、こんなことをしている位なら、まだ日本での貧乏ぐらしの方がましという気にもなって、そろそろ焦りをもつようになった。住みよいところをさがしあるいて、リオンへも行ってみた。地方よりは、まだまだ大都会のパリの方がくらしよいので、ほうほうの体(てい)で旅から舞い戻った。

モンパルナスあたりの安ホテルを、あちらこちらとうつり廻った。労働者の住みついている裏町のホテルは、どの部屋も小便臭く、部屋の漆喰壁には、南京虫を指でつぶした血のあとが縦横についていた。住んでいる人間も、へんなにおいを発散し、野菜物を小わきに挟んで、がらがら木靴をひきずりながら階段をあがったり、おりたりしていた。素裸のうえに雨合羽をひっかけた女工などもいた。イタリー人の労働者や、なかには、黒人、気のぬけたような安南の学生、えたいのしれない混血児もいた。そんな連中のあいだで起居している僕らは、その二年間、日本の新聞雑誌はおろか、フランスの本一冊読んでみようとはしなかった。フランスの政治、文学はおろか、僕は、僕が日本を出発したあとで日本がどんなふうになったかということも、知らなかったし、知りたがりもしなかった。日本のファッショ強化のその後の趨勢など、左翼華やかな時代しか知らない僕には、ピンと来ないことだらけであった。僕がいなくなったあいだに、むしろ芸術派に属する文学運動が勢いをえて、多くの新人、小林秀雄とか、三好達治とか、堀辰雄だとかいう名の評論家、作家の群が輩出したことなど、なにも知らなかった。中野重治や、窪川鶴次郎のような左翼作家の名も知らなかった。新しくパリへ来た一文学青年から、そうした消息をきいたとき、僕は、その変りようの激しさを理解できなかった。詩壇にしても、アナーキスト以後、『詩と詩論』などというクォータリーが出て、おびただしい若い詩人達が出てきて、新しい仕事をはじめた。その音頭取りが百田宗治だときいても、本当にはできないくらいだった。

しかし、例え、それが事実その通りだとしても、その時の僕とはなんの関係があろう？　そうおもって、それ以上深い興味を持とうとはしなかった。二年目に、いよいよパリをはなれ、隣国のベルギー、ブルッセル市のルパージュ氏と、十年ぶりの文通をはじめ、「待っているから来い」という、殆ど救いにひとしい返簡を手にして、引上げてゆく間際になって、フランスの文学をのぞいてみる程の余裕をもつようになった。

当時「オデオン座」では、パニョールの『トッパーズ』を好評続演していた。「ステュディオ28」では、シュルレアリスムの映画をやっていた。パリには、マイエルホリイドがやってきて、「ゲーテ座」で、オストロフスキーの芝居をやっていた。カジノでは、ミュスタンゲットが隠退直前で、スペインの唄い手、ラケル・メレエが全盛だった。洋服屋の店先には、シュバリエと、ピアノの鍵盤のように歯をむき出したサン・グラニエの人形がどこにもみられた。アメリカ趣味といっしょに、ロシアへの関心もたかまり、エレンブルグの『十月』が新刊になり、ブレーズ・サンドラールの『金』や『ダンヤックの告白』が店頭をかざっていた。

僕は、イギリスの貧乏詩人と知合いになった。彼が陽(ひ)の目をみたか、みないか、僕は知らないが、大きな抱負をもっていた。シュルの詩人のデスノスとも知合いになった。彼はお雪さんの情夫のような格好で藤田の家でごろごろしていた。詩では食べられないので、銀行へ勤めていた、デスノスは、日本の詩人に興味をもっていた。僕が、萩原朔太郎のことを話し、彼の「竹」の詩を説明すると、彼はひどく感心して、

「そいつはファンタジーだ」

と言った。森も、『世界の道から』というフランス語の詩集を出すというので、デスノスに、フランス語をなおしてもらいに通った。デスノスがお雪といちゃついているので、彼の尻をつねって、「これが日本の仕方だ」と言ってやった。

シュルレアリスムの芸術が僕をとらえたが、僕にはまだ、芸術にかえってゆく心算がなく、むしろ、それを敬遠してくらした。

僕は、じぶんの顔をじぶんの泥足でふみにじった。背反、不道徳、不義理をつくしたあとで、僕にかえってくる他人の渋面の方が、なれあいの微笑よりも、どんなにじぶんにとって、さっぱりしているかわからなかった。僕のように、ながいひとりに馴れてしまうと、孤独の悲哀などはなかった。

彼女はアントワープ港へ働きにゆき、僕は、ブルッセルのルパージュ氏をたよっていった。十年ぶりで会うルパージュ氏は、堂々たる重役タイプの老人になって、肝臓を患い、それを苦にしていた。そして、約一年間、僕はブルッセル市内のリュー・ド・ヴェルボカーベンの洗濯屋の二階に逼塞（ひっそく）していた。またぞろたった一人の生活にはいったが、十年前のような、学ぶ欣（よろこ）び、創る欣びの生活はなかった。

日本画の展覧会をひらいて、ルパージュの肝煎(きもいり)で、意外の成績をあげたので、その金をもって僕は、一先ず先に、ヨーロッパを発った。シンガポールまでの旅費しかなかったが、そこまでゆけば、日本へ帰ったとおなじことであった。

僕は、ふたたび、マレー半島の奥にはいっていった。そこの原始的な自然は、なによりも僕の苦渋にみちた心を解放してくれた。人間のくらしも素朴だった。ニッパ椰子のさやぎや、巨嘴鳥(きよし)の叫び、野猿の哀傷にみちた呼び交わしなどをきいて日を送った。僕にとっては、故国以上のなつかしい日々だった。

そのあいだに、僕の詩がまた、はじまった。しかし、それは決して、世間に評価を問うための作品ではなかった。小さな手帳のはしに書きとめておけば、それで満足だった。僕は、そういういじいじした表現の習慣を、心の底ではあざわらっていたが、また、それによってなぐさめられてもいたのだ。ジョホール・ゴムなど、いまはさびれた小ゴム園が、僕にとっては一層居心地がよかった。ゴム園の人たちは、ウィスキーをのんで、麻雀かテニスをやるのが唯一のたのしみだった。僕は、夜になると、その人達に、パリや、日本の話をした。五年以上も日本を留守にしている僕に比べて、彼らはもっとながく日本をはなれているので、五年前のニュースが、最新のニュースとしておどろきで聴かれた。僕は、ふたたびジャバへわたるつもりで、その用意をしていた。ジャバには、松原晩香がいた。適当な職業でもみつかったら、ずっと日本へは帰らずに南方におちついてもいいとおもっていた。五年以上消息を断っている日本へふらりと帰ってみたところが、途方にくれるだけのことだろうと思われたからだ。そして、身がおちついたら、子供をよびよせてもよいと考えていた。僕ももう、そろそろ、四十歳に手が届こうとしている。

ジャバへ手紙を出すと、スラバヤから、「承知した、おいでを待つ」という電報がはいり、旅費三百ギルダーが届いた。丁度、その時、僕のあとから来て、一足先に日本へかえった森から、子供の急病のしらせがきた。

僕は、三百ギルダーをすぐ、ジャバへ送りかえして、そのまま、郵船の船で帰国した。森とは、パスポートを二冊にわけるため、アントワープで離婚の手つづきをしてあった。将来の見通しもない僕の手元で、いつまでも引留めておくべきでないと思ったので、僕は僕で、自由行動をとりはじめていたのが、子供の病気という共通の問題に出会って、もう一度、行動を一つにしなければならなかった。

彼女は、長谷川時雨の『女人芸術』グループにはいって、雑文などを売って、どうやら一人でアパートぐらしで生活をたてていた。彼女の仲間の同年配の女流作家の卵があつまって、売文家気取りの生活をしていた。真杉静枝、大田洋子、矢田津世子、高橋鈴子等々という仲間だった。

ファイバーの鞄を一つさげて、僕は、足掛け五年ぶりで、日本の港、神戸に着いた。

この無頼漢は、まだ生きていた。だが、神戸の土を踏んだ時、僕は心に決めた。「もう一度、この国でくらすについては、よほどの用心がいる。はらはともかく、柔らかい当りで人とくらさなければ、小心な日本人から、ボイコットされるにきまっている。鉾先をおさめよう」

戦争のとどろき

三重県に祖父母たちとうつってきていた子供の病気は、もう治っていた。生活の方途が立つまで、僕は、いましばらく子供を、老人たちにあずかってもらうことにして、東京に帰ってきた。新宿あたりに神輿(みこし)をおろすことにして、例のファイバーの鞄をさげて、あの界隈をほうつつきあるいた。

太宗寺の横に、旅館「竹田屋」という看板がかかっているのを見て、露地の奥の、竹叢などをあしらった門構えのガラス戸をあけてはいっていくと、顔色のわるい四十女のおかみさんが出てきた。彼女も、きょとんとして僕の顔を見あげている。

「外国から帰ってきたばっかりなんですがねえ。お宅で泊めてくれますか？　さあ、半歳でも、一年でもいいのだが……」

男と女のつれ込みが専門の宿とは知らないで、僕は相談をもちかけた。

「いいですよ。お泊りなさい」

おかみさんは、すぐ承知してくれた。

「たべものは、まかないつきにしてくれますか。なに、御馳走はいらない。あなたがたの家庭で食べているものをそのままでいいんだが……」

「うちのたべものはまずいですよ。そんなことしなくても、外へ出ると安くて、うまいものがなんでもありますよ。ライスカレーでも、チャーハンでも……」

「成程、そうだなあ。それでは……」

と、僕は、玄関のすぐとっつきの日当りのわるい階下八畳の部屋を、そのまま月決めにして借りうけることにした。

さて、そこで、その日から、どうしたものであろうか、まるで僕には見当がつかなかった。新宿の竹田屋におちついたものの、まだ、親戚も、友人も、僕が日本へ帰ってきたことを知っているものはいない。知らせて、五年間のブランクをとり戻そうとする興味もなかった。中途でかえってきた僕には、わり込む席がなかった。坐る椅子がなかった。いよいよいけなければ、もう一度、南方へ引返してもいいと考えた。

とも角、五年の旅の疲れは大きい。まず、ゆっくりと休んで、眠れるだけ眠ることだと考えて、蒲団もないので貸蒲団を賃借して、そのなかにくるまって、朝も、晩も、ねむりつづけていた。竹田屋のおかみさんは、吃驚して僕をながめていた。持金もわずかばかりしかなかったので、十日、二十日とじっとしているわけにはいかなくなった。ぽつぽつと、人をたずねてみた。しかし、おおかたは、接ぎ穂がなかった。索漠とした気持で、戸惑っているあいての顔をながめて辞去するだけがおちであった。東京の街は、相変らず、東方的殷賑を極め、消費生活の面がいやにけばけばしく、刺激的だった。殊に僕の住んでいる周囲は、女給や、その他の水商売の女の巣で、彼女たちの私生活のなかにいっしょになって、ごたごたくらしているようなもので、わずかなあいだにも、目まぐるしい事件が展開していった。僕の宿でも、検挙があったり、心中があったりした。宿屋に直属の高等淫売が、我家のように通ってきていて、僕のところへ来る客の応対までしてくれ、僕の妻とまちがえる客もあった。旧い友ですぐ昔通りの交友が結ばれたのは、正岡容と国木田虎雄だった。

国木田は、すでに父独歩の全集の印税をつかいはたし、無一文になって、妻みち子と二人で、左翼運動というものにかかずらっていた。僕には、それがめずらしく、みていると憂さ晴らしになった。左翼運動は、官憲から寸断され、追いつめられながら、地下にもぐり、一時は、あれほど盛んだった左翼文学者というものも、おおかたは転向してしまっていた。非転向者は、逃げ廻ってくらしていた。エンゲルスの『反デューリング論』や、クラウゼヴィッツの『戦争論』などを、国木田がもってきて、僕によませた。

　ファイバーのスーツケースのなかには、シンガポールを出るとき、乱雑に書いておいたながい「鮫」という詩があった。国木田はそれをよんでいたが、

「ちょっと、これを貸してくれ」

と言って持っていった。彼は、その詩を、当時、大木戸の方でアパートぐらしをしていた中野重治にみせた。中野が、その詩に興味をもって、雑誌にのせてもいいかと、ことづけてよこした。

「あんなものを出してくれる雑誌があるのかねえ。出してくれて、その上すこしでも稿料がはいったら猶更結構だ。だが、はたして、面白がるかどうか……」

と、僕は返事をした。その詩が、改造社から出ていた『文芸』という雑誌にのった。おなじ雑誌には、秋田雨雀も書いていた。「鮫」は、果して僕の予想通り、その頃の詩壇の主流からは、なんの反響もなかった。なにしろ遠ざかりかたがひどいのだ。旧知の人が僕の顔をみて、その当時の詩の著名な雑誌をみせてくれたが、そこにのっている人たちの名は、殆どどれもきいたことがなかった。僕は、四十歳だったが、三十代の詩人も、僕の名を忘れていたし、忘れていないまでも過去に消えた詩人として、おぼろげな記憶にあるだけだった。二十代の詩人にいたっては、てんで、金子光晴などという名に馴染みがないらしかった。いまから考えてみると、その頃の詩壇は、『四季』派の全盛期だったらしい。三好達治とか、丸山薫とか、津村信夫とか、立原道造とかいうしらな

い名が、金看板をかかげて大道を通っていた。だから、僕の久しぶりの発表作が問題にならないのも当然だった。むろん、僕の方でもそんな期待をもっていたわけではなかったから、それはそれでよかったのだ。しかし、久しぶりで僕の名をみたので、葉書をよこす人もあった。その詩は、久闊の挨拶がわりになることで有効な役割をはたした。しばらくすると、原稿料さえはいってきた。

ぽつぽつ、僕が日本へかえってきたことが旧人のあいだに知れてきた。よろこんでくれたのは、往路にも世話をやかせたことのある正岡だった。彼は、当時、滝の川の凹地で、玉川太郎、改名して小金井太郎という、哀調のあるふしで独特な、浪曲師の二階に間借りしていた。隣家には、落語家の橘の百圓（後の圓太郎）が住んでいた。

彼の肝煎で、国民新聞社の講堂で、僕の帰朝記念演芸会を催してくれた。蝶花楼馬楽等が応援をしてくれた。その正岡が、小金井太郎の酒乱に脅かされて、唇の色まで変えて、一家の道具をかついで、竹田屋に逃げてきた。二匹の猫までつれてきた。正岡が高円寺の新居におちついた頃、ふるい友人の神戸雄一が現れた。神戸の詩集の跋文を書いたこともあり、浅からぬ因縁が、ふたたび花を咲かせたというわけだ。神戸が、古谷綱武や富永次郎、中山義秀などをつれて、竹田屋に現れた。新進評論家としてうり出してきた古谷綱武から、あたらしい文学とか、文壇とかいうものの空気を、はじめて教えられた。僕にもやっと当時の日本の文学界の動静がわかりはじめ、——とても、僕らの手におえないものだということが納得がいった。いまさら、僕が勉強してみたって、おいつくわけもなし、第一、僕のもっていたような世界とは、およそ肌合いのちがったもので、とうてい、その仲間になることはむずかしそうだとわかってきた。知性的でも、聡明でもない僕は、当時の文学者とつきあえば、この上とも芯が疲れるのは目にみえている。

その頃、佐藤惣之助に誘われて、南千住の方の泡盛屋の二階で、泡盛を味わう会というのへ出かけていったことがある。その席上で、琉球の踊りをやった若い詩人がいた。それが、山之口貘だった。どういうものか、それから山之口と交際するようになって、山之口も、時々、竹田屋へあらわれた。たまに、『少女倶楽部』あたりから、原稿をたのみに来た。熊谷という若い編集者が、僕の八畳に目をみはり、

「ずいぶん、ひどいところですね」

と、遠慮のないことを言った。それほど竹田屋の八畳は、荒寥たる部屋で、品物というものは、座蒲団、火鉢の類さえなく、司馬相如（しょうじょ）の家のように、四面ただ壁のみ立っていた。もっとも前面の日蔭の空地は、名ばかりの庭で、いつもじめじめした黒い土の片すみに、柊（ひいらぎ）の木と、もちの三尺ばかりの苗木が植っていた。その前は看護婦の派出会で、二階から、ヒステリックな女の喧嘩声や流行歌がきこえ、ときどき綿くずを投げてよこ

した。昼といわず、夜といわず、壁一重隣りの部屋には、男女の組が入れかわってやってきた。男同士の場合もあったし、一人の男が女給二人をつれてきて一晩中狂ってあかすこともあった。年上の女が、情夫をつれて来ることもあった。亭主が嗅ぎつけてきて、騒動になることもあった。裸体写真を撮りにくることもあった。だが、そんなことには、僕はまったく無関心といってよかった。旅の疲労は、そんなにふかかったのだ。

竹田屋から新宿一丁目の北辰館という下宿に引きうつった。北辰館の僕の部屋からは、太宗寺の墓地が窓の下にみえ、木立のあいだから、寺の屋根の水煙がのぞまれた。そこの下宿も、僕の部屋のほかは、女給たちの宿所で、夜のあけ方近くでなければ、女たちはかえってこなかった。そういう宿は、大概、夜通し起きている僕にとっては、まことに好都合であった。

北辰館に引きうつってから間もなく、余丁町の大鹿の実家から、急用があるといって迎えに来た。老父は、四国の海岸の寺の留守番になっていき、河野密夫婦と、大鹿卓が余丁町に同居していた。老母もまだ健在だった。行ってみると、妹が、化粧品製造の会社を新たに設立するについて、僕に、命名と、デザインをやってくれということだった。パリからの新帰朝で、新しいイデーがありはしまいかという推量からであった。それから、モンココ洗粉の会社の創立となった。現ジュジュ・クリームの社長の中野氏の智嚢だった。そこから、一ヶ月五十円の給料をもらうようになったが、それは、老母の母性的な心づかいからで、三重県にのこしてある子供を親の手元に引取らせ、親子三人の揃った生活の幸福を孫に味わわせたいという祖母の気持でもあった。

すでに、気持としては、各自勝手な方向にむかっていくより仕方がなかった両親が、たがいに、旅館ぐらしのくたびれのあとで、成長していく子供を中心に、子供の父、子供の母に戻って、一つ囲いのなかにあつまったという感じだった。あまりにながい苦難のあとだったので、かえって、おたがいの恩怨（おんえん）は二つとも消えていたし、心境はあまりちがいすぎているので、たいがいのことは抵抗少く、あまり波風なく、平穏に処理することのできる習練もつんでいた。そのまま一つに流れていくものならそれでもいいし、また、おたがいにもっとよい条件ができて離れた方がいいというときには、それでもいいというような、自由な黙契のもとに、両親なしであじけないおもいをさせた子供のために、すこしは犠牲になりあおうというような相談ができ、余丁町の一〇九番地というところの借家を借りうけ、森は、近くの若松町のテイトアパートに一室を借りて、昼間は事務所がわりにそこにいることにした。

余丁町一〇九番地の家は、教員の持家で、半分くずれかかったような家だったが、閑静ではあった。八畳の二階が一間あった。裏庭の入口には、山藤の棚があり、五坪ばかりの奥庭には樹齢二百年もたったらしい大きな柘榴（ざくろ）の木があって、秋には、千個にあまる実が熟り、風の夜には、屋根の亜鉛庇に、枝ごと柘榴のころがる音が騒々しかった。——これで、また三文文士の生活にもどらずにすむかとおもうと、なんとなく、坦道に出たようなくつろぎとともに、一抹の寂寥も感じた。僕の生活は、平坦な道に出ていながら、僕らの肌にふれるその時代の空気は、なんとしても息苦しかった。パリを出発するとき、丁度、満洲事変がはじまっていた。満洲事変に対する、ヨーロッパ市民の一般の日本に対する意見は非難的だった。世界のどこへ行っても、日本人はいづらい立場になりはじめていたが、日本人同士は、強気だった。南方の華僑のあいだでは、一層、抵抗が大きく、はっきりした排日の態度をとった。シンガポールの裏町では、大道の講釈師が人力車夫などをあつめて、「白川大将大敗亡」などというみだしの号外を前において、忠勇馬占山の張飛趙雲まがいの豪傑談を得々と弁じ、聴衆を熱狂させていた。上海では上陸できなかった。上海事変というのがはじまって、碼頭から楊樹浦の方向へかけてバリケードが築かれ、銃剣をもった陸戦隊の兵士が並んでいて、無理に上陸したものも、舟へとってかえさねばならなかった。呉淞の方向に、砲声がきこえた。

そんな、海外世界の空気を身につけてかえってきた故国日本は、最初のうち、あまり事もなげにみえた。だが、やがて、僕も、そのことなげな故国に底流する、ただごとでないものにふれ、すこしずつ何事か理解することがあるようになった。銀座や、新宿には、なにかあると、未曾有の群衆が流れあるいた。日々の享楽にとりつかれたそれらの群衆が、いったいどこへゆくのだろうかとおもうと、僕の心もいっしょに、大きな倦怠、目的のない蕩尽の場面につきあたった。

三重県から森の妹を呼んで、炊事をしてもらった。無理がたたったのか、宿病の喘息の発作がひどくなってきて、一ヶ月のうち、半分もねていることがあるようになった。一時は、呼吸困難がひどくなって、医師が、「御親戚の方々にしらせてください」と言ったほどだった。僕も、もう四十歳も過ぎていて、ここらで一生の幕を閉じることになるのかと観念した。化粧品の仕事は、生計の安定には結構だったが、そんな安定が、逆に、僕の心の居据りを不安にしていた。

前夜来の雪の寒い朝、余丁町の表口から国木田が、蒼ざめた顔をしてぶるぶるふるえながらやってきて、

「たいへんだよ。光（み）っちゃん」

といって、軍人たちがクーデターをはじめて、内閣の閣僚は皆殺されたと報道した。二・二六事件だった。僕も、来るものが来た、という感がした。たしか、その頃は、余丁町一〇九番地を引きはらって、表通りの電車道に添うた、一二四番地の貸家にうつっていたと記憶している。その家は、やはり五坪たらずの庭があり、柘榴のかわりに、すばらしく立派な柘植（つげ）の木が一本植っていた。国木田は、左翼の出版の秘密図書を一抱え

もってきた。僕は、鍬をふるって、その柘植の木の根もとの雪をおこし、できるだけふかく地面を掘って、その本を悉皆埋めた。国木田の身のうえに迫ってくる危険を、我身のうえにも惻々と感じた。

『文芸』の詩をみて、『中央公論』の畑中繁雄君が僕に詩をたのみに来た。「燈台」や、「おっとせい」をつくったのもそのころで、出来た作品を、次々に、畑中君に発表してもらった。

金子光晴という詩人の存在を、はじめて知った若い詩人たちは、僕を、二十代の新しい詩人だとおもっていた。しかし、先にも言った通り、この頃の日本の詩壇は、『四季』の天下だったので、僕のような詩はあまり親しまれなかった。だが、僕が詩を書き出した気持は、まったく当時の詩人とは立場を異にしているので、同日に論ずることはできない。当時は、日本の詩の技術の完成にみんなが没頭していた時代で、詩壇は萩原朔太郎を師宗とする『四季』と、高村光太郎をかついでいる『歴程』とでつくりあげられていたといっても過言ではなかろう。だが、当時の僕には、詩の傑作はあまり問題ではなかった。僕は、当時の詩の周辺に対する諸疑念をたしかめ、じぶんの認識をしっかり心にきざみつけるため、納得のゆくためにだけ、詩を書こうと心組みした。そういう意味で、僕は、過去の僕の詩の書きかたと全くちがった方法で詩を書きだした。いずれは僕の人生の一つの総決算をして、プラスとマイナスをはっきりさせ、じぶんじしんにつきつけるためであった。しかし、当時僕は、左翼的な思想に没頭していたので、自然左翼的なものの考えかたになり、他人の詩の解釈も、そんなふうになった。そして、その底には、僕のニヒルなもののみかたがのぞいていた。

僕の詩に対しての反響は、『文藝春秋』に書いた豊島与志雄の好意的な批評と、『毎日新聞』に書いた青野季吉の短評の外、土方定一や岡本潤が書いてくれただけだった。豊島与志雄のは「思索して書かれた詩」という意味のものだった。青野季吉は、「事変このかたのジャーナリズムの支那論や現地通信はほとんど現象的、擦過的だが、時には荒唐無稽なものもあるが、金子光晴の『泡』は戦争の支那というものの実体をじかに感じさせる」と書いていた。

棲みどころのない酋長国

化粧品の会社は好調だったが、その仕事そのものにはあまり興味がないので、僕は、仲間となって福分を頒ちあうまで、深入りしてゆけなかった。それかといって、文学によって身を立てるにしては、僕の仕事は、そういう融通性をもっていなかった。

大木篤夫、井上康文、尾崎喜八らふるい仲間があつまって『日本詩』という雑誌を出し、僕も当然、その仲間入りをしたが、僕には、詩壇というようなものをあいてにして、地歩を奪還しようというような興味もなかったし、情熱もわかなかった。小説の時評などを書いてお茶をにごしていたが、小説については、今日僕がもっているのとおなじ疑問を持っていた。この期間に僕が味わったものは、すべての面に、僕が「まじりあえない」ということと、まじりあっても今更しかたがないというあきらめに類した感情で、そのはては、じぶんはじぶんのおもい通りにやってゆくより仕方がないということになった。これは、僕が、ブルッセルや、パリでひとりで生活していたときの延長である。僕は、言葉が不自由のせいもあって、あまり他人と話もしなかった。したいとも思わなかった。いま、日本へかえってきても、おなじ他人のなかにいるのである。孤独と言えば孤独であるが、五十歳に近くなった年齢では格別それを孤独というふうには考えない。それに僕は、段々、人間と会う交渉は、不得手になってきつつある。たまたま話をしても、こちらも言いたいことが言えないし、他人から得ることもなにものもない。文士や詩人との交際もそれで、会ってろくなことはない。ひとりでいることの方がずっと自由だ。火の気もないつめたい部屋のなかで、机一つ、椅子一つで、じっと頰杖をついて一日をすごすことには、長年馴れてきていて、それ以上の心爽やかな状態はない。金もそんなに必要ではない。食欲もむかしほど旺盛ではないし、第一、味に対する興味がない、映画も、芝居もみたくない。退屈だ。僕は、そうして一人でくらしたい人間になってきたのだが、事情はなかなか、そうはゆかない。子供が小学校から中学校にゆくようになれば、世間並な生活もうち樹てなければならない。そのことに、今更楯をつくのも大人気ない。

僕は、しかたがなしに詩を書いた。詩集にするという話が、『詩原』をやっていた遠地輝武君からあって、まとめにかかった。遠地の方の話が駄目になってから素人の本屋さんが、印刷器械をもっているので、詩集『鮫』を、四号活字で豪華なものにする目的で、紙型までとった。武田麟太郎のやっていた人民社で出版するという話が最後にあった。

丁度、その時、郭沫若をつれ出しに、秘密でやってきていた郁達夫が、余丁町の家にきたので、本の表紙に鮫という一字を大きく書いてもらった。印刷のはこびになったとき、蘆溝橋事件があり中日戦争の火ぶたが切って落された。

やはり、来る筈のものが来たという感じだった。

同じ年、通州事件があって、日本人が虐殺された。丁度那須へ避暑にゆく時で、折角の行楽がくらい気持のものになった。その秋頃、深夜明け方近く、僕が勉強していると人気ない表通りに、異様な地ひびきがきこえ、それがいつまでもつづいた。小窓を開けて、そっとみると、蜒々とした、みたこともない戦車の列であった。どこへゆくのか。それが、毎夜つづいては、ただごととはおもえなかった。しかし、日本国民は、おおかた、なにも気づいていなかった。日華事変の突発は、前年のこのことを裏書した。戦時にはいっては、僕の『鮫』も、一先ず形勢をみて出版すべきだという説も出て、僕も引込めるつもりでいたところ、『人民文庫』の編集をしていた本庄陸男が余丁町の家にやってきて、その考えに異議を申し立てた。「こんな形勢になってこそ、この詩集の意義があると僕は思います。是非出してください」という、真正面な言葉によって、僕は意をひるがえした。本庄君のようなヒタ向きな人間のことばを、日本ではすでに久しく耳にしなかったのだ。二人で余丁町から新宿に歩いて、角筈の角にあるオリムピックという店で、夕食をとりながら、出版の手筈をあれこれと相談した。本庄君はもう、よほど胸の病勢がすすんでいたらしい。

『鮫』は、禁制の書だったが、厚く偽装をこらしているので、ちょっとみては、検閲官にもわからなかった。鍵一つ与えれば、どの曳出しもすらすらあいて、内容がみんなわかってしまうのだが、幸い、そんな面倒な鍵さがしをするような閑人が当局にはいなかったとみえる。なにしろ、国家は非常時だったのだ。わかったら、目もあてられない。「泡」は、日本軍の暴状の曝露、「天使」は、徴兵に対する否定と、厭戦論であり、「紋」は、日本人の封建的性格の解剖であって、政府側からみれば、こんなものを書く僕は抹殺に価する人間であるわけだ。

強力な軍の干渉のもとの政府下で、どれだけ生きのびられるかが、我ながらみものでかあった。そして、この結果は、当時の僕としては、いかなる力をもってしても、考え直したり、枉げたりする余地のあるものではなかった。僕らの周囲、例えば、僕の会社の上役連中にしても、日本国民としての国家への協力——それによって将来もうまい汁を吸えるようにとのはかない下心もあって、いつでも御用事業に切りかえようという態勢に出た。彼らは、大きな世界地図を壁に掛けて、新聞の報道に従って占領地に小旗を、いくつも刺していった。

御用作家たちも、続々と海をわたって、報道陣に加わった。非協力の作家のリストを、軍の黒幕になって作っている文士もあるときいた。

金子光晴はまだ返り新参の駆け出しだったので、そういうリストには漏れていた。詩が難解ということも、僕にとっては有利だった。その上、僕の詩の鍵をにぎった連中は、概して、僕を外界から護ってくれた。多くの正直な詩人達が、沈黙を守らせられている時、僕に語らせようという、暗黙のあいだの理解が、目立たぬ場所で僕を見まもっていてくれたのだ。文学報国会というものがうまれ、その会員でないものは、非協力者として、文筆の仕事もできないような窮屈な時代がきて、文士全体がなにか積極的な国家の提燈持の役を引受けなければ、一括して存在を許されなくなりそうな危機に臨んだ。殆ど会に出席しなかった僕の存在を大目にみてくれたことは、やはり、文人の社会なればこそと、今でも思っている。前田鉄之助と往来でばったり会った時、前田は、

「君、いい加減にした方がいいよ。当局だって、めくらばかりがいるわけじゃないんだから」

と、忠告してくれた。最初は半年位で片づくなどという楽観説もあったのが、その年の暮になっても片づかず、益々戦局は深入りしてゆくばかりになって、「不拡大」を叫びながら、政府も曳きずられて、行先方途がつかない状態になっていった。戦争中の新聞雑誌の報道や論説は、いつでも眉唾ものときまっているが、他の言説が封鎖されていると、公正な判断をもっているつもりの所謂有識者階級も、つい、信ずべからざるものを信じこむような過誤を犯すことになる。人間は、それほど強いものではない。実際に戦場の空気にふれ、この眼で見、この耳で直接きいてこなければ、新聞雑誌の割引のしかたも、よみかたもわからなくなってくる。そこで、僕は、この年の十二月二十幾日の押しつまった頃になって、森をつれて、北支に出発した。渡航はなかなかむずかしかった。文士詩人ということは伏せ、むろん、報道員などの肩書はなく、洗粉会社の商業視察の許可をえて、神戸から、上海にわたった。師走の北支の水は、汚れたシャーベットのようだ。天津、北京の寒さは、二重に毛糸の手袋をはめても、その隙間から錐で刺すように冷たさが肌に透った。凄惨なものがわだかまり、それが戦線の方につづいていた。現地から帰ってくる人間は、恐怖に憑かれ、人間の相貌を失うことで、別の弱い人間性を発揮していた。発狂一歩手前の兵士が、銃剣で良民を突刺すような事件も、頻発していた。北支でその年を越し、戦争第二年目の正月を、八達嶺で過すつもりで、箱詰めの列車に便乗し、元日の朝、青竜橋駅に着いた。氷結した坂路を、長城までのぼりつくと、歩哨兵がいて、するどく誰何（すいか）した。軍以外の人間の立入るのをまだ許されていないからだった。城壁は、烈風のなかに聳（そび）え、枯艸（こそう）の揺れるのが海波のようだった。山襞に、まだ敗残兵がいて、壁から上に首を出した僕らが、標的になる可能性があるといって注意された。

北支の旅から帰ってくると、僕は、この戦争の性格が、不幸にも僕の想像とちがっていなかったことをたしかめえて、その後の態度をはっきりきめることができた。

南方方面をわたって帰ってきた僕は、公式通りに日本の立場を、没義道（もぎどう）なものと片づけてしまえない感情上の問題のあるのを知っていた。みかたによっては、この戦争は英米の誘いで、蔣介石政府を囮（おとり）に、枡落しをかけられたようなものだというふうにもとれた。だからすぐ、戦争が、援蔣国英米両国に導火するのは自然ななりゆきとみられた。海峡植民地や、印度に於ける英国の土民搾取、和蘭政府とジャバの強制労働のながい歴史をみてきた眼には、自由主義英米の正義を、それほど額面通りに買う気にはなれなくなっていた。それだからと言って、支那の戦争に於て、日本の正義が大手をふって通れる義理合いはない。軍人は、戦争が商売である。彼らにとっては、勝つことが正義であろうが、この戦争には、軍人側の宣伝以上に、国民一般の鬱屈した野望が、むしろ、食（は）

み出して感じられたものであった。銀座や新宿の群衆となにかそれが通じあったもののようだった。日本のファッショ思想家が、それを利用しただけであった。デカダンの壁につきあたった国民大衆は、多分に依存的な考えしか持っていないで、日本の軍事力が、現状を打開し、活路を見出してくれることが、一番切実に期待されていたもののようだった。だから僕の会う人々は、インテリにせよ、そうでない人たちにせよ、あの戦争を超個人的な、ひどく厳粛な、勿体ぶったものとして、おしつけてくるのが常だった。そのイミに於ては、学校の先生も、文士も、工場主も、芸界人も、職工も、おなじ口調だった。どれも、密偵になりかねないし、どれも、頑冥で、国家的野望の示唆者であった。大衆は、内心の苦悩をひたがくしにして、強権者の前で、自己をカムフラージュしていたにすぎない、とあとになって言うが、それは戦争がだんだん追いつめられて、不自由が如実になってきてからのことで、当時の大衆はかなり積極的な逆上した意見をもって、反対論者にかぶさりかかってきたものだった。規律がないだけ、圧力をもった大衆は、軍人より輪をかけて、いやなものになっていった。そして終戦後いまも、そのことには、すこしも変りがないように思われてならない。

戦争の責任を今日、本気にとりあげれば、理屈でなしに、誰も、うしろ暗いものを持たないわけにはゆかないであろう。志あるものが、じぶんの国の発展を思い、危機にのぞんでともに憂えるということは、至極当然なことで、あの場合、国家に協力しないものがあったら、その方がおかしい人間なのだ。戦争の責任は日本国民の一人のこらずにあったとしても、それはさまで恥ずかしいことではないという考えかたが、ずっと現在もつづいているように僕はおもう。責任者よばわりをするならば、喧嘩両成敗で、勝った方にだって責任がないとは言えないという理屈もよく耳にする。

たしかに、あの当時、気の弱さからばかりでなく、みんなが将来の幸福を夢にえがいて、あの中国侵略に、中野重治の言っていたように、火事場泥棒気分で戦争と馴れ合ったことはまちがいない。お互いにそれを知っているから、一億総懺悔などと高飛車なことをおしつけながら、一方で、古創をつつきあわないように見逃しあって、政治家も、実業家も、文士も、要領のよい、狡猾な奴らだけが、そういう連中だから心臓も強く、仕事もてきぱきやって役に立つので、洒々と居直りつづけているというのが現状であるらしい。

だがその当時から、僕としては、どうしても腑におちないことが一つあった。内心はともかくとして、例え、表面のことだとしても、昭和七、八年頃までの日本人のなかには、たくさんのインテリと称するものがいて、世界共通な人間的正義感を表にかざし、自由解放を口にしていたものが、いかに暴力的な軍の圧力下とは言え、あんなにみごとに旗いろを変えて、諾々として一つの方向に就いてながれ出したということは、十年近くも日本をはなれて帰ってきた僕には、全く新しい日本の一面であった。明治の日本人が、わずか一銭の運賃値上に反対して、交番を焼打ちした血の気の多さが、今日、こんな無気力な、奴隷的な、なんの抵抗もできない民衆になりはてたということを、そんなにとり立てて不思議におもうのは、昭和のはじまりからの、特に発達してきた大機構の重圧のしたに、我々国民が全くスポイルされてきた経路を、不在のために僕が、ともに味わい、理解する機会を持ちえなかったからであったのだろうと思う。

戦争がすすむに従って、知人、友人達の意見のうえに、半分小馬鹿にしていた明治の国民教育が底力を見せてきだしたのに、僕は呆然とした。外来思想が全部根のない借りもので、いまふたたび、小学校で教えられた昔の単純な考えにもどって、人々が、ふるさとにでもかえりついたようにほっとしている顔を眺めて、僕は、戸惑わざるをえなくなった。古い酋長達の後裔に対して、対等な気持しかもてない僕、尊厳の不当なおしつけに対して、憤りをこめた反撥しかない僕は、精神的にもこの島国に居どころが殆どなくなったわけだった。

そして、その頃までは、決して僕の方からゆずりたくない気持で、ごく自然に、戦争に反対し、戦争にまで追い込む国家機構に反対して、『鬼の児の唄』までの詩篇を書きつづけてきた僕は、一コスモポリタンの僕の考えよりもこの民族をうごかしているものが、もっともっと緊密で、底ふかい、国土とむすびついたものにちがいないということにやっと気がつき出した。その頃から、僕は、日本思想というものを勉強しようとおもい立った。

出版の統制がはじまっていて、日本主義の本ならば、手にはいりやすかった。宣長や、篤胤、佐藤信淵（のぶひろ）など、できるだけ本をあつめて、ぽつぽつよみはじめた。

その頃、不拡大方針をうたっていた戦争は、底なし沼に足をつっこんで、十二月八日、ラジオは、真珠湾奇襲を報道した。僕の一家が、そのとき、余丁町の借家から吉祥寺一八三一番地の家へ移ってきてまもなくであった。母親も、子供も、ラジオの前で、名状できない深刻な表情をして黙っていた。

「馬鹿野郎だ！」

嚙んで吐きだすように僕が叫んだ。戦争が不利だという見通しをつけたからではなく、まだ、当分この戦争がつづくといううっとうしさからであった。どうにも持ってゆきどころがない腹立たしさなので、僕は蒲団をかぶってねてしまった。「混同秘策」がはじまったのだ。丁度、その日、新劇に出ていた元左翼の女優さんだった女の人がとびこんできて、

「東条さん激励の会を私たちでつくっているのよ」

と、いかにも同意を期待するように、興奮して語った。東条英機は、女たちの人気スターになっていたのだ。僕は床のなかで、その話をききながら、眼をとじた。国土といっしょにそのまま、漂流してゆくような孤独感——無人の寂寥に似たものを心が味わっ

ていた。

その頃から、物資は乏しくなり、店舗は片っぱしから閉ざされ、街には、出征兵士を送る歌声が、ここ、かしこから流れてきた。しごとはいよいよ窮屈になった。文筆家たちも、従軍して、シンガポール、ジャバと、占領地域に発(た)っていった。従軍する連中は、いっぱしみとめられている花形連中だった。

柳沢健のところから、森のもとへ、文化使節として仏印ハノイへ行ってくれという相談がきた。軍ではなく外務省からで、宣撫ではなく、親善のためだというので、僕は、ゆくことをすすめた。軍の残暴のあとで、日本人を訂正する役目を果すように、僕は、そのことについて充分、彼女に言いふくめた。あわただしいおもいをして、彼女が羽田から発ってゆくのを僕は見送った。迷彩をほどこした、あぶなっかしい、不格好な飛行機が空にあがるのを、はてしなく心細い気持でながめた。その前の飛行機は、南支那海のうえで分解してしまった。ハノイ、サイゴンを廻って、かえりは、海防(ハイフオン)から汽船でかえってきたが、その船もすでに、アメリカの潜水艦五隻につけねらわれて、いのちからがら神戸に入港した。彼女は、日本古典文学について講演し、ハノイではヴァオ・ダイに拝謁したが、僕との相談通り平和以外のことは口にしなかったようだ。

戦争も、その頃が、夕映えの最後のあかるさで、それから、戦況は逆転し、新聞の報道がみすみすあてにならないことが誰にもわかっていながら、敗けることもあるまいという根拠のない楽観説が日本人一般の通念になっていた。画展も、戦争画ばかりだった。文学報国会では、大東亜共栄圏内の文士たちを日本に招く相談でいそがしかった。僕の名も、報国会の名簿のすみにはいっていたので、是非出席してくれといってきた。僕が東南アジアを戦前に歩き廻ったことを知っていたから、なにかの知恵を借りるつもりだったのだろう。十人位が出席していた。久米正雄をはじめ、中山省三郎や細田民樹がいたのを記憶する。共栄圏の文士達を引きつれてまず、宮城遥拝をさせ、八紘一宇の思想をたたきこむためパンフレットをよませるという案が出た。八紘一宇は、彼らにとってなんの意味もないし、到底理解できないだろうから引きさげた方がいいと僕が意見を出すと、それは何故だと中山がつめよった。ただ、名前を忘れたが一人の中国研究学者が、僕の意見に賛成しただけで、妙に気まずい空気になって、僕は途中から退散した。もう一度、マレー人に日本語を普及するため教科書をつくるという議事があって、よばれたことがある。マレー人に対する考えかたが、会場の人と僕とは反対なので、そのうえ出席しても無駄とわかったので、僕はもういっさい、報国会の仕事にかかわりあわないことにした。

さすがに、僕らの周囲の友人達のあいだでは、そんな不通なことはなかった。壺井繁治は、いちばん新しいニュースの出所を知っていた。そして、終始、反戦的な意見を持って通していたが、彼のように目立った存在だと憲兵隊の目も光っているので、保身上、心にもない、ややこしい作品をつくらねばならなかった。戦争のはじめに彼は、雑誌『太鼓』を出していた。僕は、それに「蚊」という詩を書いたが、その詩が軍人を蚊に例えて侮辱しているというので、僕の代りに編集者の壺井がよびつけられて、さんざん油をしぼられた。

岡本潤も、戦争には憤りを抱きつづけていた。銀座で酔っぱらって、将校に食ってかかり、もうすこしで軍刀を抜いてかかって来ようとするのを、壺井がやっとなだめて事なきをえたというような事件もあった。

三、四人あつまると、僕らは、うつうつとした胸のうちをぶちまけあった。そして、にらまれていない僕だけが、書くことが出来、書いたものを時には発表するてだてがあった。『マレー蘭印紀行』を、山雅房から出版した。マレー蘭印をめぐった時の旅行記で、軍事的なことにはすこしもふれていないので、読者は失望したらしかった。日本主義の本は、だいぶよんで、腹へはいってきた。期待にはずれて、新しく僕をうごかすようなことはなにもなく、かえって、僕の日本主義に対する批判をはっきりさせただけだった。やはりこの戦争は、僕にとって、HONTE（侮辱）としかおもえなかった。マレー蘭印を通ってきた僕は、つぶさに植民地の支配者たちの積年の悪と、その結果をみてきて、解放しなければならないことを痛感し、英米との戦がそのイミでの示唆をもつならば、中国の戦争よりは無意味でないのではないかと考えたこともあったが、かったことに終った。

結局、それは、うす汚い利害の争奪戦であることが、もっとはっきりした事実としてわかったことに終った。

非協力——それが、だんだん僕の心のなかで頑固で、容赦のないものになっていった。僕は、親戚の新聞特派員や、出征してゆく義弟などにも、無意義な戦争でよけいな犠牲を払わせられないようにと忠告した。知人たちにもその態度を変えなかったので、彼らは、僕を怖れるようになった。隣組というものができて、僕が防火班長に選ばれたときも、近ぺんの女子供たちに敗戦論を吹きこんだ。いつかその結果が、僕の一身にはねかえってきて、ひどいことになるとしても、なにかその方が心に納得がいって、死んだように屈従に甘んじているよりはましだという若気があったのだ。夫や、息子を、奪い取られてじっと忍んでいる妻や母の、ぎりぎりの支えになっているのが隣人へのプライドにすぎないのだとおもうと、あわれだった。

戦争に反抗して殺されるのを怖れる人たちも、結局は駆り出されて死ぬ。反抗する者がたくさんあれば、或いは戦争を食い止めることができるという希望があり、まだしもよいのに、どうしてそこのふんぎりがつかないのかと歯がゆかった。一国をあげて戦争に酔っているとき、少くとも、じぶんだけは醒めているということに、一つの誇りがあった。日本中の人間が誰一人、一旦獲得した自我や人間の尊厳をかえりみようとするもののなくなったことは、恥ずかしいことだ。

じぶん一人でもいい、踏止まろう。踏止まることがなんの効果のないことでも、それでいい。法燈をつぐという仏家の言葉がある。末世の混濁のなかで、一人無上の法をまもって、次代に引きつぐことをいうのだ。僕も、人間の良心をつぐ人間になろうと考えた。一億一心という言葉が流行(はや)っていた。それならば、僕は、一億二心ということにしてもらおう。つまり、一億のうち、九千九百九十九万九千九百九十九人と僕一人とが、相容れない、ちがった心を持っているのだから。

そんな考えのうえで生きてゆく一日一日は、苦しくもあったが、また、別な生甲斐があった。

子供への召集令状

家庭をつくり、門をとじ、私財をひろげて自他の境界をがっちりとさせてゆく、家というものに僕は、それほど執着をもっていない。何度も家をつくり、それをこわしてきたためにそうなのかもしれない。ロンドンやブルッセルで、蒐集家が死んで家財がオークションに出るのを目撃したためかもしれない。動産不動産によらず、所有は仮のもので、物は、一人から他人の手に不断にうつりあるいて、止まるところをしらない。しばらくのあいだ、物は、一人の人間のめぐりにあつまって、或いは、かたわらをすりぬけて、切られたせきとともに我を争ってながれ去る。人間同士の愛着もそうだ。

だが、吉祥寺に移ってから戦争中のほぼ十年ほどのあいだほど、僕らの家が結束していたことはない。それは、後にも前にもなかったほどだと言ってもいい。人間は苦難でのみむすびつくものなのかもしれない。

昭和十七年四月、第一回の敵の爆撃機がやってきた。もう、その頃は、国民全般に、口にすることは慎んでいたが、敗戦の気運の濃厚なのがわかってきていた。東京市民の疎開がはじまった。僕は、空襲がさかんになっても、東京に止まるつもりでいた。しかし、僕の個人的な一つの理由が、そうすることを許さなくなった。子供の召集だった。

前年に徴兵検査があって、ずっと慢性気管支カタルを病んでいた、病弱な子供が、普通ならば召集に耐えるはずはなかったのに、合格の印を押されたのは、拡大した戦争の結果、人的資源の不足のためだった。昭和二十年、子供に令状が来て、某月某日某時、東京駅八重洲口にあつまるという指令が記されてあった。指定された日は、三月にはいってからで、その日はうすら寒い風のある日だった。

父母が相談の結果、子供をやる時期を出来るだけあとに引き伸ばそうということになった。そのうちには、戦争の終末が来るだろうというはかない見越しもあったが、それよりも、一寸延ばしに、未練からそばへ引きつけておこうと考えたのだ。子供は、全く軍人にむかなかった。中学校の教練にさえ、人並に身についていけなかったし、方角や、実際的な作業、針をもったり、洗濯をしたりすることもできないし、また、必要からならされるという性質ではなしに、むしろ、落伍して、自滅を早めるのがおちとわかっていた。親らしい危惧があって、みすみす、殺しにやる戦線に、知っていて送る気持にはなれなかった。博多集合ということがわかったので東亜旅行社（現在の日本交通公社）に関係のあった富永次郎にたのんで、ともかく、九州までの汽車切符を都合してもらい、両親で博多までついていくつもりだった。次第によっては、子供のいく前線に、単独で両親が跡ついていって、適当な保護の手をのべるつもりだった。博多からの出発というからには、北支か、中支方面にちがいなかった。

近所の医師に診断書をもらって、母親が、一人で八重洲口の集合所に出かけていって、同行できない趣を係官に陳情することにした。しばらくして帰ってきた母親は、眼をかがやかせ、「この機会を外しさえすれば、また来年までは行かなくてもすみそうですよ。いま、病気がわるいから、二、三日おくれて一行を追いかけるからと言っといたけど……」と言うのだった。病気を長びかせ、機会を失わせるという方法が一つのこされてあった。

僕は子供を応接室に閉じこめて、生松葉でいぶしたり、リュックサック一杯本をつめて夜中に駅まで駆け足させたり、はてはびしょびしょ雨のなかに、裸体で一時間立たせてみたり、あらゆる方法で、気管支喘息の発作を誘発させようと試みたが、かえってそれが鍛練になって、風邪もひかなかった。しかし、発作ははじまった。そんなことをして、とうとう、その年はゴマ化し了せた。

それをただの、肉親愛のエゴイズムと言えば、それだけのことだが、僕は他人にくらべて、それほど肉親びいきではないつもりだ。僕の気持としては、各人がそれぞれの才覚で軍拒否を表明して、国民運動にまでもっていってほしい存念だった。戦争に対しては、もう一銭も支払いたくないというのが本心で、その他に、どこまでこちらの主意を押通せるかという競争もあった。作品発表は、検査官との知恵くらべだった。

その年のうちに、最初の空襲が来て、吉祥寺から近い、中島飛行機製作所に爆弾を投じて去った。それが、最初の被害といってよかった。都内に住んでいた、山之口貘の一家三人が僕の家に同居していたが、庭に掘った小さな防空壕に六、七人の人間がもぐり込んだ。吉祥寺あたりはまず最初に被害を被るものとみなければならなくなったので、僕は、急に予定を変更して、甲州の山中湖畔の平野村の平野家という旅館の別棟別荘が二軒あるのを河野密と僕の家で借りて、疎開することにした。

「この戦争では犠牲になりたくない。他の理由で死ぬのならともかく……」

そんな意地っ張りから、あわただしく荷造りして、トラックで送りつけ、十二月はじめ頃に、すでに雪にとざされた平野村の家に辿りついた。どこもかしこも白々とした景色だった。落葉松の林のなかに、安い借家普請のような、その別荘と称する家が建っていた。零下二十度の寒さで、雨戸もなく掛け蒲団が吐く息で凍り、インキは氷になって、櫓炬燵のなかでとかしてから使わねばならなかった。さすがに空気だけは清澄だった。障子一枚むこうにみえている湖水は、鈍く凍りついて、晴れた陽はまぶしく照返し、胸を突きあわせるように近々と富士山が聳えていた。物資は少く、手に入れることが困難だった。もともと米作がなく、とうもろこしを常食にしている荒地帯で、米などは、籠坂峠を越えて、御殿場の方から闇ではいってきた。まず、安全地帯とはおもわれたが、長期をここですごすとなると、それだけの計画を立ててかからねばならなかった。年の内おし迫ってからも、敵機は幾度となく襲来した。駿河湾辺から上ってくる飛行機は幾編隊を組んで、まず、富士山を目標にして、頭のうえにやってくる。そして、コースを東にかえて、浅川あたりから吉祥寺のうえを通って、都の上空に現れ、爆撃を果すと、東京湾から太平洋の方へ抜けるらしかった。サイレンが鳴ると、時をうつさず、どたどたという足音がして、雁行して銀色に光った機体が上空を通っていく。みているとなかなか美しくさえあるが、それが都へはいっていくと思うと胸が痛かった。前途の見通しは、ひどいことになるとはわかっていても、それがどの程度のひどさかわからなかった。年を越してから、僕の兄弟達の家がみな焼けてしまったというしらせをきいた。僕は、二週間に一度位の割合で上京しなければならなかった。金子の義母に親戚の娘をつけて、吉祥寺においてあったからだ。義母はすでに病気の上に、精神にも異状があったので、うごかすことができなかった。そして、義母はとうとう、空襲中に病死した。骨を入れた大きな壺を抱いて、僕は、山中湖にかえってきた。

二年目に子供の召集令状が、山のなかにまで届いた。平野村には七十何歳の老医師が一人いた。僕は、喘息発作が常習の息子に、老医者を招いて、病状をみせ、診断書を書いてもらうとそれをもって上京した。三月の大空襲のあった日だった。本部まで出むいて、僕は、係官に会い、診断書をみせて、事情を話し、また一年引きのばしてもらうことにした。空襲がはげしくなってからは、召集令状も届かないものが多く、軍では、あつまった人員だけをかきあつめるようにして現地に送るより仕方がなくなっていた。それも、多くは現地へ送る船舶に不足して、主として敵上陸に備える内地防備の方へ廻されることになったらしい。子供のことが安心となれば、僕らとしては、これで一片づきだった。だが、このことの結果が、いずれ、大きなしっぺ返しとなってかえってくることだけは、覚悟していた。最後の段階では、敗戦とわかっていても、そこに至るまでに、かえって身の危険があると考えたのは、まだ、日本の軍の力を過信していた証拠であろう。インテリのこまかいリストが作りあげられ、本土作戦の前には、そういったあいまいな分子は、大量虐殺されるというようなデマがとんでいた。ありそうなことだった。

ながい冬はなかなか去ってしまわなかった。僕は、そのあいだじゅう、することがないので詩を書いた。『鬼の児の唄』と『蛾』の大部分の詩は、そのとき作ったものだった。

郵便ひとつ来ないその山のなかに、ある日突然、岡本と一人娘の一子が現れた。信じられないような、なつかしい再会だった。わざわざ遊びにきてくれたのだ。僕は、誰にもみせるあいてのなかった詩を彼にみせた。彼としても、僕が猶詩をつくっていることがおもいがけなかったらしい。

それらの作品は、発表する目的で書いたものではない。おそらく、山中湖畔の氷土のなかに埋めることになるだろう。だが、僕の気持としては、この作品を誰かに読ませなければ、意味のないことだった。詩の性質としても、そういうものだった。三年、五年、おそらく十年たっても、この詩をあかるみへ出すことはできないという絶望感で、僕の心は、弱々しいが、純粋さを保ちつづけた。気負いはだんだんなくなってきて、じぶんのためにだけ書くようなものになっていった。

五月になると、山の自然はうつくしさを増した。氷はとけはじめ、終夜嵐がさわいだ。水ぬるむ湖水の岸辺に、一尺鮒（ぶな）があみですくえるほど近くただよってきた。胡桃（くるみ）の花が散って早（さ）わらびが葉をひらいた。僕らは、一年の計をはじめて、裏山の荒地一反歩を開墾することにした。火山の熔岩流を蔽うて、すすきと茨が根を張っているので、一尺の開墾にも一日二日の激しい労力を必要とした。一家は汗だらけになって仕事をつづけた。蒔く種は、とうもろこしと、馬鈴薯だったが、この土地では、とうもろこしは一茎に一つしかならず、馬鈴薯は小粒の芋が四つ位しかできなかった。それも、折角の収穫近くに、豪雨につかって、芋はおおかたくさった。収穫のあとに、ソバをまいた。ソバの実のついた頃、富士嵐がきて、一たまりもなく細茎を折ってしまった。百姓の仕事は、労多くして効少く、さんたんたる結果に終った。

その間にも、空襲ははげしくなる一方で、東京全土は、おおかた灰燼になった。原子爆弾の噂を耳にしたが、その被害の大きさについてはまだ、詳報がなかった。そのうち、八月十五日になった。

富士吉田まで行った女連中がかえってくると、吉田の町が粛然として、ふだんと様子がちがうので、きいてみると終戦とわかった。天皇のかなしげな声がラジオできこえたといった。河野の家からもそのことを知らせにきた。

僕らは、蓄音機でセントルイス・ブルースをかけて、狂喜のあまり踊りまわった。なにごとかと、宿屋の人達がのぞきにきた。

村人たちは頑迷で、なかなか敗戦の事実が信じられない様子だった。山中湖に毎年来ていた、アテネ・フランセの校長のコット氏が、病気になって疎開してきたときも、わずかに僕らの助言で、旅館の部屋に受入れた。病勢が悪化しそうなので、河口湖の病院に入れることになったが、身元引受人がいない。異国で病む淋しさを知っている僕らが、すすんで引受人になって、河口湖へ送りこんだ。幸いにコット氏は病気をもち直して、終戦後まで生きのびた。その時の僕の気持も、西洋人に同情するというよりも、日本人の偏狭さを訂正しようというつもりで、そのためのまずいなりゆき、村民との面倒な感情上のいきさつもいっさいかぶる気ではいた。しかし、僕の強引な処置に対して、村民たちの方が気が弱くなりかけていたのは、やはり、おもわしくない戦況が、彼らにも会得されはじめていたからであろう。そして、終戦と同時に、彼らは、僕の先見に伏してきて、僕とはまるで関係のない、事業上の見通しのことなどをききにきて、田舎人の素朴さに閉口させられたものだった。ミズーリ号甲板上の降伏調印があり、いよいよ米軍の上陸となると、東京を戦場として、市民たちの最後の竹槍の決死隊が繰り出されるという噂が、甲州までもきこえてきた。実際、そんなことになりそうな日本人の昨日までの気組が、現実としては、いつかぬけ殻になった、他愛ない、言い訳だけのものになりはてていたのだ。

「まんまと一杯ひっかかった」。そんな言葉が、自棄的な笑いといっしょに誰の口からもきかれた。

「そんなことわかりきっていたろうに。なにを言うのか」

と、僕は、耳をふさぎたい気持だった。

第四部　解体と空白の時代――戦後

新しい解体と空白

こうして、戦争が終った。

「そろそろ、疎開から引上げようか」

当然もちあがるそんな相談に、家人たちは尻込みした。自然だけはのびのびした疎開先から、荒砥（あらと）にかけられるような東京での生活は、いろいろきいているだけに、二の足をふみたくなるのはもっともなことだった。それに、吉祥寺の家には、既に、家を失った人たちが四家族も住んでいて、どこへ住んでいいかわからない。せめて、もうすこし目鼻がついてからということで、終戦後一年間、疎開地に止まって、僕らは、次の年も、この寒冷の土地ですごした。

東京の混乱状態は、その後、時々僕と子供とで上京するのでわかっていた。どこにも闇市が栄え、パンパンたちがブロークンな英語をしゃべって横行していた。みているうちに水になって流れるような石鹸や、停電の用意のローソクが飛ぶようにうれた。東京からかえってくると、ジャケツの編み目や、襟元に虱（しらみ）をつれてきた。虱はすぐ卵をうみつけて、繁殖した。

化粧品会社は、原料のブローカーをして、もうけはじめていた。朝鮮人のあぶれ者が、トラックで、ドラム罐のワセリンを、白昼堂々と車に積んで盗んでいった。路傍の饑餓者がいたり、殺人があったり、ピストルのうちあいがあったり、それが、日本人の日常であった。僕は、若い時の未発表の抒情詩集の出版をまかせて五百円を受取り、魚や、肉をリュックにいっぱいつめて、山へかえっていった。吉祥寺の駅で、めずらしく、横光利一に会った。横光はひどく憔悴していた。彼は、しばらくじっと僕の顔をみていて、

「君は、だんだん仙人のような顔になってゆくね」

と言った。

「どうしたの、そんなひどい痩せかたをして。疎開地でやられたんだね」

僕の方でも、しみじみ顔をながめた。十五分ばかり話をして、お互いにからだを大切にしよう、これから本当に仕事をしなくてはいけないといって別れたが、それが彼と会った最後だった。

一年経ってから、僕らは腰をあげた。トラックに山のような家財を積んで、終夜運転して小仏峠を越え、早朝に東京へ着いた。

東京へ着いた時はすでに、本不足で、本と名がつけばなんでも羽がはえてうれていった時代がすぎて、敏捷な連中は、もう一稼ぎも二稼ぎもしていたあとだった。そして、僕などは、戦後派の時代に、調子よく乗ってゆくには、あらゆる点でじぶんが能力に欠

けていることを痛感した。

僕は丁度、ヨーロッパから二度目にかえってきたときと同じように、まったくじぶんの席のないところへ帰ってきたのだ。というのは、僕としての仕事はこれで終ったという感が深かったのだ。僕は、あの時代に、精いっぱいに縁の下の力持をして生きてきた。ところが、いま、その作品を発表しても、この時代になんのプラスもない。いまの時代の人には第一、当然すぎて、なんの奇もない事に一人で歯ぎしり噛んでいただけのことで、もっと自由な、もっと尖鋭な筆で、いくらでもいまの人には書けることなのだから。つまり、法燈は、もう多勢にうけつがれたわけだから、僕は引込むべき時であった。

戦後二、三年は、僕にとって、奇妙な心的状態の時期であった。あれ程息苦しい精神の重圧がとれたことによって僕らは、解放された筈だったのに、実際は、当面の闘争の対象を失って、じぶんの位置すら安定しない、空隙の世界に浮いてしまったという感じだった。成程、戦後にのこされた仕事はもっと大きく、いくらでも戦うべき新しい対象があったし、古いものの根底も、決して根こそぎになったわけではなかったが、僕にとっては、「それは、もっと若い、別の人たちが清新な活力でつづけた方が効果的だ」ということだった。

そして、僕には、もっと別の仕事がある。それは、僕自身、及び人間の本質についての僕の日頃の疑問を、実験的に究明したいという念願に発するものであった。それには、戦後の荒廃した人間群像は、そういってはわるいが、僕にとって好実験材料であった。戦後の力抜けした状態に安んじているひまもなく、僕は、転換した僕の方向にむかって仕事をすすめなければならなかった。

昭和十五年、赤塚書房から『詩原』という詩の月刊小冊子が出された。岡本や、秋山、壺井、それに僕などがあつまった。人民的な詩の雑誌としては、それが最後のものであったのが、戦後、また、秋山清らの発案で復活したかたちとなり、ほぼ同様の顔ぶれで、詩の雑誌を出すことになった。雑誌の名は『コスモス』と名づけた。

そこで、僕の仕事は一つの仕事の結果と、新たな別の仕事の計画とがかぶりあって、外観的には明瞭さを欠くことになったが、それは今日猶つづいていることだ。そんななかで、僕の詩集を出したいという書肆が現れた。最初は大阪の創元社で、詩集『女たちへのエレジー』を出すことになった。この詩集は、ヨーロッパの帰途、南方で書いたノートから選んだ「南方詩集」に「女たちへのエレジー」という一聯の詩を加えたもので、空白十年間の貧しい所産であった。

つづいて、『日本未来派』から、詩集『鮫』の系列の詩を『落下傘』という題名で詩集にあつめた。北斗書院から『蛾』を、十字屋書店から『鬼の児の唄』を出した。それで、僕の戦争中の詩は出払ったかたちだった。誰がこれらの詩がこんなふうに日の目をみると予想できただろうか。それは、作者の僕じしんにしても、夢のようなことだった。旧日本国家が繁栄する限り、僕の詩は闇路をつづけなければならない筈だったのに。終戦前から、僕に対して、軍当局の目は、いら立っているのがわかっていたが、彼らは、新たな抵抗にかかずらっている暇がなかったのだ。放送協会から依頼された、十篇ばかりの唄のはいったマレー案内のようなものが、作曲から何から出来上って、いざ放送という前にさし止められたことがあった。革むちはピシピシとひびいて我身にこたえ、いずれはそれが僕の肩に、背に、食い込むときがあることを考えずにはいられなかった。僕の詩は、もう発表する場がなくなった。それは、一時的な現象ではなく、日本の国が栄える限り、生存中も、死後も、発表の機会などがあるべしとはおもわれなかった。それだけにそれらの詩集が出たことが、本当とはおもえない位だった。

僕は、詩の世界で、少々過分な待遇を受けるようになったが、それに乗ってゆくには、過去の苦しみがひどすぎた。軽佻な大衆を信用できなくなってしまっていたのだ。戦争中、戦争詩を書いていた連中は、丁度いまの僕のように、ちやほやされた。そして、チューインガムのようにカスは吐きすてられた。僕は、おもちゃにされたくないという気持から、できるだけジャーナリズムから遠ざかって生きてゆくようにした。僕は、僕を甘やかすもののなかに敵をみないわけにはゆかなかった。それればかりか、僕の性格は、あれほど僕がまもりつづけた筈の自由のよろこび、ヒューマニズムと名のつくものに対してさえ、猜疑の目をむけずにはいられなかった。それがあまりにたやすく使われ、おしつけがましく横行しはじめたとき、一億玉砕の時期以上に、人間に対する不信が輪をかけたものになってきはじめた。

僕の心のなかで、世界の信義への期待は裏切られ、人間の本質に根ざした不信や、憤りが、憎悪が、ふたたび将来のない人類のゆく先に対する絶望感となって、僕を蝕（むしく）いはじめた。そして、僕には、個人しか信じられず、団結した人間の姿に、自然悪しかみることができなかった。戦後の僕の新しい解体がはじまっているのに、僕は、過去の作品を通して、あいかわらず安手な抵抗派の一員として待遇されることになった。こうした皮肉な矛盾を、僕はまだ器用に処理するすべをしらなかった。そして、この危機をすり抜けてから、僕がどうなってゆくかという見通しもつかず、くらい低迷のなかにくわえ込まれてしまっていた。

そんな心のながれのなかで、僕は『人間の悲劇』を書きはじめた。それは、僕が義理や、人真似でなく、ほんとうにどんなふうにして生きたかったかという簡単な事実を、僕を閉ざしている過去のすりかすや、船腹を蔽うカキや富士壺をこそげて、鋼の船体をつきとめるように、さぐる努力だったのだ。

『人間の悲劇』の第一巻を書き終ったとき、僕は、殆ど、第二巻をつづける気力を喪失していた。これは、僕自身の文献によらざる探究の目的で、一巻、二巻、三巻と、どこまでもつづけてゆくつもりだったのだ。

『人間の悲劇』を書いたあとで知ったことは、僕が思い通りに生きていけないということだった。実際に人間は、思い通りに生きられるなどということは、千に一つも遭遇できない難事であり、そのためにこそ人生は多事なのであろうが、それにしても僕は、まるでうらはらな、空しい人生を送ってしまったような気がしてならなかった。僕の求めていたことは、芸術などという空疎なイミテーションではなかった。もっと俗悪な、もっと、日常の接触で、じかな生命を、習慣や、惰性によらず、なまなましく実感しつづけることであった。そのためにこそ、僕の青春時代はむなしくあんなに求めたので、僕の芸術は、つまり、僕の衰弱のための逃げ道だったのだ。思想も、哲学も、本来は、なんの価値もないものだ。それ自身が内容でさえありえないのだ。考えのゆきつくところは、そんなところだった。

芸術の究極は、活写とメタモルフォーズにつきるようだ。芸術家は、そのための技術を獲得することによって、いっしょに生きている錯覚に陥ったが、ほんとうに生きうるものは作品をのこさない。それ自身が作品なのだ。僕は、芸術家などにはなりたくないとおもいはじめた。第一流の芸術家にしろ、第五流の芸術家にしろ、芸術家はいちばん汚ない仕事をしなければならない。しかし、芸術家がじぶんの仕事に淫楽できているならば、まだしも救われるのだが（ヴェルレーヌのように、エレディアのように）。芸術家が新聞の雑報のような小説を書いたり、社会主義者の評論にあとおしされるのだったら、なにか特別な野心か、権勢欲、金などを目的とするならともかく、まったく不幸なことというより他はない。

五十歳を越える年頃になると、それ程聡明な人間でなくても、少し素直ならば神のしかけたわない、自然がみちびく残酷ななりゆきが、大方会得できてくるものだ。それはどんな学問の知識よりも、はっきりと納得がゆく。そして、じぶんの値うちが、ゆきがかりや、暫定的な条件とさしひかれて、はっきり計量できるものがいたら、それは賢人といってもいい。もともと人間の仕事は、当座の効用しかないもので、それでこそよいのである。ふるいものがいつまでも値うちのあることは、わるい足がかりにしかならない。そんなイミで、文壇というところは、ふるいものの温存の根城であり、壟断(ろうだん)の大きな俎(まないた)である。日本の文壇は、戦後も決して、進歩的でなかった。経験者が少いという理由もあるが、ふるい作家と、ふるい作風が擁護され、マス・コミとのタイアップのもとに、古めかしい新人が輩出する場になっている。

化粧品会社の仕事は、一時、戦後の景気にあおられて、好調子をつづけていたので、僕としてもその余波をうけ、めずらしく、金の苦労をせずに二年、三年の歳月を送ることができた。僕は、外国へ行ってみたかった。が、今日とちがって、出国がなかなか困難だったし、他に、雑用が多くて、足がぬけられなかった。無為が僕をくさらせてゆきそうだった。どうかしなければならない、そういう焦燥がたえず僕につきまとった。仕事さえもうそれほどの興味が持てず、自殺は考えなかったが、自然死がくることが望ましくさえあった。虚脱ではなくて、僕がいちばん割切れた時期であった。

家というものからも脱出したかった。家のはてしない持続は僕を苛立たせ、飽和状態のあとで猶、この先のながい時間を、相伴してゆくことは、各員お互いになんと考えても無意味だと思われ出したが、森が、リュウマチスで歩行不能という生涯の大患をわずらって、その後二十年、今日に及んでいる始末である。

寂しさ

ここ四、五年のあいだに、多くの仕事の計画があった。もはや、生きている限りの日時をそのために費してみても、僕の仕事は何分の一しか実現することが不可能であろう。だが、僕は、今日まで僕がやってきた仕事の延長として仕事をつづけることの無意味さを痛感している。僕は、仕事を放棄することによってのみ捕捉しうる真実の僕の生きかたによって、新たな仕事の興味をえてゆくより他はない。老来、さまざまな苦難と、抵抗が増しているのは、そのためである。

終戦後、福士幸次郎が死に、百田宗治が死んだ。いずれも僕とは、疎遠になっていた。林䜌(たかし)も死に、国木田や、サトウ・ハチロー、吉田一穂なども疎遠になってゆく中で、平野威馬雄、佐藤英麿等何十年ぶりで、ゆくりなく顔を合わせる喜びもあった。猶春秋の豊かな山之口貘や宮崎譲も死んだ。

詩人としての寄合いなどで、たまさか顔を合わせる人達は、みな新顔である。北川冬彦、村野四郎、伊藤信吉など、それに古い知合いの草野心平などがレギュラー・メンバーとしてあつまる。そして、この人達が、おそらく僕の死の日までつづく社会的な交友の顔ぶれであろう。或いは、その日までに、僕が、詩人達の世間から隠退することになるかもしれない。仕事が止まれば、それまでのことである。終戦後の若い世代の人達ものしあがってきた。その人達は、僕を老人だとおもいこんでいる。僕が若い日の心情かられほどまだ遠くないところで生きているといっても、信じようとはしないだろう。僕の今日受けつつある受難の性質が、全く、その人達と変りないといっても、その人達は、そのために僕らの世代との間に掘られた溝をなくしようとしないに決っている。青年が老年をながめた時の遠さにくらべて、老年が青年をふり返る路は、目の下にひろがっていて、経験の重なりのなかにすべてが生きている感じで、手にとるように近い。そして、人生に対するとらえどころのなさは、互いに少しも変らず、わからない部分はそのままで、なに一つ本質的にわからずにすぎてしまう。そして、僕は四十年前とおなじ場所で、今日も猶、おなじようにまさぐりをつづけている。

詩集『非情』の詩は、こういう心境のもとで書かれた、あれこれの詩をあつめたものである。つづいて出た長篇詩『水勢』は一つのこころみだったが、それはただこころみに終ってしまったようだ。

この詩集のなかで、僕は、いろいろ無理なポーズをした。そのために、言わなければならないことで言いそびれている条々を発見し、いずれは、もう一度解体して、つくり直さねばならないと思っている。仕事は、むずかしくなってゆく一方だ。現在、僕はまだ、三つのプランをもっている。そのうち、二つの仕事に手をつけはじめている。一つは詩集で、抒情的なもの、一つは、小説体のものだ。

近年、化粧品の会社の没落につれて、それまでは、疎開中も多少の援助になった定収入もなくなって、原稿一本で生活を立ててゆかねばならない仕儀となると、そのためにも仕事をつづけなければならない。ジュジュの好意の顧問料だけが定収だった。

当分のあいだ、僕の仕事は、人間解体である。人間に対する愛着よりも、人間への憎悪が勝っている。そのために、僕の仕事は、今日、人から愛される性質のものではない。従って、僕は、新しい敵と闘わねばならない。それは御苦労千万なことで、僕らの年配の人達はもう、いい加減功労賞でももらって、祭壇に祭りあげられてもいい頃なのだが、まず一生涯、僕には、そんなお鉢は廻ってくる気づかいはないだろう。その理由は、いたって簡単だ。僕が天の邪鬼だからだ。

僕の生涯をふりかえってみて、二つのヨーロッパ旅行が、すべてを決定した大事件であった。

それは先にも説明した通り、僕を、中途半端なエトランジェにした。外国生活のあいだの僕の異邦人は、日本へかえってきても、そのままもちこされてしまった。必ずしも人間社会に愛情をもっていないわけではない。それどころか、人間の体臭にはげしい嗜欲をもっているのだが、その愛情がしっくり合わないで、あいてに受止めてもらえないために、発展の足がかりがなく、ともすれば、痩せ枯れたものになってしまいそうになるのだ。製作のよりどころは、かえってそこにあるのかもしれないが、僕の作品は、どこかよそよそしい面をもっていて、没義道に他人にのしかかるか、反撥されるかするだけで、あいてととけ合い、滲みこんでゆくことが滅多にできないのだった。

増田篤夫は言った。「光っちゃんのしごとは、結局、日本の文学とは無縁なんじゃないか。そうでしょう？　きれいに花は咲いても、種子もとれないし、移植をしても来年は花が咲かないという木があるでしょう」

増田君のいうところは、たしかに本当のところをついていたと思う。僕じしんも、日本の文学のプラスのために仕事をしているつもりでやってきたが、だんだん年をとってくると、どうもひとりでむだ仕事をしてきたような気がしてならなくなった。そうかといって僕の仕事は、フランスの文学でも、イギリスの文学でもない。コスモポリタンの文学でさえもありえない。

しかし僕が根っからの旅行者だというわけではない。現代の日本人の文学のなかには、多少とも、そんなふうに所属の知れないものがある。近代の欧米仕込みの文学の成立とその後の年限、受入れかたの浅さ、今猶つづく依存性などが、その理由になるだろうが、なにかよそゆきな学生のヴァニテーしかとりつかないような文学で、そういう文学は、ある人にとっては魅力でありながら、決して、根がつかないのである。横光たちの新感覚派の文学がそれであった。今日も若い人達の同人雑誌のなかに、カフカや、カミュの影響をうけたような、エキセントリックな作品をしばしば見うける。それは必ずしも外国仕込みの文学を指すのではない。堀辰雄のようなハイカラ文学は、それはそれで、ちゃんと育ってゆく日本の土壌をもっているのだ。僕の作品の、そういった危なっかしさは、僕の作品をよんでいる人なら成程そうかと気がつくことなのだ。

戦争中の文学の空白時代は、ふりかえってみると、僕にとっては、それほど空白ではなかった。今日のような文運隆盛な時代になると、僕の方が空白になってゆくのは、面白い現象だ。この三、四年は、正直言うと、僕にとって怖ろしい空白な時期だった。二回目のヨーロッパ旅行の前後の空白が、第二の仕事を僕に用意したように、今日惰性的に仕事をつづけるよりも、徹底的な空白からもう一度出直した方がいいのかもしれないと思う。ブランクを埋めようとしてあくせくすることは、むだなことだ。むしろ、のん気にあそんでいる方がいい。これきり仕事などはしなくてもよいつもりで、ねたり起きたりしていられれば、その方がいい。そのうち、書きたくなるかもしれない、そうならなくても元々なのだ。空白をのりこえてからの仕事でなくては、今の僕の気には入らないだろう。だがそれよりも、僕の生理の方に限界がある。やりたい仕事はどれだけあっても、やれるものとはきまらない。いつ、どこで、ピリオドをうたれるかもしれない。その分では多分に投機的でもあるし、ほかのすべてのこととおなじく、しごともむなしいことであるに変りがない。東洋的な諦観として片づける人があるかもしれないが、僕は、感傷なしに、むなしさの現実だけをみようとしている。むなしさがなければ、人類は亡霊に食いつくされてしまうのだ。僕らの肉体が死ぬように、僕らの文化も、精神も、一物もなく亡びることによって、清新なものが迎えられると思う。墓場もいらなければ、むろん、墓碑銘の必要もない。時がきて、僕らが倒れれば、そのうえに土をかけて、ふみならせばいいのだ。そして、僕らの仕事はなるたけ早く忘れられればいいのだ。何故ならば、それはもう、すんだことだからだ。

　多くの人が死んでいった。戦争の前後を境として、北原白秋とか、萩原朔太郎とか、福田正夫とか、高村光太郎とか、じつにおびただしい人が死んでいった。そういう先輩達の他にも、秋田義一とか、大藤治郎とか、片岡鉄兵とか、牧野信一とか、岡田三郎とか、さまざまな顔がいなくなった。そして、まだ生きてはいるが、僕と前後して、どっちが先に失礼するかわからないふるい連中が、日頃は音信もせぬままにいる。中西悟堂や、中条辰夫や、黒田忠次郎、加藤純之輔などがいる。

人間の交友というものはおもしろいもので、どんなに長かれと祈っている間柄でも、さしたる理由もなしにやはり、時がくればうとうとしくなり、いつのまにか遠ざかってゆくものだ。ひとりでに、どこかにゆるみがきて、はなれるときはじつにあっさりと、他事にまぎれているあいだに、はるかかなたに去ってしまっているもので、追ってもむだな場合が多い。

殊に僕のようなながい外国生活をしたものには、その期間に人それぞれの生活にふか入りして、ふるびた陶器の切り口のように、つぎ合わない結果となるのである。十年も、二十年も遠ざかっていた間柄は、どんなになつかしくなって会ってみても、結局はへだたりの大きさを認識するのが落ちで、それから改めて完全にはなれてしまう。だから、旧知には無理に会わない心得でいるが、おもい出して一度会ってみたいと思う人はたくさんいる。新しい知合いは、これから先、どれ程ふか入りしてつきあえるか、疑問である。会合などにたまさか出てみても、世代がちがうというようなこと以外に、しっくりと馴れ、心をゆるしあえるというような仲間は、仕事をいっしょにしてきて、おなじ敵にあたってきたという同年配の連中のなかにさえ、そうざらにはのこっていないものだ。そんなイミで、僕には、詩人の社会で、友人がいない。仲間もいないばかりでなく、その人がいるために仕事の張合いがあるというような、よい競争あいてもめったにいない。一口に言えば、誰も彼も、よその人なのだ。ながく生きのこったものの無限の寂しさである。河井酔茗とか、服部嘉香とかいう人は、いっそうそんな感じがふかいのではないか。そして、これからは、益々僕の寂寥もふかまってゆくばかりであろう。

文筆上の知人友人の数は少い。文筆以外の、実業の方面や、その他、銀行、会社の人たち、あそび人や、料理屋の主人、歌沢節の友達、大弓の仲間など、過去にはたくさんの知合いをもっていた。外国旅行中の知人のなかには、女衒や、旅芸人、娼婦上りの老婆、下級船員等々、実に雑多な範囲の知人、友人がいたものだが、戦争が、そんな関係の糸をみんなこんぐらかせ、引きちぎってしまって、いまでは、ばらばらになってしまって、実際のところ、生死もはっきりしないものが多い。そんなわけで、今日の僕は、それでなくてもけそんとしているところを上塗りをかけて日々を単調なものにしている。

自叙伝は、一人の生涯のことだけを書くというわけにはゆかない。一人の生涯は、それを囲む多勢の友人たちによって形成され、交互の関係と、その影響によって発展してゆくものであるから、そういう人達の感想をあつめて、僕というものを作りあげる帰納的方法によれば、もっと面白いだろう。

僕が誠実な人間か、不誠実な人間かは、庇い立てをしない彼らの方が、一層よく知っている。そして、ただ一言僕の言いたいことは、僕は不誠実な人間かもしれないが、僕が不誠実であることで悲しむ人達が気の毒さに、誠実であろうとする気持だけは、まだのこっているということだ。

再びふりだしから出発

いつのまにか、僕から「血のさわぎ」がなくなった。

いや、それは、ほんとうはなくなっていないのかもしれない。年月がそれを沈潜させただけで、いつまた辻褄の合わない考えがきて、僕をそそのかしにかかるかもしれない。仲間をつれてあれ廻るらっぱ、すっぱのようなものが僕のなかにもいて、「畳のうえで死にたくない」などと、理非の通らぬことを言って、僕の血をさわがせようとする。だが、それに対して、さすがに僕も無条件で食いついてゆこうとはしなくなった。あいかわらず、利害には無雑作だが、一応、あれこれと軽重を秤にかけてみる。僕には、投機者の血がはいっている。ユダヤ人のようにぬけ目のない中京商人の冷酷な血もながれている。もともと、現世の利害の外にない人間が、人生の失敗ののがれ道を求めて、苦しまぎれに、じぶんを芸術家と思うようになった失策を、取戻せるような最後の機会があったら、おそくはない、どんなことにでも飛込んでゆこうという大それた考えをもっている。

痴情でもいい。犯罪でもいい。革命でもいい。探検でもいい。スポーツでもいい。いまのうちなら、可成りなことに耐える肉体の自信もある。だが、それは郷愁で、実際には、過去に於て何事もなしえなかったように、これからも、何一つおもいきった真似はできないであろう。

元来、僕は、小心な方だが、それでいながら、それ程の神経質でもないし、注意力も散漫で、ひどい健忘症でもある。そういう人間が、それほど芸術家などにむいているとはおもえない。もうすこしは、僕にむいたほかの仕事もあったろうとおもうのは、文筆のことにたずさわりながら、書くことがたのしいなどと思ったことはない。書いてみようという意欲は湧くのだが、筆をとることが億劫で、苦労でならないことが多い。好きこそ上手という言葉があって、僕の友人のうちにも書いていることがたのしいという人がいくらでもいるし、そういう人こそ、筆を持つように約束づけられている人間のようにおもえるのだ。こういう乖離の気持は、どんな場合にも僕から退いたことがなかった。しっくりしない仕事にかかずりあったばっかりに、僕は人生の不幸を同時に背負いこんだもののようだった。ところが、さて、七十歳を越えた今日になると、もうそれは、よほどの手おくれで、少時から僕が、血のさわぎに駆り立てられ、胸さわがせながらもとめた人生の意義とも称すべきものを探求するには、ともかくも、年季をかけて身につけた文学以外の方法では、どうすることもできなくなっているようなわけだ。

文学が、僕にのこされたたった一つの武器なのだ。いろいろ文学に難くせをつけるのは、惚れている証拠で、ただ、惚れているとおもわれるのがこけんにかかわるような気がして、わざと口にしてみるいやがらせの一つなのかもしれない。一つのことにしばられるのがうっとうしいだけの我儘かもしれない。現実の問題として、今更、筆をすててみてもどうなるものでもない。いやいやながらでも、不細工なしごとでも、文学の仕事ならば、操縦のコツがすこしは分っていて、自分をあらわすこともできるし、自分を通して人間全体の性能を知ることにも、それに不満をもったり、注文を出したりすることにも手がかりがあるというものである。

どんな夢を抱くこともさし控えるといった心境にあったとしても、僕は、人間の愛憎をよそにしては、さしあたり生きる場を持っていない。人間を信じないとしても、人間を見失うことは、自殺以外のなにごとでもない。むしろ、その不信によって、人間のはかりしれない深さ、不条理な美でくらめく奥龕(おうがん)にいたることを約束されたようなものでもあるのだ。人間に欺されることの、苦しさと、やるせない快楽——それは、悪女にふか入りした男の切ない愉楽に象徴されている。

早急に、人間に見切りをつけることのできない人間、処世法や、合理主義に人生の繁事を代行させることのできない人間、そんな人間の思いきりわるさ、それは、カルマ（業）だ。

そんな業を背負って生れてきた僕らは、解答の手がかりをつかみかけたままで、問題を後嗣ぎにのこして、はやばやと死に迎えられる。待ってくれ。その酒はまだのみかけなのだ！……七十年生きても、僕にはまだ、人間がつかみきれない。人間の考えだした生活方法は、おおかた上手に一生を通りすごすための「暇つぶし法」なのだ。政争も、革命も、時には芸術もそうだ。生きると同時に、生きることに疑いをもつことは、人間に課せられた最初にして最後のながい原罰だ。詩人は「常に、酔うてあれ」というが、それは刑罰の苦しさを知っている人間の言葉だ。

常に酔うてあれ、それはどんなことにでもいい。あらゆる悪徳よりも性のわるい善意にでも。美名に口をふさがれた、露骨な横車にでも……。大観的には、それも暇つぶしの一つかもしれないし、人間の正体をみるためにも、それは、そんなに頭からきめつけてかかっては、手がかりを失ってしまう事実なのだ。

そこで僕は、僕の文学が自由にふるまえるために、好悪の感情に駆られないように用心しなければならないと、そのことを心掛けようと思い立ったものだ。血のさわぎにまき込まれる僕のほかに、その僕を観察している別の僕がいるということは、時には、辛抱のできないことですらある。しかし、いまとなっては、もはや、せんかたない仕儀で、地球の破滅まで、もし僕にいのちがあれば、そうして眺めているよりほかはない。一つの主義主張からの判断などに迷わされてはならない。僕が左袒するものは、どこの誰でもない。人類の文化ですらもないのだ。

僕は、また、がらんとした無人の一室のまんなかに、大きな机と一脚の木椅子、鉄のベッド一つをおいて、坐るだろう。僕は、できるかぎりの孤立を愛し、すべての人たちから忘れられ、貧しい生計を支えてゆく最低限の生活をなにかで確保して、所謂、ジャーナリズムや、ファンたちの群からも遠くにいることになるだろう。僕に愛情をもつものもないことも、気にかけないだろう。周囲からのそうした放置のなかで、僕は、はじめて精神の自由らしいものを獲得し、考えるよろこびをもう一度とり戻すことができるだろう。

僕のみる自然や、風景は、それによってもっといきいきと息づきはじめるであろう。僕のまわりを踊りまわる人間たちは、根元的に一番近々と僕にふれ、ゆるがぬ価値を発揮しながら、僕のまわりを踊りまわるだろう。捕われていたためにはっきりしなかった生存の意義を、もっとも単純に、正確に、本来の面目をもって理解することができるようになるだろう。

だが、それは、僕の性来の稚さのためのファンタジーにすぎないのかもしれない。あるいは、僕をさんざんなぐさみものにした、性のわるい文学への、最後までの心中立てなのかもしれない。又、それとは逆に、小娘だったミューズを冒瀆したはて、荒れすさんだそのからだを、骨までなぐさみ、人生ののこりの滋味を吸いとるてだてとして、どこまでもからみついて放さないのが、執拗で無残なこの僕ということなのかもしれない。

ともかくも、僕が現在居る場所の危険なことを、どうやって他人に説明したらいいのか。

じっとしていても、うごいても、危さに変りはない。だが、この危さは、いったい、どこからくるものか。それは、僕自身のことではなく、僕がそのなかに一員として加わっている現代の人類が、望む、望まずに拘（かかわ）らず到着したこの時代の、各自の責任によってつくり出したあぶなさである。僕らは、それについても知らなければならない。人間の歴史の自然ばかりではなく、もっと根ぶかい人間性の自然が、危地に僕らをおしすすめていることを、僕らはつぶさに知らなければならない。

そのことについてまだ、僕は、初歩的にしかものを学んでいない。僕の過去の仕事も、まだ、既知の事実を一歩もすすめているわけではない。文学の仕事は、かえって主人顔をして僕に命令する。過去の仕事によるわずかばかりの功績を問題にするな、これからがお前の仕事の第一歩だ、という。若者たちといっしょに僕は、第一列に並ばせられる。僕の肉体は、耐久力がない。息ぎれしやすい。だが、そんなことは言っていられない。

それは、僕自身がじぶんで志願して立っている前線だからだ。英雄の卵の多勢の若者たちのあいだで、英雄を認めない思想の僕が、やはり過去の僕とおなじ異端としての僕が、どんなふうに彼らと折合うか、決裂するか。それは、これからのみものである。そうだ、僕は、彼らを少しも信じてはいないが、歯ごたえのある敵手として認めている。何故？　彼らは若いからだ。新鮮にひらき、のびてゆく芽のすばらしさだけが、もっとも美しい人生だからだ。

あとがき

　これは、一人の詩人の六十年の記録だ。この詩人は、捨身で詩の仕事をしてきたつもりでいるが、かんじんの才能というものがめぐまれていなかった。そのために、生涯のあの道、この辻で、方途を失い、ゆく先を人にきくのがいやさに、むだなまわり路をしたりしてひどく苦労をした。その割にうるところが少かったが、それだけに、おなじように人生の岐路で悩んでいる人達が共感するところもあるかもしれない。

　六十年といえばずいぶんながいが、過ぎてしまえば、それ程ながいともおもわれない。「時間」と必ずしも、おなじ間隔で歩いていない。ときにはすっとばしてすぎ、ときには、いつまでも一つところをぐずぐずしている。

　六十年もそんなふうに不ぞろいだ。そして、この瞬間生きているということは、この先の時間が無限にながいと考えることもできる。この先の三年五年が、また十年、二十年、五十年、六十年にあたるかもしれない。この詩人は、まだ、生きている。生きているということで、「無限」を胸に抱いている。

　記録は、一気呵成に書いた。不備な点や、退屈なところもあるかもしれない。人生記録というつもりだから、表現は、話しているようにらくらくと、所謂、文学用語などなるたけ避けて、一般の人によんでもらう目的で平淡に書いたつもりである。

元来、詩人は、その鋭敏な感受性によって、直接的な真理を会得し、それを表現するものであるとされている。この詩人も、概念や、理論よりも、本来的には感受性をたよっているのだが、現代のような時代ではいつもそれが正しいとはいわれない。詩人はいつも、純粋なるがために、ろうらくされて、感性を安値で買いとられ、バカの標本のような顔をしてポカンと空をみている人間の代名詞とされるにいたった。これからの詩人は、この詩人のように愚かであってはならない。この詩人は、六十年のあとでそれをさとって、また、振出しからやり直そうとしている。

ふりかえって、さて、僕の生涯で、なにがのこるだろう。それは、僕が、僕のやりかたで、僕の人生を愛したということだけではないか。小説は、いかにも小説であって、大説ではない。詩は、言偏に寺とかく通り、なにか修道僧めいて、抹香くさい。男子一生のしごとではないと言うにしても、それならば、男子一生の仕事が他にあるか。宗教や政治や、教育のような仕事は、もともと人間に対して僭越で、おしつけがましい限りのことだし、実業はもっとひどい騙しあいだ。科学者の夢は、怖ろしい。邪魔にされ、小づかれながら、ひもじい詩人は、この自叙伝をそのまま裏返した真意を語りたくて、誰の耳にもとどかない哀れな声でつぶやく。

「僕の、僕の本当の心は、もう少し、人間を大事にしようということだけなんですけど……」

一九五七年七月十日

この本は昭和三十二年に初版を出したが、十四年ぶりの昭和四十六年の今日、重版を出すに当り読返してみて、誤りやその後の考え方の変化など考慮して、改訂を施し、平凡社の希望により「金子光晴自伝」の副題を付した。

金子光晴

一九七一年二月三日

人間の悲劇

序

僕は別に新しい本を書くつもりで、この本を書きだしたわけではない。僕は、僕の指や、爪を、ほんたうに僕の指や爪なのか、たしかめてみたいつもりで書きだしただけで、おほかた平凡なことばかりだ。

僕は、じぶんのヒフと、どこまでもつづくそのヒフのつながりを――移住者やキリストのヒフまで遡って、ヒフをくぐる水泡についてひびわれについて観察したかったまでだ。

それは僕が今日まで生きてきた素材で造りあげた一つの土台で、さらに生きつづけるためか、死のためかしらないが、ともかく今までとは別なもののための『用意』にほかならないのだ。

肉体は、それに条件を与へてゐる一遊星の悲劇を背負ったものだ。精神にいたっては悲劇以上だ。

もし、これが、僕の自叙伝の序の幕だとしたら、必ずしも編年体によらず、僕の生涯を何べんでもやり直すことができる唯一の方法として、この後もこの方法を利用してゆくつもりだ。（終戦後三年間に書いたものをここにあつめた）

金子光晴

Vanitas Vanitatum et Omnia Vanitas.

Evangelium

No. 1

――航海について

テーブルのふちから
海は、あふれる。

よろけながらもスープの皿をこぼさない
ボーイ達のやうに
軽業よろしくつみあげて、
僕は、船出をする。

目ざまし時計、ブラシ箱、
ふな酔ひのくすりに
山吹でっぱう。
それに、「マルコポーロ旅行記」。

だが、錨をあげるなり、すぐ
僕はさとった。
みんな、無用なものだったと。

すかんぼのやうに
酸っぱいしぶきと、
ざぼんのやうに
あまいしぶき。

たとへてみれば僕の心は
くだものの汁でよごれた
白いナフキンをそのままだ。

その白いナフキンにうつる
船のてすりの
のびあがる影。

淡い影。
らんかんにかじりついて
おづおづと僕がのぞきこむ
度のつよい近眼鏡にうつった
くらくらな海。

なにを捨てるのもかってしだいだ。
僕といふもののしみついた汚物、
血のまじった唾でも。
黄ろい胃液でも。

ポケットの底をひっくり返して
僕は、僕の底をはたいた。
煙草のこなも
文明のごみも。
ひからびた四つ葉のクローバも、

からみついた一すぢの髪の毛も。
船足がなんとかるがるしたではないか。
跛をひいたこの船が
たとへ、旧世紀のぼろ船でも。

ラングーンの米袋を荷揚げして
印棉をつみこむ。
人生とはそのくり返しさと
さとり顔な老水先案内はいふ。

さりながら、心若い僕は目をかがやかせて
かう答へる。
『地球はこれっぽっちな筈がない、
まだしられない大陸がある。
僕は、それをさがしにゆくんだ』と。

テーブルのむかう側から、いくらでも
せりあがってくる御馳走のやうに
僕は待ってゐる。
水平線上の奇蹟の島。
その島に芥子をなすり、胡椒をふりかけ
僕は、最初に名づけよう。
『サラダを添へた新ユートピア』。

ふと気づいたときすでに僕は、風波の翻弄にじぶんを任せてゐた。母の腕のなかだとおもひこんでゐたのに、いつのまにかそれは、うでのぐらぐらな粗末な木の揺り椅子にかはってゐた。

あかん坊の僕は愚痴をこぼすことなどしらず、あらはれた小島をつかんで、口にはこばうと、手をのばした。動揺がすぐ僕を手なづけて、おとなしく眠らせた。それこそは、僕にむかってなされた最初の『不信』だった。

一日づつ、僕は成人した。海の皺だらけな掌のうへで、僕は、虚しさにむかって背丈が伸びてゆくやうにおもはれてならなかった。

寸刻だって、安定はない。猿のやうにきいきい啼く帆綱の滑車も、バケツのやうな喧噪な海も、宙空のなかで、しばしも静止することができないのに僕は、『なに一つ揺れてやしない』と教へられた。

気の変りやすい、むづかしい主人につかへる召使のやうに、乗組員たちは、天候のごきげんをうかがひ、大きなうねり、小さなうねりを、ほどよくあしらひながら、ルピをピアストルに換へる相場のことや、禁制品をもちこむのに税関役人をどうごまかせばよいかといふこと、港の女たちの品定めや、戦雲のことなどで、論議にはてしなく花を咲かせる。木の葉のやうな饒舌……ともかくこの人人にはなにかの目的らしいものがあるのに、僕にはなにもないことがわかった。つまり、彼らにとっては『航海』なのだが、僕には『漂流』にすぎないのだった。

海水のうごきがしだいにものぐさく、緩慢になり、熱帯的なアルカリ性を帯びてくる。サーカスに買はれてゆく、檻に入れた野獣が船首に積み込まれる。黒豹とコブラ。——ささくれた朝のデッキを洗ってゐる水夫や、千鳥足で客室へ珈琲をはこぶボーイにむかってうそぶきつづける。

闇のなかで光る眼と、むきだした牙が、『とても人間とは折りあへないよ』と不敵に身がまへる。だが、人間は飼ひならす。人間は、餌とむちをもってゐる。

ねぐるしい晩がつづく。真夜なかに船艙から這ひだして、ひょっくり出てみると、デッキには誰もゐない。

人前では愉快な男が、ひとりでゐるとき、世にも陰惨な顔つきで凍りついてゐるのに出あって、はっと目を外らせることがあるが、出あひがしらに僕がみてしまった、人間の目のないときの悪性な海の形相もその通りだ。僕がたった一人だとたしかめると、海はこはもてに出てきて、いまさら不逞な本性をとりつくろはうなどとはせず、企らみありげに目まぜを交す星星も息すれすれによってきて、かしぎかかる同腹の帆柱や、風抜きや、デッキのうへにちらばった籐椅子などと気脈を通じて、殊更僕を尻目にかけ、のけものであることを気づかせ、おもひしらせようとかかるのだった。

それにしても、これほどの敵意をもたれてゐるとは、おもひもよらなかった。……人間に手なづけられ、利用されてゐるものの叛逆と復讐の根ぶかさ……毒があり、棘がある薊うら葉の青銅の海が、檣燈のよわいあかりのとどかぬやみから、いまこそ野獣の性でうそぶき、牙をむいて挑みかかるのだ！

——貴様だ。貴様だ。逃げても駄目だぞ。貴様が被告だ！

さぐりあてたつもりの真実が、表現するなりうそと変るやうに、海のいきものはつれてくるよりはやく死んでしまふ。海といふものは、たしかに現実の場所でありながら、夢よりもへだたったところである。

そのふかさを僕は、船のてすりからみおろしてすぎる。

牙や爪をかくして、馴々しくすり寄ってくる『死』が、太陽にくすぶり、生葱に似た辛辣なNéantの臭ひをふりまいては、船尾の方へ見送られる。喪礼の鐃鈸(ねうばつ)。……渦のなかで沸きかへる爽やかなフルーツ・ソルド。棺のふちにとりついて、さかさまに僕をのぞき込む。『時間』のはてにおしながされる僕を、死んだ僕がながめていふ。

——しょげてるぢゃないか。そちらもあんまりいいことがないとみえるね。

僕が黙ってうなづくとさらに言った。

——それに、友達がないいんだね。

こんな淋しい風景が、僕の夢のなかに展けていった。

船腹の排水孔から、黄ろい汚水がどっと吐き出される。海のひろさに一点の汚染、うすぎたない泡沫のなかで、汚水といっしょに棄てられた僕が、わづかなあひだ、溺れるものの小さな手足でもがいてゐる。

それから、僕は墜ちはじめる。錘（おもり）の力で斜（はす）かひになって、僕のからだがぐんぐんひっぱられる。僕が両手をひらいた長さを一ひろと数へて百つないでも、二百つないでも、なかなかとどかない底へ、永遠をよぎって墜ちてゆく途中に僕がゐる。

だが僕には、かうした人間から反（そ）れてゆく方向と、『放棄』だけに、深い安堵のよろこびがある。

ソーダの泡のみなぎりで
うすにごった海。

いのちはひっこぬかれて
からばかりになった
珊瑚や菊石がぎっしりと
乗取ってゐる海のそこ。

自転車にのってもらくらく辷りこめる

大きな螺(まきがひ)

しなやかなガラスの蛸が
スローモーションで撮った運動選手よろしく
もどかしい動作で底を這ふ。
海。

ぼんやり澱んだアルカリの海を
ぼんやりした頭で僕はながめる。

僕のながい頭につれて、僕の思想も
おどけ鏡のやうに伸びあがる。

鮑っ貝のやうにくらくらした
あのひとの背なかがひろがり
足の方がちぢむ。
うすぼけた焦点で

あのひとは、宙にただよふ。
海水の重たさ。
死のかるさ。

皺をあつめたしろい足のうらで
骨ばかりの痛い風景をふんで
僕と、あのひとはあそぶ。
南回帰線にそふあたりで。

石鹼のやうに減ってゆきながら
二人は辷る。
二人は泡を立ててとける。
われわれの死でにごる海の
ゆるい波動の
あかるい影が

二人をくぐり、二人をのりこえ、
海ぞこの喫茶店のテーブルや
白く塗った木椅子、
坐ってゐるもの、立ってるものの
膝から下をさらって
ゆらりゆらりとさせる。

荒涼とした夢のなかでだけ、愛情が無礙にふるまふことができた。それにしても、恋愛といふものが、いつのまにやら廃墟となりはてたわがこころのすみずみを、次々にたしかめて廻るのに、この僕がついてあるいたといふことにすぎないのを、いまはじめて知ることができた。
青春がまづしく過ぎていったのではない。青春は、いつになっても食べつくすことのできない牧場の草である。ただし、青春以外のあらゆる興を失はせたものは、他ならぬ青春であって、もはや、おそらくは最初から、『夢』のなかでしか出あふことのできないその青春を僕はむなしい水平線のかなたにもとめて、地球のびしょびしょと水ばんだ、きたならしい表皮のうへを這ひまはったのにすぎないのだ。

みてくれ。僕の左の胸に、ごっぽりと穴があいて、ごぼごぼ音がしてゐるだろ。透明なナイロンがはめこんである。そこからのぞくんだ。水族館の窓のやうに、がらんとしてうすぐらいなかに、仄かなあかるさがさしこみ、底泥にもぐり込んだ魚が鰓をうごかせてゐるのがわかるだろ。

それが僕の内部にある墓場の風景だ。

……………ぬいでひふを折釘にかけると、そのそばに骸骨が立ってゐる。

煽風機が意味もなしに廻ってゐる。音はしない。肉体らしいものはどこにもない。わざとらしく倒錯したこの世界には、ただ、全体の鈍痛のやうな手応へと、痣のやうなうすぐらさがあるばかりだ。

霙がふってゐる。瓦斯燈が一つともってゐるまはりを、骨ばかりになった魚がひらりと浮かびあがり、ばらばらにならないやうに、要心してしなしなと游いでゐる。

篩からおとされる穀粒のしぐれにも似て、枯葉のやうにふりつもる舍利、海の魚介がその日その日にぬぎすてるいのちの殼……そこにおちこんできたものは、悪魔にも気附かれぬほど、かすかな音を立ててふれあひ、安定をうるまで、舍利と舍利とが身じろぎ、ゆづりあふ。互に支へあふ力学的な均衡のため、ときならぬざわめきがおこることをのぞいては、一旦おちついたものは永恆にうごきだすことはない。

かなしい真珠採りの歌

浮きあがる力とあらそって
僕はくぐる。
ぎらつく水の底を。

涙が珠になるといふ
うつくしい貝を
僕は、さがしにゆく。

僕のまはりの海は
硝子球のやうにまはる。
上と下をとまどひながら、僕は
泡で沸騰した南太平洋を
もとの位置に戻さうともがく。

潮流のずれ目を
寒暖のくひちがひで
僕は、歪みながら
いのちがけでとどく。

水のそこの岩かげで
ほそぼそと泉が咽び、
うつくしい貝殻が
化粧をしにあつまるところ。

ちろちろする笠子や
縞鯛の子が
つながった影とともに
あそびにやってくるところ。

秘密警察のスパイ然と

遠くからぢろりと横目をくれて
人喰ひ鮫が
うろうろとみはってゐるところ。

かみそりのやうに水を引裂きながら
指先から
沸立った汐をふきながら
僕は、泣いてゐる貝をさがす。

いちばんうつくしい珠。
夜も照りわたるその珠を
僕は、手わたすのだ。
煙草をくはへて
算盤をはじく商人に。
品物をねぶみして
買ひてにわたすだけで

べらばうにまうける商人に。

いのちがけな
「真実」の顆を
ねだって手に入れた
心つめたい女たちは、

石のやうに
鼓動のきこえない胸に
つらねてかざる。
むなしい誇のために。

どこまでいっても短縮しない距離、追ひかけるとそれだけあと退りしてゆく線のむかうが、たとへ、屛風のやうに切っておとされる奈落であっても、大荒の極み、ふつふつと熱湯が煮えかへってゐても、氷山でも、瘦土でも、草むらを血に染めてごろごろと生首のころがってゐる蕃界の島島でも、水平線よ。それが、僕の胸ををどらせる指揮棒であることにかはりはない。

それにしてもあの一線を越えることのむづかしさといったら……一朝にして万金を積みあげるよりも、死別れた人とめぐりあふよりも、月の世界へ旅立つよりも、はるかに大きく、はるかに無謀なのだ。

　それを越えようとして翼萎え、力つきて、あとからあとから、はたはたと波間に墜ちた海鳥どもが鵞口瘡の舌のやうに白っぽけたあけがたの海づらに死にうかんで、結び文のやうに翼をねぢり、そのうへに首をのせ、どれもおなじやうなかっかうをして、うきつしづみつしてゐるのを、舷から見おろすのはあはれなものだ。

　怖らくは、それは、無限につづくことだ。じぶんを欺き、おなじ係蹄で、われしらず他人を陥れてゐる人間たちは、一日生きてゐれば一日だけ、お互に不倖をふかめあふ。大小の生きてゆく途上のあやまちも、生れてきたといふ過失にはくらぶべくもない。全く人間にあいそをつかしたときだけ、かへって人間は、同胞にみえる。そして僕らは、僕らの船は、いつのまにか目かくしされて、落日を浴びた吐瀉物に押しながされ、うしろむきになったまま航海してゐる。

　夜になると、鞭毛で游ぎまはる星、そそけた神経の末端で、をののいてゐる星くづが、燃える燭火の孤独なにぎやかさで、僕を誘ひ、僕の船の船首は、鋭いガラス欠けのやうな、洗濯ソーダのやうな、ざくざくな星のうへに乗りあげるのだ。

No. 2

――自叙伝について

いつからか幕があいて
僕が生きはじめてゐた。
僕の頭上には空があり
青瓜よりも青かった。

ここを日本だとしらぬ前から
やぶれ障子が立ってゐて
日本人の父と母とが
しょんぼり畳に坐ってゐた。

茗荷の子や、蕗のたうがにほふ。
匂ひはくまなくくぐり入り

いちばん遠い、いちばん仄かな
記憶を僕らにつれもどす。

おもへば、生きつづけたものだ。
もはやだいたいわかりきった
おなじやうな明日ばかりで
大それた過ちも起りさうもない。

いつのまにか、僕にも妻子がゐて
友人、知人、若干にかこまれ
どこの港をすぎたのかも
気にとめぬうちに、月日がすぎた。

そのうち、はこばれてきたところが
こんな寂しい日本国だった。
はりまぜの汚れ屏風に囲はれて
僕は一人、焼跡で眼をさました。

ほかの人なみに、僕も、僕の青空を背負って、このよにうまれ出た。どこまでいっても水田があり、そこにうつってゐるのは、しぐれがちな日本の錫箔をはった空だ。さざなみが立って、幣束がつきささってゐる水田。たんぽぽとちからぐさのはえてゐるその畔路から、僕の不運がはじまった。

『こんな夢をみたんだがね。』と、一人の友人が僕に語る。

朝からちらちらと粉雪でも舞ひおりてきさうな空もやうの、下宿の二階のてすりからその友人が、誰も通らぬ、しろじろした、凍てついた往来を見おろしてゐた。屋庇がくっつきさうに迫ったその通りの、こちらよりの軒下を、古どてらを着た、ぢぢむさい中年男が歩いてくる。近くに住んでゐる人らしい。そして家を出しなに受取って来たものらしい一封の手紙をふところからとり出し、差出し人の方を改めても見ず、路々、無雑作に封をちぎった。丁度、友人の見おろしてゐるまっ下までさしかかってゐたので、遠眼がきけば友人もその手紙を、いっしょにのぞきこめさうな位置になった。だが、その男が一足踏み出したとき、手もとを辷って、手紙が道に落ちた。失策った、と友人がおもはず舌打ちをする。男もいそいで拾はうとして身をかがめたが、指が地に届く先に、その男の立ってゐる足元から、ツ、ツ、ツ、ツと縦にどこまでも、ゆくてにむかっていなづま形の亀裂(ひゞわれ)が走ってゆき、大地が割れ、男の手から落ちた手紙が吸ひこまれた。まるで手紙を奪ふはじめからの魂胆でもあったやうに、用がすむと割れ目はぴったりと合はさり、どこが割れたあとか、もうわからない。

　呆然と気をうばはれ、立ちつくした男の、ひらいたままの双の手のひらのむなしさが、その夢からさめたとき、友人のてのひらにそのままのこってゐたやうに、その話をきいたあとの僕の掌にものこった。僕はそこで友人をからかひ半分、だが案外そこは真剣な気持で言ったものだった。

『――君、その夢にでてきた男をしってゐるかい？　それは、僕なんだぜ。』

　僕あてにとどいた折角のよいたよりを、差出し人の名前もよまないうちに、まんまと地霊神に横どりされてしまったのだ、と、いつからか僕は信じこんでゐるのだった。それが、僕の第二の不運だ。

　そして、僕のものになったかもしれない未知の福分を、せめて一一書きあげて、なぐさめにしたいとおもひついたのだ。それ故に、外にもっと有効につかひやうがあった生涯のおほかたの時間を、日夜机にかじりついて、おもひだせないことをおもひ出さうと、鉛筆の芯ばかりかじってゐた。

「過去の記憶が敗北よりもさらににがいやうなけちくさい捷利の満足（Oscar Wild）」

しかない僕の名誉のために。

僕はうらやんだ。
他人のりっぱな恋愛を。
僕のは一円五十銭で
消毒薬のにほひがした。

海はくらい。人間の心はもっとくらく
古代の蒙昧とかはらなかった。
恋愛とは、それをてらす
かすかなともし火なのだ。

竹筒に貯めた金で
僕はねぎった。
十銭足りない
しみったれたわが恋愛を。

貧しい国の貧しい僕の
貧しい青春のおもひでといへば
およそ、そんなことばかりだ。
薬茶碗のやうにくすんだ恋人たち。

嬰児症の僕は、勤勉で意志堅固なほかの学生たちに追ひこされて、とてもいっしょについてゆけさうもないので、そろそろ学業をおろそかにしはじめた。

僕が成人したころの僕の周囲ときたら、なぜあんな陰惨な蒐集物ばかりかきあつめてあったのだらう。

――血痕の黒くこびりついた軍帽。ぼろぼろな旗。義足。胎児のアルコール漬。ミイラ。大陰嚢。手足の関節が逆についた男女のからみあってゐる稚拙な石版摺りの春画。犯罪写真。犬芝居。水死人。……そんなものから発散する厭世的な匂ひに挑発されて僕は、じぶんのなかにゐる小悪魔たちを、早まくに、みんな目ざめさせてしまった。よびこみの楽隊がきこえる。肉桂紙が匂ふ。僕は、浮浪性、盗癖、人にはうちあけられない異常（アブノーマル）な好悪、人を食べたい残忍な嗜好など、じぶんの早熟な魂を必死におしかくし、顔をみれば、『いまに立身して、金持になりなさい』と口ぐせにいふ僕の親戚の古着屋や、製本屋の主人など、大人連中をまんまとたばかった。

僕は詩を書きはじめた。
そのときから、なんと僕は
詩よりほかのことはなにも考へず、
靴の紐さへもむすばなくなった。

じぶんのおろかしい姿をいまいましげに見まもってゐる別のじぶんに障げられて、僕は、つひに、放蕩息子にもなりきれなかった。選択もなく僕は、本をよみふけった。しびれをきらせて、悪友たちも遠ざかった。不幸の前兆を感じたとき、僕は、あまりひどい惨敗を味はひたくないために、書物のなかの別のじぶんをさがして逃れようとした。好奇心よりもポーズのために、型（サイズ）のあった思想や表現を物色したのである。

　散薬をふきちらして、包み紙をのばして僕は似顔を画いた。二人の女の顔をかきわけるつもりでも、筆くせが、おなじ顔になった。もともと一人の女しか僕のこころのなかになかったのか。このあっぱれなドンファン気どりが。

女の顔の横っちょに書いてある詩

——釣糸のほしさに、馬の尻尾をそっとぬきにいったありしむかしのあしきならはしゆゑに。

ローマといふ名のおさげ髪。
若かった僕はそっとうしろから
その一すぢをぬかうとした。
せめてもの君のかたみにと。

あゝ、なんたるわが身のうつけさよ。
その一すぢがたった一すぢでも、
君の皮、肉にうわってゐて
痛みもて君とつながるのを忘れて。

そんなわるいいたづらをする人は
もうあそんであげませんよ。
君はふり返って、僕をたしなめ
うるはしい眸でにらんだ。

三十年後のいまも猶僕は
顔をまっ赤にして途惑ふ。
そのときの言訳のことばが
いまだにみつからないので。

もう一篇の詩

恋人よ。
たうとう僕は
あなたのうんこになりました。
そして狭い糞壺のなかで

ほかのうんこといっしょに
蠅がうみつけた幼虫どもに
くすぐられてゐる。

あなたにのこりなく消化され、
あなたの滓になって
あなたからおし出されたことに
つゆほどの怨みもありません。

うきながら、しづみながら
あなたをみあげてよびかけても
恋人よ。あなたは、もはや
うんことなった僕に気づくよしなく
ぎい、ばたんと出ていってしまった。

さらにもう一篇の詩

女に買ひものをするたのしさよ。
百の善行、仁徳よりも
高邁な精神、芸術よりも
女におくりものをするうれしさよ。

七里けっぱいからっけつで
ひもじさと南京虫をこらへつつ
あとは日もみず老耄れて
船底部屋にねむるとも、

夜ごとの夢に、おもひでに
うき雲のかるく、はかない青空へ
女にやった数々の買物どもが
昇天するのをながめよう。

がらとりどりな反物や安香水。
露店の指環、にせ真珠。
人形、パラソル、チョコレート
みんな、みんな、天国へゆけ。栄あれ。

僕の不幸なときにだけ親切になる友が言った。「姜子牙よ。君の釣針には餌がついてゐないよ。」そして、友は僕をはげまし、女を手がける秘訣を教へ、そのうへ、そのころあらたに舶来した活動写真の接吻を、わざわざしかたでやってみせてくれた。

悲歌

恋愛が手術であらうとは
おもひもかけないことだった。
すっ裸で、僕は
手術台の上に横たはる。
水銀のやうな冷たさが

僕のからだをはしる。
恋愛が熱いなどとは
なんたるたはごとぞ。

白いきものをきて
メスをもってるのも僕の分身。
しゃがの花のやうに蒼ざめてふるへて、
ねてゐる方も、僕なのだ。

レントゲン写真には
恋人の姿がうっすりでてゐた。
ガラス板にのってるのは
盲腸に似た血のかたまり。

不幸にも、僕にとっては
恋愛とは一つの腫瘤なのだ。
それを剔出しなければ

僕のからだは保てないのだ。

覆面の看護婦たちが
僕の血でたぷたぷゆれる
重さうなバケツを提げて
廊下を、どこかへ捨てにゆく。

不順すぎる僕の青春の季節がすぎると、もはや、どんなに火をもやしてもあたたかくならない部屋のやうな生きかたがはじまらうとしてゐるのではないかとおもはれた。男のなかにはたまさかに毒心をもつものもゐるが、女はことごとく奸悪だ。とニッチェは言ってゐるが、男の恋愛のデフォルマシオンは、女にとって迷惑か、恐怖以外のものではあるまい。

一九一九年、僕は、はじめて故国をあとにした。女と、それを追っかけまはす男たちで、ごったがへしてゐる世界を、僕は、地球の反対側までさまよっていった。

僕を五千噸の半客船に載せて、カプリの沖までつれていったのは、一人の年をとった骨董商だった。

彼は僕を一人前の商人に仕込むつもりだった。

だが、僕は手ぶらで故国にかへってきた。そのときは、もう四十の坂を越えて、そのうへ僕の割りこめるやうな椅子はどこにもなかった。もう一度旅に出るには、疲れすぎてゐた。せめてものなぐさめと言へば、このひろい世間に僕のほかにも僕とおなじやうに徒労な詩など書くより他の能なしの一人二人の同病者がゐて、ときどき出会ってたがひの不運、生れてきた災難をかこちあふことでこころをあたためるよりせんないのであった。

二人がのんだコーヒー茶碗が
小さな卓のうへにのせきれない。
友と、僕とは
その卓にむかひあふ。

友も、僕も、しゃべらない
人生について、詩について、
もうさんざん話したあとだ。

しゃべることのつきせぬたのしさ。

夕だらうと夜更けだらうと
僕らは、一向かまはない。
友は壁の絵ビラをながめ
僕は旅のおもひにふける。

人が幸福とよべる時間は
こんなかんばしい空虚のことだ。
コーヒが肌から、シャツに
黄ろくしみでるといふ友は

『もう一杯づつ
熱いのをください』と
こっちをみてゐる娘さんに
二本の指を立ててみせた。

山之口貘君に

友にむかって僕は、興がって、旅のはなしをつづける。

——海のむかうにはまだ、いろんなものがあるよ。マングローブの森のあひだの赤泥の水のうへを検疫ランチが近づいてくる島がある。かつては好戦的で、いまは無気力で貧しい民が、そこに住んでゐる。祖父たちからのこされた疲労を、さらに子々孫々につがせるために男と女があるかぎり、むなしく愛しあっては死んでゆき、いつ終ることともわからない。さうだよ。僕らがなんのために宇宙があるのかしらないやうに、彼らは、なんのために文明があるのかしらないのだ。

それをきくと、人なつっこい目をしたその友はさへぎって言ふ、

——不倖なら僕もおなじことです。僕の好きだった女たちは、僕の貧乏をしると、誰もみな、ぎくりとなって、買ひかけた商品をそっと戻すやうに、僕をおしのけ、あわてて立去ってしまふのが常でしたよ。

女たちへのいたみうた

あゝ、けふもゆきずりの女たち、

みしらぬ女たち、ことばもかはさず
まためぐりあふ日もないその女たち。
うき雲のやうに彩られて
こころに消えぬ女たち。

その誰と住んでも年月はとび去り
おなじやうに生はからっぽだらう。
放蕩よ。つかひへらした若さは
こぼれた酒とおなじで、ふたたび
このこころを沸かすすべもない。

おしろいにまみれた裸虫さん。
まだあったかい牛乳壜さん。
ねどこのうへにこはれたせとものさん。
二十年前の匂やかだった女たちのやうに
二十年後は、若いあなたも老いてゐるか。

私は、かなしげに眼をつむる。蒼穹のふかみ
おびただしい石の円柱が倒れる。
退場するもののすさまじい鳴響。
さかさまにながれる『時』の血流のなかで、私は叫ぶ。
「一千万人の女たちよ。さやうなら。」

そこまで書きかけた僕は、ペンを休め、木盆のふちにそれをことりと置いた。さて顔をあげ、窓ガラス越しに、庭に目をやる。こまかい雨がふってゐる。つゆにはひってから間のないこのごろの鬱陶しさ。

僕は、やをら立ちあがると、窓扉を力まかせに外へ押した。右、左へいきほひよくひらいた窓が、小框に支へられてゐたゆすら梅の小枝を跳ね、その返りが僕の顔へ、つめたいしづくをふりかけた。小枝の嫩葉はまだひらききらず、鶸茶のぬれいろが冴え、つやつやと、唇のひだのやうにふくれてゐる。

小枝の末から順に目をうつしてゆくと、一枚の葉が、それだけ、ほかの葉とは様子がちがってゐた。うみつけられていま卵からかへったばかりの毛虫の子が、葉のうへに密集して沸きかへってゐるところだった。そいつは絹糸ぐらゐ

なほそさで、派手な金茶に赤のチェックの制服の、スコットランド吹奏軍楽隊の一団のやうだった。身うごきもせずびっしりと行儀よくならんでゐる連中には、気心がしれなくて、なぜだか吐き気を催したが、なかには、首だけもたげてふり立ててゐるのもあり、友だちの背にのって、どこかへ這ひ出さうとしてゐるのもある。小さな葉には乗りきらないで、おちさうになって葉のふちにしがみつき、二匹三匹は、葉柄をつたって新天地探険の途上にあった。

　この暗鬱な天候のもとでは、生命といふ生命はことごとく、内面の異様な焔のあかるさで互ひに照らしあってゐるが、ここにゐる無数の『こびとの炬火(たいまつ)』は、いま火を点したばっかりで、その火を八方へもちはこぶおもしろさで、夢中になってゐるとしかおもはれなかった。

　僕は、枝の先をもってゆすぶってみた。目にみえない小さい足でしっかりと葉にしがみついてゐるのであらう。一匹もふりおとされる毛虫はない。その執拗さが、生理的に僕を反撥させ、嫌悪の情を駆り立てて、ますます手荒くゆすったが、遂に枝ごと引きちぎり、視界の外へ消えてなくなれと、及ぶかぎり遠くの方へ、それを投げすててしまった。

　あけ放した窓の外から、新芽や脂(やに)から発散する刺戟性なさまざまな匂ひが、まざりあって闖入してくる。

庭の竹木は風雅をのり越え、見透しもならず繁りあひ、発情の息づきで、あたりをどんよりと濁らせる。その葉蔭にかくれ、いくらでも数へだされる青梅。青梅。そこだけぱっと傘をひらいた若楓、柳も、山吹も、小でまりも花はすぎてただ菁々と、みわけもつかず、庭のたまり水に、底なき深淵を映しだす。柘榴だけが地の神から金粉と辰砂を盗んだ咎か、幹に葉にあらはれ、爆竹のやうにうちだされて、花は泥土に火のやうにちり敷く。あけびづるや、忍冬、山藤のつるは盲目にさぐりあひ、蛇と蛙のやうに巻きつきあふ。

葉うら、葉おもてにうみつけられた卵は孵り、幼虫は八方にわたりゆき、芽をくらひ、葉を穿って、緑をはぎ取って糧とし、『昇天のよき日』にそなへるために、いまの身のみにくさのかぎりを悟ってゐる。毛で蔽はれた虫、裸の虫、毒の細鱗、ふるへる触手、うすい殼で、かたい甲で、繊毛の銀で、巻づるのぜんまいで、粘膜で、竹紙のやうなうすい脈翅で、さらりとした皮膚で、ぬらっとした肌で、糞土の地から黒黴の天まで、一分一秒のすきまもなく、おしのけ、からみ、首をしめ、肥え、ふくれ、漲り、ふりそそぎ、瞑眩し、朦朧となり、一つの血管から、よその血管に生血がうつされ、あひてのいのちが衰へることで他のいのちが栄え、不断に輪廻し、循環し、分泌し、排泄し、射精し、炭酸瓦斯を発散し、恥もしらず姦淫し、繁殖し、時空の外まで氾濫しながらも、全体がひしげたかたちに大きくゆがみ、それ自身の『業』の重量で、解体の方向へ傾いてゆくありさまは、もはや、地球がこれ以上の生命をのせきれない極点をみてゐるやうである。

生きてゐるなんてことは、いかほど合理化してみても、むごたらしいことにかはりない。犠牲なく一日も生きることはできないのだ。

現に、僕のいのちを前方へと躍進させる一つ一つぴょくぴょくととびあがるやうなこの鼓動が、うまれるものと死ぬものがほどよく交替し小休みなく生きつづける全体のながれに、なまあたたかく湯気のあがる僕の血ををしげもなくそそぎこむことは、気がつけば、そら怖ろしいことで、そこに立って僕が好悪し、主張してゐることなんか、信用する気にはなれないのだ。いのちの側は、このためらひを『卑怯者』の一言でかたづければすむが、このいのちの曼陀羅図を、じぶんといっしょに否定する権利だって僕にはあるのだ。

いや、人間はもっと気の利いたいきかたを発明した筈だ。要之、『都合のわるいことは近寄らない習慣』をつけることだ。おしきせを着ることだ。辛抱づよく順番を待つことだ。当りくじを夢みながら空くじをひくのに慣れることだ。

……そして、僕の自叙伝はおほむね、凡庸な一人の矮人が多くの同類のあひだに挟まって、不意打ちな『死』の訪れるまでを、どうやってお茶をにごし、目をふさぎ、耳をふさぎ、どうやって真相と当面するのを避けて、じぶんたちの別な神、別な哲学、別な思想で、どん帳芝居にうつつをぬかしたかといふこととなるのだ。

俗に、白映えといふ、梅雨のはれまの明るさで冷たい金と闇緑の明暗でいく重ねにも調子を変へて、あかるく歌ひだすかとおもへば、たちまち井戸底のやうにひえびえとなり、ここの木蔭、あそこの片すみから吐き出すやうに雨霧が噴きあげ、ふきおくられる。

おかれたペンを僕は拾ひあげる。ひらいた紙のおもてがあまり青々と映ってゐるので、改めて窓外を見あげると、この枝あの枝を折れるばかりに大きくしなはせて身長七尺にあまる青虫が、僕の目のまへをざわざわと、ざわめかせながら、わたってゆくところだった。

No. 3

——亡霊について

亡霊の歌

このごろ僕は、亡霊どもに気がついた。
僕の目からかくれそこなった一匹が
逆さにうつった映画面のやうに
きえようとして、とまどひしたのだ。

ペンを手にした僕のうしろに
亡霊は、ながらく立ってゐた。
辛抱づよくよりそうて
僕の書く字をよんでるのだ。

亡霊とは、そもそも綿ぼこりか。
ぬけた髪の毛か。
カーテンの汚点のやうに
かたちのはっきりしないやつだ。

亡霊どもがよってくるのは
おもひだしてほしいのだ。
それで、僕の心に辷りこむ
よいきっかけを待ってるのだ。

亡霊などにかまってるひまはない。
僕はすこぶる冷淡にかまへて
めがねのありかを注意してくれても
一言の礼も言はなかった。

亡霊のやつは、しょんぼりしてゐる、
夕闇に咲く一輪草のやうに

溺れてゆきながらふりかへる。
ただ甘やかすのは、禁物。

ある日、外出からかへってきて
扉をあけるなり、僕は顔色を変へた。
僕の留守に眷族どもがあつまって
やつらの相談のまっさいちゅうだ。

それ以来、亡霊は毒心をあらはにした。
僕の耳に、いきなり嚙みついてみたり
読んでる本の行と行のあひだから
しっぽを出してからかったり。

亡霊は、僕をそそのかして
夜ふけの街につれだしたり
僕のこころの陰謀に
そっと銃器をうりつけたり、

夢のなかでまで、亡霊はむらがり
髯を剃らうと鏡にむかっても
僕の顔はもはやうつらないで
亡霊ばかりがのさばり出る。

これから僕が語りださうとするのは、これほど没義道な目にあったもののゐない人間の話である。

僕の知人に、ふと知りあった男に、生涯をかけた研究を盗まれ、あげくに妻をとられ、財産の名義まで、しらないうちに書換へられてしまって乞食同様になったおめでたいやつがゐる。だが、それならば法律があるし、法律がとりあげてくれなければ、与論がある。

僕が話さうとするのは、もっとも始末のわるい実例で、莫大な被害をかうむりながら、本人はなに一つ気がついてゐないのだ。そんな不明の原因は、人間のさびしがりやな性質にもとづくもので、あひてほしさについ、心の要慎を忘れて、亡霊などにつけいられるにいたるのだ。一度でも気をゆるしたら最後、さあ、たいへん！　いまそこへぬいだ着物がかき消えて、亡霊が着込んですましてゐる。細紐一本、猿又一つだって気はゆるせぬ。灰皿のふちにおいたたばこの吸ひさしも、おやとおもふと亡霊が失敬して、横ぐはへして鼻でわらってゐる。

われ、爾の鬼物に纏繞せらるるときき、
故に、万里来りて爾を救ふ。

――戸媚伝、張泌。

地のつづく限りは、いづこへいっても、墓場でないところはない。生者と死者がごったに住み、歩きまはるこの地上ほど、亡霊たちにとって都合のよいところはない。かれらの古巣としては、洞窟がある。隠り沼がある。廃屋がある。八重葎のしげるなかの、から井戸がある。

万一、君が途上で、亡霊の一つとゆきあったら、ためらはずに跡をつけることだ。めったにない好機だ！　たとへ、亡霊と出くはしても、即座に魅入られて、あひてを亡霊と気づくやうなことは、真に稀だ。けどられずについてゆく業が一骨折りだ。ましてや、尻尾をつかんで正体をあかるみにひきずり出すなんてことは、凡人業ではない。路々数丁あとをつけてきながら、まばたき一つしたために、姿を見失った例もある。

あたりがうすあかるんで来るにつれ、朝霧にぼやけて、形消えてゆきながら旧家の黄土できづいた、煤ぼけた竈口まできて、吸ひこまれてしまふこともあるし、穀倉にかへってきて、籾の山にあたまを突っこむや、いなや、一粒の米と化け、見別けやうもなくなることもある。あるひは墓石のあひだに迷ひ入り、花立ての竹筒にすっぽり身をひそめることもあり、破れ屛風のうしろのくらがりにかくれ入ることもある。時にはじぶんからいそいそと、古つづらのふたをあけ、右、左を見廻してから、こっそりと忍びこむこともある。

あるとき、僕は、冬ざれの白磯づたひ、晒れ貝をさくさく踏んで旅をつづけてゐた。村外れの路添ひに、辻堂がたってゐる。まるで、経帷子を着た骸骨が、へたへたとくづれさうなのをつっぱってやっと立ちはだかってゐるやうだった。いく本かの赤幟が、雨や風にさらされて色が褪せ、白枯れた扁額の『冥王殿』の字も剝脱し、鳥糞に閉され、よみとることがむづかしい。

窓もない。入口もみつからない。物置然とした堂のまはりを、僕は一めぐりした。たった一つ、高いところに木連れ格子になった明りとりがあった。僕は伸びあがって、やっと、くらい内部をのぞきこんだ。たしかに見たぞ！　その瞬間、のぞかれてあわてふためき、不動の姿勢にかへった白痘（もがさ）の十王と、奪衣婆のとりみだしやうを。

これこそ、人間のさびしがりが創り出した亡霊の本拠で、突きとめることができたのも偶然な機会であった。そこにゐる亡霊の首魁たちは、一村が絶滅したあとで、要のなくなった悪意をもてあまし、木も鉄（かね）もくちて瓦壊するときまで、この狭い廟のなかで鼻と鼻とをつきあはせ、はてしない退屈な時を、従順に命数にしたがはなければならないのか。


またあるとき、僕は、このくにでもっとも旧（ふる）い伝統ののこってゐるといはれるしづかな町に日ぐれて着いたことがある。陰気な家並みつづきのどの家も、べにがら塗りの細格子の出窓がついてゐる。

戸外はくらい。いかなる如法闇夜でも、ゆくてに明るみのない魂の無明をおもはせるこの町のくらさには及ばないだらう。格子の外からさしのぞけば、どの家も、襖で立てこめた奥の仏壇に燈明（みあかし）があがり、仏具の金箔がまたたいてゐる。ときにはその灯影に、結ひあげた鬢たぼの重たさでぐらりとなりさうな細首の、にんぎゃうの女たちの、坐って合掌してゐる影が、障子、唐紙に大きく揺れてゐるのがみえることがある。そして、地底の奈落からうかびあがる泡沫のやうな、あはれな声が、冷たい鉦鼓の音にあはせて、百万遍念仏を唱へてゐる。大きな念珠にとりついてゐるのは、無数の亡霊どもで、人間よりもっと細い、もっとあはれで、魂をさし貫くやうな声をだして、念仏の音頭をとってゐるのであった。

呪びた生活からたちのぼる煎薬のにほひ。人間が死んで牛、馬やおけらにうまれかはるといふ算盤高い因果ばなし、方位、加持祈禱。気ごころのしれない生霊、死霊のたたり。酉年、酉の月、酉の日、酉の刻うまれのわが娘を殺して生胆をとり主人の失明をなほす家来の忠節。執念で女の髪が蛇となる物語。親の仇、篠笛。樟脳火。刃物の切先を横腹につき立てておいて、ながながとした身の懺悔。……行燈の時代にいきてゐた祖母たちの話をおもひだしながら僕は、南無三！　亡者どもの町へ迷ひこんだぞとおもった。

勝ってゐるつもりの碁が、石一つのおきかたで、全部死に石にかはるやうに、山川草木ことごとくが、あ、と気がつくと亡霊のかたにとられてゐるのをしって、呆然とすることがある。

亡霊のまったくゐない空間など、現実としてはもはや、存在しないがごとくである。亡霊の影もとどめぬ真空、そんなところで人間は、空気をとりあげられたやうで、寸刻もいのちを保てない。亡霊を畏れ、にくみ否定しながらも、僕らは、亡霊にすがってみたり、なぐさめてもらったりしてゐるのだ。そのよりかかりかたといったら、亡霊に道をきかなければ、左も、右もわからないのだ。

亡霊に鞄をもってもらはねば
通れない難所もある。
御承知の通り、人間ひとりでは
ちんころよりも弱いものだ。

僕らが孤独とよんでゐるのは
亡霊とさしむかひのことなのだ。
僕の存在じたいが、亡霊の振出した
から手形だったとつゆしらず。

文字盤をあゆぶ時計の針が
0時にもどってくるやうに
骨に刻んだNIHILまで僕は
出口で返さねばならぬとも気附かず

シニカルな亡霊のやつは
結局うろつき廻ったことにしかならぬ
僕の一生をながし目でみていふ。
『君。それは、みんな Ciné だよ』

銅雀台、金鳳台、……屋内のここかしこに井戸を掘りぬいて涼気をたたへた氷井台、(鄴中記) 天につらなる高楼が、ある日積みあげた瀬戸物のやうに、がらがらとくづれてゆき、そのあとの青空には、陰画(ネガ)だけがくろくのこってゐた。
彩った欄間の塵。瑠璃甍に巣喰った蠍や、青鼬。蝙蝠や、鵲——人間が人間になしえた奸詐と、むごたらしさの極み、その人間どもがみづからつくった穽におちこんでゆくのを、おもしろさうにながめてゐた百魔たちも、黄いろい塵といっしょに、飛び立って逃れた!

亡霊のゐない真空について
泡のうへにかさなる泡、泡、泡が

みんなはじけて消えうせたあと、
髯そりあとの頬のやうに、青々と
海と空とがひらけてゐる。

ギプスをつけた老朽船どもは
もう一艘もかよはない。
女がスカートをひろげたやうな
パラシュートも浮かんでゐない。

この風景を映す鏡は
砒霜のにほひがする。
世界がこのまま崩れこんでも
しゅんと音がして、それで終りだ。

この鏡をのぞきこむ顔は
たちまち、ほどけて煙となり
昼の月を柔かにめぐって

拭うたやうに消えてしまふ。

真空にあくがれる歌

はじめてのやうに、僕は空をみた。
人が帽子をかぶるやうに
気にもとめず頭にのせてゐた
その青空を。

耳をすませてごらん。
あの藍びろうどの幕蔭から
天の吹奏楽団の
楽の音色がきこえてくるよ。

僕らのうへにあるやうに
あのるりの空は
葱嶺のあたまにも

すっぽりと嵌まる。
はてからはてへ汚物を流す
清冽なながれが
僕の頭に奔騰する。
神聖な水洗便所だ。

そのとき、僕にしがみついて
僕になりすましてゐた亡霊は
みるみる押し流されて
あわてふためき遠ざかる。

そして、僕は清潔になる。
うらも表も洗はれて
へそと小さなちんちんのついた
まっ白なタイルのやうに。

水の底からレコードがきこえる。ふき込んだ人はとうの昔に死んでゐるのに、声だけが生きのびて、うたひつづけてゐるのだ。

……実体は侵されてゐる。類推で。論理で。死命を制するものは、僕ではなくて、拡大された僕の影だ！

亡霊だけが生きのこり、亡びた僕の名を騙りつづけ、生きてゐる人間を苦しめるのだ。死んだ僕が神になったと人人は信じこまされるからだ。

しかし、もう万事休す。亡霊の悪徳を、いくら数へあげても、既におそい。人間の歴史とは、亡霊の歴史の謂なのだ。人の世を享受してゐるのは人間ではなく、人間の亡霊どもなのだ。亡霊どもは人間を追ひつかひ、鎖でつなぐ。このからだすら、じぶんの自由にならず、喉三寸も胃の腑もわがものに、僕ののむ酒に酔っぱらって、えたいのしれない歌をうたひだす。やつらの道楽といへば、人間をけしかけてつかみあひをさせてみたり、あひだを邪魔して、心と心をへだててみたり、有頂天にしてはぬかよろこびをさせ、舗道に小っぴどく叩きつけたり、また、一つの亡霊の手から他の亡霊の手に、厳重に包装して僕らを送りとどけたりすることなのだ。そのことを僕らは「運命」と名づけてゐる。夢にも亡霊を追放してみせるなんて、大口をきいてはならない。

僕らにはもう、判断の主体、自我とよぶものすらないのだから。――成程、一つの亡霊を首尾よく追っ払ふことに、たとへ僕らが成功したところで、ゆきがけの駄賃にきっとそいつは、そいつよりもっと手ごはい。別のいやな奴に、人間の魂をうってゆくのがおちだ。

食慾の唄

北京正陽門外や(チャンヤンメン)
巴里ポアソニエル通りは
人のよだれで、いつもいつも
ぬかるんでゐる。

おびただしい唾と涎。
僕の頭文字入りのよだれ掛は
このお天気にも
ぢくぢくと干くひまがない。

僕のみじかい人生が

長い献立を読んですごす。
にぎやかな皿数を
夢みるだけでも、僕はたのしい。

太陽の熱で
ふくれあがる麺麭。
太陽のいきれで
沸騰する麦酒（ビール）。

光に捕はれるなり
羽はすぐ唄ひ出す、
よろこびの唄、
満腹の唄。

たべるために生きるのだ。
生きるためにたべるのではない。
青虫のやうに

丸々とわれらは肥えるのだ。

はらのへったやつらよ、
おまへは生きたとはいへない。
おまへはただ指をくはへて
人生を鍵穴から覗いただけだ。

人間どもが、もはや
たべることができなくなり
亡霊ばかりがころころとして
ふんぞり反ってるこの人生を。

No. 4

——死について

——かるに今はたゞ、蛆虫の典侍のもちもの、頤もなうなって、寺男の鍬の刃で脳天をうちたたかるる。ても幽妙な有為転変。

ハムレット（逍遥訳）

縁先から庭へ、ころころと手毬がころげおちた。五彩の絹糸で巻いたうつくしい手毬であった。案内顔にころがってゆくそのてまりのあとを追って、秋海棠と、露っぽい姫萩をおしわけてくぐり入ると、いちめんに錫箔をはったしぐれぞらのもと、枯柳の枝に、一幅の掛軸がさがってゐる。

掛軸の図柄に僕は立ちすくむ。小町変相の図であった。掛軸の前には白木の几案（つくゑ）。そのうへには、束のまま、燃えつきた安息香と、塗り椀に山盛りにした白飯に、二本の箸がつき立てて、ある。

絶代の美女、小野の小町のなれのはてが、路ばたの松の根方にゆき倒れてゐる。掛軸の図はその屍が、空無にかへるまでを十様の過程にゑがきわけてある。野ぶせりや追剝どもに、身にまとった衣類はすでに剝ぎとられて、なほつややかな肥り肉の、両股を、これみよとばかりふんばりはだけて、惜しむところなく太陽直下にさらしてゐる。だが、その膚がむくみを帯び、そこここに蠟いろのくらい斑点がひろがるころ、まるでよその方角から、腐臭がぷうんと風にのってはこばれてくる。あやしく脹満した腹のはりつめたしろい皮膚を、うちから喰ひやぶった最初の蛆が、首を出してふった。別のすみから第二の蛆が這ひ出してくる時分、はじめの蛆ははるか下腹から腰の方へとつたひあるいてゐる。

　脂肪が黄ろくまとひついたひゃくひろが、その重みで腹をやぶりひろげ、青草のうへにだらりとながれ出る。金蠅の大ばんぶるまひ。不気味な甲虫の嚙み音。……嘴ぶと鴉の大きな嘴が鼻梁のへんを叩いて大穴をあけ、寒天のやうなぷりぷりをはさみ出す。眼球だ。大好物だ。唇はもうない。熟れはぜた柘榴の実のやうに、歯並びが飛出す。鴉は両足をそろへ、ひょいひょいと屍をつたって横に跳躍し黒漆のやうな鋭い爪で、もはや紫に変った乳房のふくらみをつかんだ。

　肋骨の橋桁のしたは、一斗の蛆がおし返す。倒産のあとの大家族の混乱そのままだ。くづれて痕形もない膚よ。ひび入った薦骨（オス・サクラム）よ！　引きちぎられて泥にくひ入り、巣をかためるために小鳥がついばみ去る丈長髪よ！　瞬間の快楽にどんなしぐさでもだえ、その骨をおしつけ、その髪をふりみだしたか。粉黛の痣だらけな、みだらな月が、ふわけしたからだをくまなくなめとり、豪雨がそれを洗ひながす。やがて、飄逸な最後の骨組ばかりをとどめ、それも一個の人間の閲歴をしのぶよすがもなくばらばらになり、苔がはえ、逃げ水にひたされた髑髏の眼窩から一茎のすすきが生えて天を突き、てっぺんを風に折られて揺れてゐる。

欣求浄土、厭離穢土の目的の浮屠氏がゑがかせたいやがらせの図柄の前で、幼い僕は、まばたきをすることも忘れ、息もつめて、凝視してゐたものだった。そのとき以来、僕の魂に、生涯ぬぐひおとすことのできない汚物のしみと、屍臭とがしみついてしまった。年々、僕は『死』の恐怖を養ひ、成長させた。

そして、僕らが『死』について考へることのできるのも結局、生きてゐるあひだの認識であること、小町の変相が屍の撩乱たるふわけであっても、本来、死とはなんのかかはりもないこと、『死』は、どんな気体よりも虚しく、かるく、ものさびしいのに、『死体』は、来迎の聖衆や、地獄のどんちゃん騒ぎとつながる肉体の業苦の記憶で、人のこころを戦慄させ、あるひは魅了するといふことを気附くよしもなかったが、蒙昧な死の恐怖こそ、『生』の魅惑の淵叢であることも、おもひ及ぶすべがないことだった。

世間のなまけ者と一列に
なんにもせずに、五十年すぎた。
欠椀から一滴づつ
水がこぼれるやうにして。

安堵したい願から
いくたび死をつきとめてみても
結局、合点がゆかないとおなじで
死は、やっぱり心配なものだ。

衰耗してゆく僕を眺めてると
二重に僕は、疲れてくる。
僕の周囲のときめいた誰にも
不遇だった彼にも、おなじ死が待つ。

寒がりな僕のからだに
最後までしがみついてるのは

八十歳の年寄りのやうな
だらけた、皺だらけな睾丸ばかり。

がくがくしてゐる僕の股のあひだで、夜明けがたの蝙蝠のやうに、うすい皮で身をつつみこみ逆さになってぶらさがってゐる睾丸よ、僕が死んだあとでもやっぱり、さうしてしがみついてござるのか？


人が死ぬといふことは、たしかに滑稽なことでもある。

番狂はせが多く、不意に黙ってのびてしまふと、人間は睾丸をつかんでも、くすぐっても起きてこない。嘲弄しても、眉一つうごかさない。

永遠の中絶に出あったからだは、秤皿にのせられた伽羅(きやら)木のやうに突っぱってゐる。

死人のおいてあるたたみから襖まで、しみこんだ臭気で変質する。

焼香がはじまる。訣別の顔が棺をのぞきこむ。いふまでもなく、その死骸は僕で、いまのいままで、猿のやうに落附なくうごき廻り、こそこそとものをかくしたり、尻を搔いたりしてゐたのだ。

それが死ぬといふことは、たしかに笑ふねうちあることである。

死体がおいてある。
そのまはりだけが世界の汚染だ。
みなくなった眼。
もたなくなった手。

しづかにおかれてある死体は
オルゴールでもきいてゐるのか。
とがった鼻のうへに
蔽うてゐる一枚の手巾。

釣り逃がした魚のやうに、命は
ふたたび針にはかへらない。
いまから古埃及王朝に遡る
ながい時間を待ってみても。
君よ。ふたりのあひだだけの

うつくしいおもひでのなかで
決して死ぬことがないなどとは
なんたるいい気な気休めだ。

なぐさめられぬ淋しさをまぎらすため
靴でいびつになったよその女の
小さな足指を弄びながらも
僕は、決して忘られず、

女のからだに這ひのぼるときも
君のゐない大宇宙の
空白を、僕は、胸にかかへる。
重たい手榴弾でも抱くやうに。

死ぬ本人にとって『死』は、なるほど引当てた不運のくじであり、償ひやうのない最後の負債ではあるが、死骸をながめてゐる周囲の人人は、たえずその死骸から『君もすぐこの通りだよ。ふだんはじぶんらが忘れてゐるのを、〝死〟の方でも目こぼしして、忘れてゐてくれるなんておもひちがひをしてはいけないよ』と脅やかされるのだ。死ぬ本人には『死』は、御破算であり、側からみれば、清掃なのだ！……それに僕は、よく『死神』に出会った。死神は、石の顔をして石の目でぢっとながめ、石の手を僕らの肩にのせ、石の声で語る。

僕らの風景のすぐうらに、火葬場の巨きな煙突がそびえ立ち、くさい灰をふりまいてゐる。……『死神』は、語りつづける。

『死に対する君の考へかたをすてたまへ。君にははじまってゐるのは生ぢゃない。死だよ。君がみとめた瞬間、なにごとによらず、それを君は失ったのだ。』

昔の賢明な皇帝は、
本といふ本をたきつけにした。
千年ものこってゐる言葉なんて
それこそ、妖怪だ！
　不在の女のぬぎすてた
美しい衣裳のうつり香や

のこってゐるぬくもりを
しのぶのは、わづかひとときのこと。

友も、恋人も死にはて
じぶんもゐなくなったあと、
心のあとを刻んだ書物だけが
生きのこってゐることは凄まじすぎる。

いづれはみえすいた虚栄のさもしさで
わが名、わがしごとを
かぎりなく生きのびさせる望ほど
苛酷な誘惑はほかにあるまい。

木の箸と、竹の箸とが、灰のなかから、焼けたのど笛をはさみあげる。のど笛は鳴る。——『僕は約束したんですよ。明日もあなたのために唄ひませうとね。ところがこのありさまです。おもってもみてください。なんといふおびただしい死。それよりも、一層おびただしいいのち待ちうけてゐる来るべき死のことを。死ぬ約束で生きてゐないものは一人だってゐないのです。そして目立たないやうに次ぎ次ぎに、もれなく交替して、半世紀ほどのあひだに、いま地上にゐる人類は、ほとんど死滅してしまふんです。そして、生きてゐるわづかな時間は、じぶんたちとあまりかかはりのない、世間のごたごたにまきこまれてすぎてしまふのです。』

『死』が近づいてくるに従って、僕は、だんだん死がみえなくなった。『死』は僕じしんだとおもふやうになり、『死が立派なしごとだ』とわかってきた。いまでは、いちばん尊敬のはらへるのは『死』である。生きてゐるあひだの価値はなに一つぐらぐらしてゐないものはないのに、『死』は律気で、約束がかたく、どうやら信用できる唯一のものなのだ。

そして、いっさいのものは、『死』に秘かな款(かん)を通じ、おべっかをつかひ、味方同士でうらぎる。

ぬけた髪、汗や老廃物。目にみえずに僕から脱離したもの。ほろんだ良心、しをれた愛、ぬけがらになった思想。思弁のわくら葉、小鳥の餌ぐらゐに僕のためまかれた陽光。古縄。堆肥。木切れ。養分のないぼろぼろな土。僕から不用になったもの。誰からも不用になった僕。僕の血がうけつがれた子や孫の記憶からも、のこってゐられなくなったときの僕。……完全に、僕の痕跡がこの地上から消えさるときまで、『死』は、ぢっとみとどけてゐてくれる。

つめたい筒口をこめかみにおしつけ、曳金に指をかけながらおもふ。——『死』は、僕に対して、僕からこの風景に対しての不用の宣告である！　全く、さうにはちがひないが、僕は猶、虚栄心なしにその曳金をひくことができない。

——「人間と猿とのちがひは、少くとも、猿にはこのまねができないのだ。」と。

時代は、いつでも片輪もので、
身にあまる苦悩を訴へる。
詩人はピストルを下しておもふ。
——おろかなものだけが跳梁する。

だが、死ぬきっかけが不充分だ。
勇気がちょっと足りないが、
（それは不名誉なことかもしれないが）
詩人は待つ。……ぱっとした理由を。

片眼をつぶったじぶんの死骸に、
彼は、目くばせをしていふ。
──消さうとおもった火が、
どうやら消えてゐるらしいよ。

書置きもせず彼女がゐなくなっても、
彼は、ぢっとうごかないで、
哀愁といっしょに久しぶりで戻ってきた。
爽やかなじぶんひとりを味はってゐる。

地上は流沙だ。西に、東に、心定まらぬ烈風にふきまくられて、おなじあわただしさのなかで、生死はさらにけぢめがない。
『死』とくるめきあふばかりでなく、まだ形にならないものとも一団になって、荒寥とした遊歩場を僕らは曳きずりまはされる。大石がごろんごろんところげ、小石がばらばらと降ってくる。そのあひだを必死に逃げまはりながら、祖先の代から今日までからくも生きのびてきた。

大沙漠のなかの経蔵から、とりあつめる人もないままに、大蔵経の冊巻が、ばらばらになってゆくやうに、人間の智慧も風化作用をうけてゐる。『東洋』は死体だ。だがもうふわけしつくされてゐるが、『西洋』は、やうやく、鼻持のならない腐臭を放ちはじめてゐる。

No. 5

――自然がやっとのことで人間と、その偏見から解放される日、キリスト教徒は、その日を、『最後の審判の日』となづけてゐる。

正しい意見とされてゐるものを、吾人はよくよく警戒しなければならない。

正しい意見はその正しさにもたれる重力でゆがみ、決してくるはずでなかった方角へ外れがちなのだ。

僕らがふり返ってながめる歴史も、正義の捷利によって、人間の歴史といふよりも、むしろ、素性のしれないばけものどもが、いかに多くの人間を愚弄し、人間を傷つけて、侮辱のかぎりをつくしてきたかといふ恥の記録、呪はれた遺跡のやうにおもはれる。

あゝ、哀しいかな。古昔は人のみちみちたりしこの都邑。いまは凄まじきさまにて坐し、寡婦のごとくになれり。

――耶利米亜(エレミヤ)悲歌

また、おなじ書物のなかに、シオンの山は荒れて、山犬、そのうへをあるくなり。又、わが民の女は、残忍、荒野の駝鳥のごとくなれりとも記されてゐる。

僕がながく住みなれてきたこの街のありさまは、羽を毟られ、毛を焼かれ、赤裸にして焙られた鳥のやうだ。不毛の焼原には、はやくも腐爛にあつまる銀蠅が唸り、あぶらのういた水たまりから蚊が湧いた。

そして人間。そこで僕が出あった二つの顔の、一つはおのれを他人におしつける意慾など全く失ひ、即ち、生きることすら放念した人の顔と、もう一つは、追剝ぎと早変りするがつがつした乞食の顔であった。

ここではなにがあった？——戦争があったのだ。

焼土の歌

生きのこらうとして
僕はあるく。
一足が僕を曳きずり
一足が僕をはこぶ。

夢中でふんづけるのは
土くれや、焼けた瓦ではない。
ぐんにゃりとした腹だ。
あったかい顔だ。

鼻や、目口のきらひなく
ふまれてごねごねした顔どもは
うきつ、しづみつ
渋面をつくる。

不信心な僕の
つちふまずのない蹠が
一足は辷り
一足はふみこたへ

いきのびることは
なんたるむごいことなのだ。

眼をつむりながらふむ靴底の
鬼の頭のやうな金具と鋲。

焔の唄

花嫁衣裳のやうに
ながい裾をひっぱった焔が
ゆれゆれていったあと、
僕は立ってゐた。骸骨になって。

え丶。冗談ぢゃないぜ。
この姿ぢゃ、あの女（こ）のところへもゆけない。
なきっつらの僕を、焔は、
つめたい舌でなめながらいふ。

『そんなに文句をいふなよ。詩人君。
君が感動して、詩でもできたとおもったのに。

うすぐらい家々が
灰になってくづれる前、
瞬間、台どころから座敷まで、
衝立もならび簞笥も、床柱も、
珊瑚、琥珀、水晶とすき透った、
あのスペクタクルは気に入ったつもりなのに。』

かくして、大きな鰭、小さな鰭で、
大きな尾、小さな尾で、
焔は、地上の富を
嫁資として天に送りとどけた。

爆破力によって、みちの片すみによせあつめられたままのがらくた塚。
赤さびたミシン台。ひんまがった自転車。そこのぬけたごはん蒸し。もしゃくしゃな
緒毛のやうな針金類。かけ茶碗。タイル。そんなやくにも立たない雑多なもののなかか

ら、御苦労にもステッキの先で僕がほじくり出したもの、それは――きたならしい靴底のしき皮のやうな、鼠のミイラのやうな、かさぶたのやうな、ビールの口金のやうな、ひからびきったもの、女陰。

みわたすかぎり、あたりは焼原になってゐる。そのまんなかに二三軒かたまって焼けのこってゐる家の一軒の庭に、みごとに咲いてゐる紫陽花をみて

詩一篇

どの大陸も、面変りがして
頭だけがへんに澄んでゐる。
だが、生きのこったものばかりが
こんなに脆いうつくしさをみた。

うすい氷でつくりあげた
あけぼののいろと
ゆふぐれいろの

大輪な七変化（あぢさゐ）よ。
なぜ君は咲いたのだ。
いちばんりっぱにひらき
いちばんりっぱにこはれるため
なぜ、君は咲いたのだ。

しかも、アジアの土ぼこりを
ジープがかき廻すなかで、
おちぶれた国土の
虱だらけな魂のなかで。

コンクリのくづれ、硝子くづ、金くそを積んだ大きな張出（テラス）が、灰汁（あく）で濁り、あぶらのぎらぎら浮いた東京湾の方へせり出してゐる。

その突き出したテラスの腕をつたって、海の方へ、一匹の黒蟻が、わき目もふらずいそいでゐる。夏雲のむらがり立ってゐる海の方へ……蟻は必死になって逃れる。立止るのがこはいのだ。なまじふりかへったりして、焼けくづれたはずの街の姿が、万一もと通り、みなれた昔のままでたちならんででもゐたりしたら、じぶんの認識までが信じられなくなるので、怖ろしいのだ。

蟻は、みえないほど小さくなっても、猶、一心に突端にむかっていそぐ、すべてを見すてて、なにも信じまいとして、しかしなほ、ひたむきに逃れてゆかうとするじぶんだけにすがって。

待ってくれ。僕もいっしょに逃げよう。ここでは、とても生きられさうもない。

——生きのこったことを後悔しながら、僕は、大きなきずぐちのなかに立って、焼酎でしびれた、痛みでずたずたになったじぶんをどこへはこばうかと迷った。

奇怪な風景

拳銃でも、匕首でも、薪割でも
兇器なら、どこにでもおっこってる。
どれでもとりしだい。
ひろひしだいだ。

鶏血凍の朱の焼原は
横にゆかうが、縦にゆかうが
通りぬけ勝手次第。
こんなにひろびろしたことはない。

血とアルコールを浴びて
落日が
裸の地平に
しづむとき。

えい。なんたることだ。
ゆくてをさへぎってにょきにょきと
男根ばかりがはえてでる。
錨の入墨なんかしたやつまで。

地獄とすれば、このへんは、どこらあたりの環だらう。

いちめんの溶岩流（ラバ）。薊菊に、犬じらみ。そのなかに水を噴いてゐる水道栓。水たまりを踏み越えて僕は、石のくづれ塀を一まはりした。

人気はない。ゆく先に迷って佇んでゐるとすぐ耳のそばで、泡のはぜるやうな音がする。いつのまにか、女が一人近よってきて、口のうちでなにかつぶやいてゐるのだった。ひとりごととも、僕にきかせようとしてゐるのとも、両様にとれた。

「ね、このへんね。きっと。」

夏菊の友禅染の江戸棲に、小紋更紗の鯨帯。それしゃらしい粋好みだ。しどけなく細脛をこぼした病身らしい中年増で、えり足の痩せが目立ち、背柱のとがりがいたいたしくこころにふれる。蒼白い。しばらくながめた末、僕は「なんですか。」とそっ気なくきき返す。

女は、線のほそい、険しい顔を僕にむけ

「なんですなんて、まあ、そらっとぼけて、……いのちより大事なのをよく知ってゐるくせに、中渡りの方ぢゃないわ。紅木（こうぼく）ぢゃないの。忘れっぽいのねえ。」

と、ぢっと睨んだ。ふかい目だ。逆らはないで僕がうなづくと、彼女は、納得がいったのか、そのまま、足もとの土に目を落す。

「ほら、きいててよ。いま、きりっともどったでせう？　三の糸。」

僕の腕をつかむ。ワイシャツのうへから、彼女のながい爪が喰ひ入る。つりこまれて僕もいっしょに耳を澄ませた。

「ほら、また。」

こんどは、僕にもきこえたらしい。焼け土が底から金いろがかって透き、幾段にもなった地底があらはれ、針箱や、鏡台などが、小さくみえてゐる。「あれ」と女が指さす奥に、箸箱ぐらゐの大きさになって、女がさっきから言ふ三味線がねかせてあった。女は狂ってゐなかったのだとわかる。飴のやうに透明になって、小さくなって下りてゆく僕の姿をみつけて、はっとなった僕はおもはず、

「あそこ、どこかしら。」

とひとりでつぶやく。

「あそこ？　あれは、三十年むかしよ。」

女は当然のやうに応へる。「まだ、代地の序遊さんもお達者なころよ。代々餅のうしろに住んでらしったわ。あなたの奥さんは、ほうら、あそこに寝てるでせう。」

女がほそい顎をつき出す、地底の片隅に、あかん坊がねかせてある。陶枕のやうだ。

君は誰だったかしらと言はうとすると女は先廻りして、

「どう？」

と意を得顔だ。

「過去なんて、戦争がみんなこはした筈ぢゃありませんか。」

女は、はげしく首をふる。

「なんにも失くなりはしませんわ。過去はみんなどこかに大事にしまってあるのよ。戦争なんかお皿一枚だってこはせやしないわ。一たんこはれたって、焼けたって、こはれる前、焼ける前がそっくりあるぢゃありませんか。」

おや。あんなに先頭に立って、戦争の音頭をとってゐたわが亡霊諸氏がうちつれだって焼けあとの道をこっちへむいて、しゃべくりながらにぎやかにやってくる。闇成り金か、ゐなかの代議士然と、腹をつきだし、また、一杯きげんで、てらてらと脂ぎって、はやくも進駐軍と顔なじみになったらしく、舶来たばこをぷかぷかふかしながら、近づく。僕と気づかれずすれちがふ、一人の肩に手をやって、

「どうしたい。よくまあ、戦犯とやらにかからなかったね。」

と言へば、そいつは、めっさうもないといった顔つきで、もったいらしく、僕をみあげていふ。

「ほい。冗談をいっちゃいけませんよ。ごらんのとほり、私は亡霊ですぜ。いつはりなしに、ね。さうでしょ。亡霊は、むかしから正直律義で通ってゐます。まづ、生えぬきの民主主義者といふところで……第一、亡霊の戦犯なんてきいたことがありませんや。それにしても、ごらんなさい。このへんは、特別みごとにやられましたな。なんとかい

ふ有名な句、あれはたしかヱルレーヌでしたかな、いやちがふ。Waterlou Waterlou morne Plaine（ウォタ一ロ一・ウォタ一ロ一・荒れはてた野よ。ユ一ゴ一）ってところでせう。やあ。結構々々、当然かうなるべきだったのです。これがその、所謂、科学の勝利ってやつでせうな。」

そして、立ち止って、あたりかまはず、大声でけらけらとわらひだすのだった。

科学の勝利の歌

詭弁がからうじてさがしてくるやうな真実を、科学は一つの帰結として、人の目のまへに据ゑてみせる。速力にとって、地球はすでに小さすぎるので、人間はひろびろとした空中に翔び立った。そして、ふたたびこせこせした地上に降りなくてもすむやうに、雲のうへに都市、楼閣を建てようと計画してゐる。それに、地球は、じつを言ふと、実験台として、みるかげもないものとなり、のこった釦を一つ押せば最後の列島が地図から消えうせ、完全に陸地といふものがなくなるのだ。

そのとき、おしろいを塗って水のおもてにうかびあがるのはみんな、死骸だ。
死んだ魚も、
死んだ海鳥も、
ぶざまに、だが、生きてるやうに
波にもまれ、波に踊らされる。

死んだ二枚貝、
さくら貝や、黄貝が
眼鏡のレンズのやうに
くもって割れた——片はしから。

アセチリンランプで
海の底からてりかへす
ちぎれちぎれな死の
なんたるしをらしさぞ。

女の高腰のへんまで
たかまる波のはらに
懐胎よりもまばゆく
透いてゐる水母ども。

ひらいたり、しぼんだり
ちかちか光る水母とともに
つかひすてたゴムサック同様
もまれてゐる僕の屍。

あんまり中味がないので、
かるすぎるので
波は、あきれ半分、僕を
ふりちぎるやうにゆすってみたり
ぽいと吐きすててみたりするのだ。

No. 6

——ぱんぱんの歌

僕たちの年齢になると、さすがに、ぱんぱんさんたちもあひてにしなくなるのが当然だが、人間といふものはをかしなもので、僕たちの年齢などと口で言ひながらもやはり、女にふりむきもされないことは心外なことで、いつになっても弱年のものほしさはぬけないものだ。

終戦の声をきくやいなや、燎原のすみずみに、毒々しい卵茸、べに茸、てんぐ茸、狐のゑふでと、にょきにょきあらはれ出たぱんぱんさんたち、はじめて彼女たちにお目にかかったときの僕は瞠目しつつ、やはり人生はたのしい、生きのびて来たのはよかったとおもった。

そのとき以来、彼女たちの方では一向に、僕をあひてにしてくれないにもかかはらず、彼女たちが立ってゐるまはりを僕は犬のやうにうろつきまはり、彼女たちのにほひを嗅ぎながら、どこまでもくっついてゆくやうになった。

省線電車のなかなぞで、彼女らと一つ車に乗りあはせると、彼女をためつ、すがめつ見物してゐるだけで、世の屈託をことごとく忘れてすごすことができた。あまり執拗にながめるので、この眼で喰ひへらしはすまいか。どこの展覧会場でもただ一度だって、これほど熱心に、胸をあつあつさせてものをみつめたためしはない。

戦争が終ったその日から
やけふすぼった街角に
おもひがけないはしりもの
君たちがうろうろするのをみた。

くすりで染めた猩々毛の君。
瀬戸びきの便器のやうに
まっ白にぬりつぶした顔に
君は、眉や唇を画きなほした。
サイパンの仮面の盾をお手本に。

どこから君はやってきた。

それよりもながい戦争中
君らは、どこにかくれてゐた。
また、どうやって早変りした。

男の腕にぶらさがって、君は
墓のしたからジャズのきこえる
やけあとの街を横行する。
君らのあるいてゆく方が
方角だとでもいふやうに。

みんなは、びっくりして君を迎へ
呆然として、君を見送る。
おどおどとした眼で。
放心した眼で。

君らがいびつで、半欠けで、盤大で、
残酷なほど滑稽でおもひがけないのが

僕には、愉快でたまらない。
僕はただ、おどかしてほしいのだ。

それから、おどかしてやりたいのだ。
なまぬるいヒュマニズムと文学を
こせついた政治や、利口ぶった理論を
みんな黙らせてみたいのだ。

ほら、駅のそばの
こはれた街燈のしたに
また、二三人固まってゐるよ。
能面の泣増（なきぞう）と、眉間尺が
こっちを眺めてゐるではないか。

膝が靴をはいてるやうな
たらひのやうな、臼のやうな
君らは血だらけな唇で

チェスタフィルドをふかし
チウインガムを吐きちらす。

日本ぢゅうの人間どもが、たれかれの区別なくいぢいぢとちぢこまり、卑屈になりはててゐるけふこのごろ、よごれた茜木綿の風呂敷で臀を巻き、血肝のやうに唇をぬりたくり、髪を黄に染めてわっとちぢらせ、できもののあとだらけな、ふといがに股足に、男のちび下駄をひきずり、怖れ気もなく、颯爽と、こまかい神経や、外聞や、けちくさい良識などを、やけあとの空罐や、石ころといっしょに蹴っくりかへして、闊歩してゐるぱんぱんさんたち、君たちこそ、僕が待ちまうけてゐた驚異であり、歓喜であり、ただ一つだけ喝采を送るに値したこの時代の花形なのだ。

それにしても、ぱんぱんさんたちは、終始僕のあひてにはなってくれようとしないで、ふしぎさうに僕と視線をあはせる、その目のなかに、父親や、叔父の非難にこたへる迷惑さうな反抗と、あはれみを宿すのであった。

ぱんぱんが大きな欠伸をする。
赤の0

０のなかはくらやみ、
血の透いてゐる肉紅の闇。

彼女の雀斑の黄肌と
すりむけたひざ、
人がふりかへり
目ひき、袖ひきするなかで、

ぱんぱんはそばの誰彼を
食ってしまひさうな欠伸をする。
この欠伸ほどふかい穴を
日本では、みたことがない。

くだくだしい論議や、
戦争犯罪やリベラリズムまで、
この欠伸のなかへぶちこんでも
がさがさだ。まだがさがさだ。

太陽がころげ廻ってゐるあのアルミ色の天では、光だけはふんだんらしい。されぱこそ、迷惑千万な。この炎暑の猛々しさといったら。休まうとしても、いっせつ片影もない。

突立った光は、瓦や石にはねかへってきて、僕の結膜炎の眼はかすんで、しっかり焦点もさだまらない。

街といへば、ひどい火傷で、どこもかしこもひっつりだらけ、かわきかけた膿汁を、おのが宇宙とこころえて這ひずりまはる蛆。さびついたフライパン、芥塚に生ひかぶさって黒々と茂るどくだみの白い十字花弁、そのへんいったいに、煮えくりかへった黄ろい銅汁のやうな光がそそぎかけられる。

廃墟には共通して、特有な透徹した大気と、ものがなしい一種の閑散さとがいりまじり、ただようてゐる。小鼻をひくひくやると、どこかの片すみでまだふすぼりつづけてゐる、さまざまなもののまじりあった、えたいのしれないいやな臭ひが吸ひよせられてくる。歴史のもえかすとでも名づけようか。青洟のにほひや、毛虫のにほひ、水泥のメタン、水死人のにほひなどがからみあひ、ぱんぱんさんたちのえり首から発散する酸性の、つきもどすやうな体臭となって、僕らにおそひかかるのだ。

いつたい、ここがほんたうに、このあひだまでわれわれが、『東京』とよんでゐた、あそこなのか。

たしかに、横丁の数、通りの広い狭いはおぼえがある。のこつてゐる土台石のうへに、なまじひに失はれずにゐる記憶をもととして、焼けなかつた以前の、そのあたりの町を復旧して僕は、元通りにそつくりのせてみることができた。

特に僕にだけそれが出来るわけではない。人人の個々の印象のなかに、東京は、猶、むかしのまま、まざまざとのこつてゐることだらう。だが、その記憶も、月日がたつにしたがつて、うすれゆくにはちがひなからうが、人人は、その記憶だけをめあてにして、はてなき未来に、もう一度、夢をゐがくよりしかたがない。焼けなかつた前の東京への帰路をもとめて人人は、むなしく、際涯もなく彷徨ふことにならう。

とりわけ、老境をひかへてゐる僕には、おほむね、ふりかへつてながめるたのしみしかのこされてゐない。ゆく先遠いはかりごとをしてみても、見届けられるたのみはすくないのだから。遮莫、ぱんぱんさんたちは、正に、人とは反対だ。彼女たちは、逆さになつても、なつかしみあくがれわたるやうな、たのしい過去をもちあはせない。かへるに巣のない彼女たちは、蛹からかへつた蛾のやうに羽のくたびれるまで先へ飛ぶよりほかはない。

彼女たちのあとを僕がつけていったとしても、ちょっきり買ひがめあてなどではない。断崖の危なさが、胸を突き戻しはしても、万に一つ、おもひがけない地平線が、無軌道な彼女のゆくてにふいとひらけ、僕もそれをともにながめて新しい転身の機がつかめるかもしれないといふ、乾坤一擲のはげしい誘惑からであった。

僕の人生の片すみに、まだそんな娑婆がのこってゐたのか。使ひのこしのわづかな生涯。疲労素、睡む気、顎の骨の蝶つがひがコキンと鳴る大欠伸。ぷつぷつとつぶれてゆく小さな泡沫。すずめの稗、ぬかすすき、くしがやなどといふ雑草の穂のゆれてゐる寂しい影。そんななかで僕は、なんの生甲斐をさがさねばならないのだ。残骸と余燼にかこまれた、日々の僕の身辺には、重たい憂愁のみがみちあふれてゐた。日が沈んだ！　ゴブランの色が褪せた。一すぢの横雲のへりを余映がわづかに染めて、暮れなづむ悩みが、しばしのあひだ曙のかなしみとなづみあふ。曼珠沙華の緋の一すぢ。その丘の頂上には、アンドレア・マンテーニャのゑがく三人の磔刑者のゐるゴルゴタの丘に髣髴として、悲劇的なさび、苔びろうどの緞帳のふちをかざる光芒とともに、いまやうすれ、衰へつつあった。

その丘のうへにからくもたどりついて、窪町になった、もときた道の谷あひを僕がふりかへったとき、みはらしはすでに、獣性の、気ごころのしれない闇黒の手にうりわたされてしまってゐた。

丘のうへも悉く焼け原だった。礫柱らしいものはみあたらない……ただ、人人の住まぬ伽藍に似た、ものさびしい紫水晶（アメジスト）に透いた空の奥龕に、香炉からまっすぐたちのぼるけぶりに目をしょぼつかせて、星星がまたたき交してゐる。沼の底から半身のり出してうそぶく怪獣のやうに、ながい汽笛をきれぎれに鳴らして列車が遠ざかる。

足もとのくらがりで、木片れがぱちぱちはぜて燃えあがる。その焔の舌になめられ、穴居人たちの血走った眼がらんらんとかがやく。もともとこの近ぺんは、小金をため、一生涯、食ふだけには困らぬ計を立ててつつましくくらすつもりの人たちの、みはらしのいい中流住宅の並んでゐた所謂山の手のあとであるが、いまはその路が、地獄へかよふ瓦礫道に変ってしまって、ここまできて僕は、あとをつけてきた一人のぱんぱん娘を見失った。

僕は、一つの考にとらはれて、穴ぼこや石ころに足をとられてよろよろした。

いつの場合も都合のいい口実をさがしてゐるにすぎない僕の思考。いまもぱんぱんさんを拠りどころにして僕が柄にもなく、見はてぬ夢をひそかに追ってゐること。そのおろかさ。戦争で日本人たちが失ったもののうち、みえてゐるものよりも目にみえないものが比較にならないくらゐ大きかったことを、かへらぬとなったいまになって、はじめて気附いたこと。それも財宝や名誉ではなく、もっと重大な稟質や気風のやうなもので、それを失つたためにのちのちにどんな精神の落魄がくるか、そのふかい影響についてはむ予測もできないこと、それほどの取返しのつかない過失を犯しておきながら、誰一人すすんで責を引いて、十字架にのぼらうとするものもなく、直接、間接の因由について、ありのままに究明しようとするものもないこと。それらのことが悉く、僕らのふみ止まりやうもない零落とむすびついてゐること等々、僕はうなだれて、もと来た道を引っ返してゆかうとした。もはや、ぱんぱんさんと面をあはせても気怯ればかりで、なに一つはきはきと応対できさうもない。いづれは、やけ出されて、親兄弟を失ったぱんぱんさんたちの不幸な身の上を、他人の悲運に興がる下種な人間根性で、同情づらをしてきいてゐるわが姿が鼻についてきて、考へてもやりきれなくなってきたのだ。

うしろをむいて僕が、二足三足あるきだしたとき、

「誰さ。おまへさんは?」

と背後からするどく咎められ、ぎょっとして立ちすくんだ。

「なあんだ。サツの人ぢゃないのか。」

マッチをしゅっとする音がして、煙草をくはへた唇が、金魚のやうに、闇にをどり出た。度胸をきめて僕は小戻りした。ぱんぱんさんとむかひあって、親しく口を利くのはこれがはじめてなので、うぶな若者のやうに僕は身をかたくした。

あひての口から、おそろしく伝法肌な荒っぽい調子と、小娘の他愛なさがでたらめに

まざって飛出すので、その都度僕は面くらって、へどもどしながら応対した。なるほど、曲馬団か、玉乗り一座にでもゐさうなこの娘が、一応ニヒリストで、天をおそれずといった態度で、どんな甘口にも、辛口にものらぬげなのには、感心したが、僕が、彼女をみあげたのは、別のことであった。むろん、彼女らが、腕にほりものを彫ったり、ふるめかしいあそび人の仁義をまね、仲間うちの義理人情にこだはり、みかけによらず涙っぽかったりすることに気をひかれたわけではない。本心は、一刻もはやく足を洗ってかたぎになり、みみっちい貯金を腹巻にまきこんで、ゆくゆくは洋裁店でもひらいて、よいママになりたいなどといふ殊勝な志をもってゐることを、手柄顔に報告しようといふ気持ではない。

一言二言、ことばでもつれあったあとで、彼女は、ぷっと唾を吐いて言ふ。

「みそこなはないでくださいよ。あたいだってね。いまこそ、こんなにおちぶれはててゐるけど、はばかりながら御先祖は、桓武天皇九代の後胤といふわけさ。」

それをきくなり、僕の血にふかくひそんだ日本固有の心情が、ながらく求めた巣をさぐりあてたやうに、無闇に感動して、くらやみのなかのみえない彼女の顔がまぶしく、うやうやしく頭を一つさげると、一歩うしろへしりぞいた。

「これはまた、しらないこととて、いや、はや、その……。」

すると、僕を抱きしめる闇の、テントや、大道具のあっちこっちから、にはかにがやがや、きこえてくる甘ったれた声、蓮葉声、のどのつぶれたかさ声が。

「ふん。そんなの自慢なもんか。あたいの父ちゃんだって、銀行の頭取りさんだったのよ。」

「あたいの伯父さんは、恐れ多くも子爵さまだよ。平民ども、頭が高いぞ。」

そろひもそろって女たちが、高貴な家柄、血すぢ揃ひなので、僕はますます恐縮し、この世のなかの下剋上、姫上たちのなげかはしい悲運な御身のうへを、かなしみいたみ、悲憤慷慨すると、なにがをかしいのか、彼女たちは、どっと笑ひだした。

「やめてよ、七むづかしいことを言ふもんぢゃないよ。お前さん、もしかして、新聞屋の種とりぢゃない？」

「よくみてごらんよ。そいつ。からだから、ながい紐が垂れてゐやしない。そしたら、ラヂオのアナウンサだよ。」

「いえいえ、決して、僕は、そ、そ、そんなうろんな人間ではございません。……それよりも……その……ときにみなさんは、選挙は保守政党で。それともまた。」

脱線してしまったあとで気がついたが、彼女たちのうちの一人がじれじれとして叫んだ。

「なんだい。政党だって？　面白くもない！　だが、わかった。お前さんは選挙演説の手つだひだね。……政治なんて、どっちがどうだって、あたしたちにはかかはりなしさ。

でも共産党だけは大嫌ひさ。天皇さまをわるくいふ奴なんて、虫がすかない。ただ、それっきりさ。」

No. 7

——崑崙層斯国在西南海上、有野人身如黒漆国人布食誘之売与番商作奴。
按今亦阿蘭陀船中所乗来人有身如黒漆者俗呼黒坊其身軽捷能走於檣子

和漢三才図会

崑崙奴(くろんぼ)……太陽は、裏表なく君をまつくろに焦がした。身黒漆を塗って、黒檀の長持か、グランドピアノのやうに角張って、大きく、つやつやと拭き込まれた君。君のおどろくべき肺活量。肝臓も腸も、腎臓も、うすいセロファン紙をかけたやうに、青、褐、黄などで、すこやかに、てらてらとしてゐることであらう。

錦切れをつけた崑崙奴。君らがなんとはなしに淋しさうにみえてならないのは、君の祖先が番商どもに売られて人の奴となってゐたころの悲哀がうけつがれてゐるためだらうか。それとも君が人間ではなくて、人間のくらい影にすぎず、うしろにひかへて、人間どものうごくとほり、束縛されて行動せねばならない宿命のためか。それとも、君の遠いふるさと、アビシニヤの無花果の森が、夜毎の夢にかよふためなのか。

君のふるさとと、ここととでは、たとへ夢にみるにしても、あんまりへだたりすぎてゐるね。ほとんど、地球のおもてとうらなのだ。歴史上の文献のうへでも、かつて交渉をもったためしがなく、こんどのやうな大戦争でもなかったらおそらくこのやうな無縁な土地へ君はやってくることがなかったらう。この国のことばが君に不通なやうに、君らの故里のことばは、通訳する人もゐないくらゐだ。英語を仲介に、やっと片言の用事を足しはするが、心と心とは、容易にわかりあへない。

さびしい崑崙奴。君らがただ一つしっくりゆくものは、おはなさん。はるこさん。彼女たちのからだについた商売道具をおいて、ほかにはないのだ。

崑崙奴の分厚な掌が、彼女らの象牙の細ゆびを、パイプのやうにもてあそぶ。彼女らが彼らの腰にくっついて、抱かれてあるいてゐるところをよそからみると、黒が染まりつきはせぬかと心配になってついてゆかずにはゐられない。

烏賊墨のなかにおとした山茶花(さざんくわ)一輪。

崑崙奴のとりわけはしっこい精虫が、しっぽでぴんぴんかぢをとって、彼女の排卵のまはりを、旋回し、をどりまはる！　泥のやうに酔っぱらった地球が、またその外廓を、大まはりに、ゆっくりと廻転する。……世界のはてからはるばると、アレクサンドル大王よりもながい遠征をしてきたこの愛の長旅にきもをつぶしたわがキューピドンは、ポンチグラスのうすいふちをつたって、逆立ちしながらわたる。

男のものが万国共通なやうに、愛情のこまやかさが、国境や人種差別を超越して、どこに一つかはりのないことを、おのが肌身で会得した彼女たち。彼女たちは、まごころに、まごころでこたへる。

彼女たちは、崑崙奴に、一つ、二つ、三つ、四つ、と日本語の数の数へかたを教へるが、十までおぼえきらないで崑崙奴は、またはじめから、指を折りなほす。ひとうつ、ふたあつ、みいつ、ようつ、十までやっと言へるやうになったとき、彼らは、ふっと吹き消しでもしたやうに、世界のどこか、壁のむかうの『無』の涯の方へ、転勤になって、いってしまふのだった。

ぱんぱんさんは部屋のなかで
いつも丸裸。
かかとの高い赤靴をはいて
みしみしと畳のうへをあるく。

崑崙奴は、鼻唄が大好きだ。
低いバス。
その眼にうつるのは遠い
インベウ河の川波。

崑崙奴のねてゐる首に
うしろ前にふみまたがり
黒い胸板でトランプを占ふ。
ぱんぱんさんは、こはいものなし。

気に入らなければ、そばにある
灰皿でも、金盥ででも
いきなり横つらをぶん殴る。が
崑崙奴は、にやりと笑ふだけだ。

愛の唄

うまれて、まだ半歳の男児は
もう出窓につかまって外を眺める。
お母さんはぱん助。
お父さんは崑崙奴。

野性の血は成育がはやく
八ヶ月で歯がそろひ
一年であるき出す。
ポケットが十ある軍服で。

思案投首のてい、左の方へ
首のまがったお母さんは
斜視で、うす鈍い微笑をうかべ
のびゆく子供をいつくしみ

お父さんはひとりはしやいで八人芸、
口笛をふき、指を鳴らし、
あと二ヶ月の転勤までに
大人になれと声援する！

偶然と過失のなかからだけしか明日がうまれないとしても、希望をすてるには、まだまだ、早すぎる。

ミシシッピイを遡るときの、君たちのかなしい舟唄を僕は心にしみてきいたものだ。壺のなかに入れて封印されたやうなくらやみの森のなかで君の大きな目と白い歯が浮いてゐる。人間ではない、ただ、労働力でしかなかったむかしのガリヤ船の橈手のやうに君はあひかはらず『奴隷解放』の聖戦のあった民主国で、自由の御名のしたで、虫けらのやうに差別され、酷使をつづけられてゐる。君はいまも続々と、本国から、みしらぬ前線に送り出され、駆り立てられ、君たちよりももっと貴重な人間の命をまもるために人間の楯とされ、弾丸よけの壁とされる。君らは、生還の『不可能』、息のできない『真空』のなかに立たされ、『死』にむかって進軍することを強制される。

君は、フライパンをひっくり返す。そのフライパンよりも黒い老女の幻を目にうかべては、『ママ』とよびかけながら、死んでゆく。人間よ。あゝ、人間をうんだ無慈悲な母よ！　あなたの子供たちが、追ひつめられくるしんでゐることを御存じですか。あなたがどうすることもできない遠いところで、一万里もはなれた荒野のまんなかで、子供たちは、あなたよりほかに呼ぶものがないのですよ。

‖

ぱんぱんを物色する男の歌

とまり木の紅雀のやうに
女は、ビルの石階で休んでゐた。
ひざのあひだに鼻をつっこみ
髪にむすんだ赤い布れ。

……ねむってゐるのか。
考へこんでゐるのかな。
いや、いや、

地球の自転をきいてるんだよ。
僕は、君をおぼえてゐない。
なんどすれちがっても
なんど声をかけられても
僕はおぼえがわるいんだ。

忘れることは結構だ。
帽子を忘れるやうに
どこへでも記憶をおいてくるのは
まったくいいことだ。

君と、君の商品の前を物ほしげに
僕はいったりきたりする。
ものうげに頭もたげる情欲を
釦でおしこめ、叱りながら。

君の商品からは
地獄のにほひなんかするもんか。
すっぱい汗と、乾酪と
アンモニヤが少し臭ふだけ。

それに、君だって蛮婦はおろか
よにもありふれた小娘だ。
だが、そこにこそ
君の悲劇らしいものがある。

世界は、君といっしょにこはれた。
ふるい世界も。
まだこない未来までも。
だが、それも大したことではない。

要するに、僕が男に生れたので
君のやうな、味なもとでを

身につけてゐないばっかりに
たたきうりもならない始末だ。

僕はぶらつく、君のまへを。
ヅボンの右ポケットで
鼻紙のやうな紙幣の
皺をのばして、数へながら。

忘れろ。忘れろ。人間のすることなど
忘れればきれいなものだ。蚤痕ものこらない。
おほかたのことは、大小となく
世界が忘れてきたやうに。

どこかできいた声だ。みおぼえのある顔だよ。
君の名は？　ふむ。遠い祖先が一つかもしれないていふだけの話さ。いけねえ。お客
ぢゃない。よってきたって。僕は一文もないんだから。

君はじぶんのひしゃげた性器を、こはれた弁当箱のやうにふってみせる。愛情の神秘をむしりとった性器は、均一札がついてゐて、男に好き、嫌ひはない。客がなければばうゑ死するほかないくせに、買ひにくる男を心でさげすみ、突慳貪にあたりちらす。

君がじぶんのつめたい性器からとりだすその日、その日があんまりつらすぎるせゐか。さうだ。君は、大きな目算ちがひの、下手な取引をして、性器だけうってゐるつもりで、しらずにいっさいをうりわたしてゐたのだ。かる石のやうに粗笨な性器。かわききったむしくひの髑髏穴。ぬらぬらな缸。草にうもれたから井戸。……そこからの冷湿が、君のたましひを崩壊させ、節節をけだるくし、頭からあかるい夢を追払ひ、視力をふさぎ、声帯をからせ、しろっぽけた唇を弛ませてしまふのだ。

電柱のうしろに立って君は、ゆきずりの酔っぱらひどもに、差別なく声をかけ、秋波を送る。

ベニヤ板一枚でくぎった安ホテルのベッドで、うすぐらい電燈のしたで、汗、垢でよごれたシュミーズをひんめくると、あらはれるものは、青白い、まだ未成熟な若い少女のからだで、頽廃の翳もささない、夜明けの海の泡から生れたばかりのヴィナスの肌に、薔薇いろの発疹。……どんなに貞淑に身をまもってゐても、きもののしたでからだは、おそかれ、はやかれ、花びらのやうに萎れてゆくものとしても。

彼女たちのそばへ寄って、つうんと目に沁みる激しい焦肌のにほひはなぜだらうか。僕に、二十数年以前に訪れた、南京郊外「明の孝陵」をおもひおこさせた。

青肝いろの空のふかさで、つづけさまに銅鑼が鳴り、僕の目の前がけぶりで白っぽける。乾いた雑草いきれ。みわたすかぎりの原野に、石の文官、武人、石馬、石駝、石象が、陵の道をはさんで、行儀よく並ぶ。太陽に抱かれた石は焼けて指も触れない。そして、石は胎んでゐる。胎内の闇黒には、遠雷がひそむ。石のまはりは、白紗で包んだやうに眩耀がゆれる。

台座だけになった石のうへに、古釘、折れ釘のばったどもが、炒られるやうにピンピンと跳ねる。その荒廃は、すでに永遠のすがたを与へられて、微動もみせない。

こんなにほひを女たちは、はたしてどこから肌につけてもってきたものであらうか。

霧の晩の唄

ふかい霧のなかで、僕は
一つの顔をひろひあげた。
顔には、紐のやうにぶらぶら
手や足がさがってゐた。

鼻のあたまに皺を寄せたり
ながし目でわらったり
ほかの顔、顔、顔が流れる
すれちがふ。

かうやって、僕が横切ってゆく所は
苦悩の泡と空白の
世界といふ場所なのだ。

くづれた煉瓦、かな糞をふみこえて
僕も、猶もゆく。
半欠け月がでてゐるので
こころがよけいくらい晩だ。
あたまのうへで鉄橋がとどろく。
すぎゆく世界の背で

僕は、ながい水洟をすすりあげる。

僕と、その顔とは腕をくんでゐるが
かへすがへすも赤の他人だ。
こころの底では、憎みあってゐるのだ。
客の侮蔑で、娼婦の怨恨で。

僕はつきもどしたいその気持を
ごまかさうとしてにやりとする。
顔は、むしゃうにしゃべり出す。
みすみす嘘の身の上ばなしを。

顔は、眉をしかめていふ。
「ひげがいたい」
「ひざがごりごりあたる」
僕の不きっちょうに舌打ちする。

まねごとの愛撫の代金が
たかすぎると僕がくやむとき
安すぎたとおもって、顔が
ぷりぷりしてそっぽをむく。

顔と別れた僕は
ふたたび、もとの霧にまぎれ込む。
かへ玉を抱いたわびしさもろとも
じぶんも消してしまはうと。

永遠の忘却のなかへ
僕は、顔をなげすてたのだ。
嚙みくだいた吸殻といっしょに。

じぶんが生きる権利だけの論理が
文明の廃墟を
蛮人のやうに横切る。

——それは、僕の影。

僕と別れた倉庫のあとの
つめたい石のうへで
あすの晩、顔はまた抱くだらう。
殺人四人組の片われを。

花壇は荒れはてた。花は、その前夜に散った。

（それにしては、この地球は、なんとなめらかに、故障なく廻ってゐることか。）

泥土にまみれた花を、僕の靴がふんづけると、哀傷の唄のかはりに、こはれた性器が、酸漿（ほほづき）のやうに、ぎゅっ、ぎゅっと泣く。僕の青春は、もう決して、僕のまはりで霧しぶきをあげてはゐない。

僕には、方途がない。方途のない僕を、また誰も、どうすることもできないのだ。他人の不幸をかへりみることができないほど、誰も、彼も不幸なのだが、見すてるものの不幸はもっと大きく、生きてゐる欣びを片端から食ひちらす。

だが、あらゆる不幸を無視して、『生理』だけがなぜこんなに旺盛なのだらう。

霧雨に消されさうになって
ぱんぱんが鋪道をあゆむ。
爆弾にゑぐられた
でこぼこな鋪道のうへを。

一台の自動車が
彼女を追ひ越した。
その車の窓から
噴きいだす水煙り。

ぱんぱんは、らんかんのない
橋のうへにさしかかって、佇む。
べそかき顔の掘割をはさんで、
屍を立たせたやうな壁また壁。

ひらききらぬ水中花のやうに

ぱんぱんをつつむ水の微粒子が
はるかに焼ビルをぼかし、
やけ原をかき消す。

彼女のこころに咽せ入る雨が
僕の外套の羅紗で玉になる。
すれちがひさま、僕は習慣で
彼女にかるい目まぜをする。

釣針にかかった
小鯊のやうに
ぱんぱんは口をあいて
僕をながめる。

世のなかには恋よりも
一層やさしいふるまひがある。
たとへば、それはあへいでゐる小魚を

針をはづして、そのまま水へ放すこと。

No. 8

海底をさまよふ基督

キリストとは、なんだらう。
へっ。しらないのか。あれは
畸型胎児だ。

つひに日のめをみなかった
なまじろいそのからだが
無限に拡大された奇怪な影を
海底におとしてさまようてゐるのだ。
……さうだ。もっともいたましいものによって
この世界は償はれなければならない。

いくへの波路を越えて、
ラヂオは報道する。

無明の海底から、うすぐらさから、
あらゆるかたちの死がめざめて
あのしわだらけな蹠をみあげる。

真珠どもはまろびながら
蹠のあとを追ふ。
ふうせんくらげ。櫛くらげ。
糸巻ひとで、生きてる玩具ども。

レントゲンもいっしょになって
あとをつける。
潮流のニヒルを越えて
一つの真実につかまらうとして。

波にただよひ
波に疲れた魚の群が
あけがためいた微仄をしたひ

身をすり、腹をかへしてあつまる。
……海のおもてはしけ降りだ。
貝殻の無数と
その口の無数から
ぞよめいてくる懺悔。
敗北の唄声。

──汝、姦淫するなかれ。
ぬすむなかれ。殺すなかれ。

姦淫しながら
殺しあひながら
ぬすみながら
ほろびたからだは
びろびろした肉片は
戦慄し、しびれ、みだらにのびちぢみ

あの声を怖れ、また、忘れながら
鼻の先で、からかひながら
波のまにまに、うかびただよふ。

キリストとは、なんだらう。
どうせ、人間の罪の影さ。

生れたものの宿命が
生れなかったものの無垢を
嫉んでいふ。

お、、しかし、みろ
キリストがすぎていった海の
林檎酒のやうな
潮流の甘さ。

腰がぬけて、ふらふらになったたらば蟹や

なまこや、海牛が底を這ひ
聖地巡礼に出発した。

海豹どもは、ひれを逆さにして悶え、
朝に、夕に、鮫人は
嬰児のやうに声をあげて泣く。
(この乞食の王をつれてきたのは
他ならぬ、人間の零落なのだ。)

キリストを丸のみにしたしゅもく鮫は
突出した暗礁のとっぱなへ
自分からつっ立って、十字架をまねて
おしよせる億万の悔恨の波しぶきに
おのれの孤独と良心を洗はせる。
シニックな片眼でわらひながら。

幾世紀、あの十字架をしょった裸男をかついできたものだ。

あしのうらのやうな蒼褪めた、疲れた顔をしてゐる男、人類の審判を予言した報いで、あの男はいま、人間どもからつきまとはれ、精神状態に異常な興味をもたれ、レンズがむけられ、フラッシュが焚かれ、顔から顔の鈴成りでのぞき込まれる。

あの男の功罪を検討するために、人間は、あらゆる反応を彼にためし、注射針をさしこみ、血液をとり、唾液をしらべ、尿道にブージをさしこみ、また彼をひっぱってレントゲン室にはひる。

――なにも別に異常はない。

――もっとよくしらべてみよう。僕にまかせたまへ。

一人がさういって彼の方へむき直った。

――君は、神の子ですってね……どうして、裸でゐるんです。この寒さに。

――人間の苦しみに代るためです。

――ふむ。もう神のことなら、われわれの方がよくしってますよ。人間は、神のすぐとなりに坐って、神が人間に感化され、人間のまねをするのを待ってゐます。つまり、いひわけがほしいんですね。……君が裸でゐるわけも教へてあげませうか。裸よりほかに身をかくす嘘をおもひつかないんでせう。

裸男は、あかくなって下をむくと、涙ぐんだ。そして、言訳らしく言った。

「海の底から来たんですのに、どうして私をしってゐるんです。」

お医者さまの唄

白い制服、白いつばさの
頬ぺたの赤い看護婦をしたがへ
地上一メートルのへんを
お医者さまはとびまはる。

ぼう鮫の山のやうな
石油くさい人類のうへを
聴診器をかけた蠅のやうに
お医者さまは首を左、右にかしげ、

地球の肩にとまってお医者さまは
ベロをのぞき
おへそをながめ
しかつめらしい顔をなさる。

赤剝げに皮を剝かれたものは
ほころびたざうふの袋は
こはれた脈管は
みんな修繕を待ってゐる。

——誰だい。こんなにしちゃったのは。
つぶやきながらお医者さまは診る。
お医者さまの心にうつる
斜かひになった十字架の影。

看護婦たちも
手にもつ蠟燭も
涙をながす。
女の禱りの日ぐれ刻。

しゃがれ声の子宮。

ひからびた卵巣。
一つの自我もそこからは
うまれ出てこないゆきづまり。

自我を頒ち与へる母の欣びは
それを失ふ悲歎の道につながる。
『先生。どうぞ
この子だけ生かせて下さいな』

ざんざんと雨はふりやまず
くされゆくざうふで世は息もできぬ。
ここは戦場だよ。だがいったい
なにが生きのこらねばならないのだ？

天なる父の愛子のお医者さまは、
2ｃｃの注射器に
からっぽの奇蹟を透してみながら

エリ、エリ、ラマ　サバクタニ、
新しい鉄柵の影のやうに
救はれなかったものの
肋骨どもが立ちあがる
怖るべき批判の曙、曠野の仄明り。

いつから、こんな曇天がはじまってゐるのか？　ものがなしく、空漠な、海の底のやうなくらさが……。ここは安息の場所ではない。そこの場所をふさいでゐるものは、えたいのしれないがらくたと、寸断されたこころの喊きにならぬ喊きなのだ。

想像できない境界に踏みこんでゆく時の、企らみふかい沈黙が、ゆくてに待ってゐる。善意だらうか。悪意だらうか。……（神の子は立ち止ってうす気味わるさうにこの異教徒たちの世界をうかがふ。）それは、いきものの内臓のやうに、食はれたものがつぎつぎに消化されるために蠕動運動をするうすくらがりなのだ。

暴食とふかい眠りよりほかない、おびただしい生類が棲んでゐて、遅鈍でゐながら敏捷なそいつらのからだがふれあふごとに、合図のつなをひくやうな、鈍重な手ごたへが波をつたって、遠くの方までつたはるのだ。急にきこえなくなったトーキー映画のやうに、言葉とその意味をおあづけされた口が、ぱくぱくとあいたり、ふさいだりする。ひらひらと紐のやうにながれる肉片が、さがし、追ひかけ、まとひつきあふ。
そして、しなびた乳房をたらし、子宮ばかり発達した海蛭のやうな女たちが、頭のおもたい、いぢけて皺だらけなあかん坊を、あとからあとから際限もなく生みおとす。

海底にしづんでゐる怪物ども

やつらがちょっとでも身動きすると
泥が立って、なにもみえなくなる。
へらへらと逃げては、すぐまた、
やつらは泥へかくれこむ。

はらわただけが泳いでゐるやうなやつ。
神経の線に
無数の脚のはえたやつ。
岩と岩とのすきまで

脳髄がぴりぴり明滅してゐる。

あるひは、目とか、耳とか、鼻とか
もっとけちな、もっと切れっぱしな、嘔吐の滓のやうなやつらが
かぎりなく浮游するなかを
サーベルをぬくやうに、鈍い反射の太刀魚がすぎてゆき、
くらい垂幕をおろすやうに、巨大なえひが死の影をふはりとおとす。

あゝ、しかし、ここにある幻怪な世界より
さらに、さらに身の毛のよだつのは
この世界のうら側にびっしり生みつけられた
まだ、みえない産卵の無限積だ。

いとふべきものは腐敗ではない。
腐敗がはてしなくうけつがれることだ。
無気力、貪婪、悪徳の
無頼漢どものあつまりの

一つの国の政治をながめるときの
絶望と憤怒と恐怖に似て
いりみだれた海草類は、
右にゆれ、
左にながれ、
葉にも、茎にもびっしりと
裏も、表ものこりなく
なにものかの卵に封じられて。

海の底の大小の饑餓が、ひらいた口の奈落と、その口からのぞくひからびたのど笛が、萎れた胃袋が、僕らをみてゐる。記録されるよりもっと以前から、それはみてゐる。……食っても食っても、満足することはない永遠の饑餓——老ブルーゲルの諷刺画にある、『大魚が小魚をのむ』ことが、ここでは永遠の掟である。

海藻の唄

フレデリック赤髯王の
髪のあひだを、僕はあそび廻る。
人を迷ひ入らせる森のふさふさは
胸毛から恥毛へとつづく。

こころにうつる入乱れた影におびえ
岐れてゆく迷妄につながれて、すでに
人間の尊厳と誇を失った僕は
囚はれの自由を讃美した。

ふぐりや乳房で浮きあがるもの
軽はずみな望みにあざむかれ
放屁の水泡に目もくらみ
右往し、左往する小魚ども。

髯こそは、王統安泰のため
子々孫々をあやつるからくりなのだ。
海ぞこととともに安らけく
贅毛に埋もれて、王はいまも眠る。

だが、地上をすみからすみまで、若いうつくしい女たちであかるくしてゐたやうに、海のはてからはてまでを、まぶしいほどに映えあひ照らしあつてゐた、あのうろくづどもはどこへいってしまった？　婚礼の日の晴れ姿をうつす合せ鏡のやうな、二枚貝の夢はどうした？　ひらくとすぐたたむ扇のやうにきえうせた青春ののぞみは？

龍宮の歌

魚たちの眼と
眼からこぼれる涙が
龍宮をあかるくする。
貝細工を透すやうに。

魚たちの群が移るとき、
龍宮もいっしょに移る。
きよらかな佩玉の音いろが
ゆれゆれて鳴りひびきつつ。

眠ってゐる女たちも
めざめてゐる女たちもともに
はこばれてゆく。
女たちの映えあふ虹も、

女たちの指や、襟すぢから
たえずたちのぼる気泡も
簪も、簪をつっつく
小鯛や、海老の子供たちも。

海はくらい。潮流ははやい。
あんたんたる虚空を越えて

あかるさのままで、匂やかなままで
こころをはこんでゆくむづかしさ。
あの夢のちぎれちぎれのきれはし
青べらを、笠子を、かがみ鯛を
僕は曲った針で釣りあげる。
煮たり、焼いたりするために。

浮游ほど狡猾な処世法はない。狡さよりほかに僕らの身をかくす術が遂になかったやうだ。
——路はローマに通ず。……狡さが誠実と通じあふうらぶれのはてにゐて、僕はただよふ。

くらげの唄

ゆられ、ゆられ

もまれもまれて
そのうちに、僕は
こんなに透きとほってきた。

だが、ゆられるのは、らくなことではないよ。

外からも透いてみえるだろ。ほら。
僕の消化器のなかには
毛の禿(ち)びた歯刷子が一本、
それに、黄ろい水が少量。

心なんてきたならしいものは
あるもんかい。いまごろまで。
はらわたもろとも
波がさらっていった。

僕？　僕とはね、

からっぽのことなのさ。
からっぽが波にゆられ、
また、波にゆりかへされ。

しをれたかとおもふと、
ふぢむらさきにひらき、
夜は、夜で
ランプをともし。

いや、ゆられてゐるのは、ほんたうは
からだを失くしたこころだけなんだ。
こころをつつんでゐた
うすいオブラートなのだ。

いやいや、こんなにからっぽになるまで
ゆられ、ゆられ
もまれ、もまれた苦しさの

疲れの影にすぎないのだ！

円周がつくりだす幻影（ファンテジー）。頭にドーナツをのせた淡紅い肉疣の誕生。いや、それは、月の出だ！　乳房に子供をぶらさげた儒艮（にんぎょ）が、波のうへに立ちあがる、良夜。海上はあかるく、波のうへはどこまでもあるいてゆけさうだ。伏せた睫毛のやうな繊細な渚……どんな楽器でもいゝ。どんな曲でも、がんがとさす月あかりのなかでは、センチメンタルにきこえるだけだ。

僕らの頭を狂はせたのは、潮流の悪戯ではない。船は、どうして騙されたのか、十日十夜航路のそとを走りつづける。

なんといふ平静だらう。なんといふみごとなアンバランスの上のバランスだらう。テーブルのうへに立つ一個の鶏卵。そのまはりの真空に似たみどりのしみが、方向と位置を測って、ふみとどまる危険な瞬間。

卵の唄

四海同胞の月が

波にただよふ生と死を照らす。
僕と、のがれられぬ僕の
ゆく先の運命までもあまねく。

月にあたためられる卵ども、
信天翁の卵、
泥洲のそこの
かぐら鮫の卵。

ゴムまりのやうな卵。
石のやうな卵が
いだく未来の夢よりも
不思議なものはまたとない。

あゝ、地のうへに、
海のそこに、
月がさがし出した

無数の卵。

月がなでさすり
月の光さし入る卵。
僕のこころの内ぶところにまだ
孵らない幾多の想念。

いくたびか殻を割って
うまれ出る僕を
さらにとりまく新しい殻を
月が波のうへにころがしてあそぶ。

No. 9

法顕仏国記――其国中有仏唾壺以石作似仏体又有仏一歯国人為仏歯起塔
ほとけの歯、ほとけの骨、ほとけの足跡、ほとけの像――比丘八千のセイロン人が
じぶんの血、じぶんの皮膚、じぶんの肉をもってひたすらに守護してゐる。
――航海日記より

仮面の唄

こんな空気を吸へば死んでしまふ。
で、僕は防毒面をかぶる。
その面から根が生え
血や、神経が通ひはじめた。
面のしたには、もう一つ
ほんたうの顔がある安心から

面をかぶってしたまちがひは
面のせゐにして、すましてゐる。

ほんたうの顔？　しれたものか。
もっと別の顔の仮面だったかもしれぬ。
現に、防毒面奴、泣くこと、笑ふことも
いろ目をつかふことまでもおぼえたよ。

人間から立ちのぼる毒瓦斯
屍の瘴気（CIC_2H_4）で、
とてもこの世にゐるあひだは
素顔などみせあふ折はあるまい。

もう一つの仮面の唄

ぬけめのない香具師が今度、
新奇なもののふたをあけた。

一つの仮面を射ち落すと
下の仮面がでてけらけら笑はせる趣向。

筒先にキルクをつめて、僕は
呼吸をつめてぢっとねらふ。
こけおどかしの仮面揃ひの
いちばんすましたいんてり面を。

ひき金を曳くなりがっちゃんと
ひっくり返って出た面は
戦闘帽から角のはえた
焰の目をした般若づら。

また、そのつらをうち落すと
スパイのつら。ボスのつら。
僕は夢中になって
キルクをつめる。キルクをおしこむ。

仮面といふ仮面をうち落して
ほんたうの正体をつきとめようと
うそ瞞着のひまのないほど
次から次へとうちおとしたら

仮面はのこらずおっこって
がらんとなった台のうへには
亜米利加国旗を片手に、猿が
うしろをむいて尻をかいてゐた。

おたがひに、個人と個人は、あひてを識るひまがないうちに、短い生涯が過ぎてしまふ。それどころか、生きてゆくためには、仮面の方が便利で、正体がしれてゐるのだ。どうせ一列の仮面はおなじ会社でつくられて、どれをどうとりかへたって平気なのだ。……いったい素顔なんかといふものがあったのだらうか。それこそ、祖先どもがじぶんに似せてつくった面型の不出来な見本にすぎないのではないか。

僕の顔が柿の種だって僕はかなしまない。もともと僕が選んだものではないからだ。僕の顔――それは、ただ記号の代りだ。知つてゐる連中が、「お早う」といふためにあるのだ。ただ、それ丈だ。また、僕の顔と似た子孫の顔はおなじ貧乏をうけつぐしるしだ。

それにしても、僕の周囲には、要するに、貧乏と、奴隷の顔しかない。素顔も仮面もけぢめなしに、湿気て、ふるびて、かびがはえて、迷信ぶかく、卑屈で、おどおどして、土下座で面型つけるために、鼻も口も泥だらけなのだ!

詩のかたちで書かれた一つの物語

性のわるい疥癬のやうに、貧乏は一生ものだ。あがいても金運はめつたにめぐつて来はしないが、貧乏は資格も条件もいらない。猿又一つしかない父子の話は、世界のうちでも特別貧しい、安南国につたはる伝説。

父と子が二人で
一枚の猿又しかもつてゐないので

かはり番こにはいて外出する。
この貧乏は、東洋風だ。

父のすねには、捲毛があり
子のすねには、うぶ毛、
父には何十年すぎてこの貧乏。
子には何十年をひかへてこの貧乏。

貧乏に吸ひとられて
ひょろめく人間。
貧乏とはつまり骨と皮だけで
血と肉の乏しいことだ。

貧之に泥んだふるい東洋では
人生とは、不自由のことなのだ。
苛斂、誅求にも甘んじて
いつでも荒地にかへる覚悟だ。

風に吹き散る富貴を蔑み
天から授った赤貧をたのしみ、
死んでゆくときのこすものといへば
猿又一つしかなにもないことだ。

父が死んだので、子は
前よりもゆたかになった。
二人で一つの猿又が
一人の所有になったからだ。

だが、子供が水浴びしてゐるとき
蟹が猿又をひいていったので
子は誰よりも貧乏な
無一物となりはてた。

そして子は、毎晩夢にみた。

失った猿又のゆくへを。
誰かがそれをはいて
世間のどこかを横行するさまを。

子は知った。猿又なしでは
泥棒や乞食にもなれないと。
猿又なしでは、人前に
じぶんの死様もさらせないと。

子よ。貧乏なんか怕れるな。
岸づたひにゆく女の子を
水から首だけ出して見送る子よ。
かまはず、丸裸で追駈けろ。それが、君の革命なのだよ!

答辞に代へて奴隷根性の唄

奴隷といふものには、

ちょいと気のしれない心理がある。
じぶんはたえず空腹でゐて
主人の豪華な献立のじまんをする。

奴隷たちの子孫は代々
背骨がまがってうまれてくる。
やつらはいふ。
『四足で生れてもしかたがなかった』と

といふのもやつらの祖先と神さまとの
約束ごとと信じこんでるからだ。
主人は、神さまの後裔で
奴隷は、狩犬の子や孫なのだ。

だから鎖でつながれても
靴で蹴られても当然なのだ。
口笛をきけば、ころころし

鞭の風には、目をつむって待つ。
どんな性悪でも、飲んべでも
蔭口たたくわるものでも
はらの底では、主人がこはい。
土下座した根性は立ちあがれぬ。

くさった根につく
白い蛆。
倒れるばかりの
大木のしたで。

いまや森のなかを雷鳴が走り
いなづまが沼池をあかるくするとき
『鎖を切るんだ。
自由になるんだ』と叫んでも、

やつらは、浮かない顔でためらって
『御主人のそばをはなれて
あすからどうして生きてゆくべ。
第一、申訳のねえこんだ』といふ。

奴隷たちの自由は、つないでおくつながながいといふことなのだ。そして、奴隷たちにとって、いつでも、『明日はくもり』なのだ。未来が買ひとられてしまってゐるからだ。

乱暴な主人は、いつ、どんな災難をもってくるかしれたものではないが、企らみのふかいにやにやした主人の方がましだなどとは決して言へないのだ。おしきせがよくても、たべものがふんだんでも、いろいろとていさいのいい理窟はあっても、奴隷はあくまで奴隷であって、主人の利益のために存在し、主人が不用になったときは、使ひすてにされるだけのことだ。

僕らが奴隷であることに承服しないとしたら、僕らはただちに、『反逆者』とみなされる。僕らは、しぶしぶ銃をかつぐ。恐怖のために夢中で曳金をひく錯乱状態に追ひつめられる。見当もつかない方向にむかって、夜も、昼も、単調な行進がつづく。……いかに上手になまけようか、のがれる好運はなからうかとぐづぐづしてゐるあひだに、いつのまにか僕らは、主人たちの計算通り、いちばん前線に駆り出されてゐる。

軍医が片足を切断したとき、
草のうへにころがった
その片足が死んだのだとおもった。

しかし、今になって僕は気づいた。
その片足が助かって
のこったからだが死んだことに。

いや、両方とも死んだのだが、
足の方だけが
天国にめされたのだ。

土ぼこりを立てるより能のない
生きてゐる群衆のなかを

松葉杖をつきながら僕はさがし廻る。
ふるさとにのこした妻と子を。
まてよ。はじめから、そんなものが
ゐなかつたやうな気もしてくる。
はて、さう思ふのもなにかの錯誤か。

物蔭から行人にながし目を送る
安おしろいの女が妻によく似てるぞ。
子の年頃が、蒼蠅のやうに
ひらいた弁当をのぞきにあつまる。

だが、話しかけようと近づいても
目と目がかつちり出あつても
ちがふ。彼らはそしらぬ気色だ。

くらくらとまぶしい青空に

失った片足があらはれて
待ちくたびれて、僕をよぶ。
『はやくおいでよ。そんなところに
なぜ、さう未練があるの？』

戦争からかへってきた彼らは、破産した主家の荒れた納屋やこはれた垣根のまはりをうろうろした。彼らは、新しい主人に、おなじそぶりで追従笑ひをうかべ、しこのみたてのしかつめらしい面を、すりかへもせずにそのまま、自由の使徒にまにあはせた。椀をかぶせたやうな夜の闇。泥酔のうめき、惨殺の悲鳴、地底にひびいてきこえる低い足音。……ころがってぼこんぼこんと鳴るドラム罐。必死なひしめきで身に迫り、落つきなくさわさわと、日本の夜のこちらのすみ、あちらのすみで、ごそごそと売買され、闇から闇へ手さぐりで品物が受渡される、……一本のマッチがしゅっと燃え上って消えるまに、禁制品の山をかこんだ死魚の三白眼、血濁った酔眼、猥らな兎口（みつくち）、むき出しなみそっ歯があらはれ、良心は一方のすみからとめ途なくくづれ出し、行動は闇にくるんで、たぐってゆけば、血ぼうをひくやうに、この島国の津々浦々へ共犯者、加担者乃至はかかりあひが地下蔓のやうにつながってゐる。

だが、彼らを、無法を夢みるロマンチストなどと考へてはいけない。

彼らも奴隷なのだ。すりの一味、闇商売、一人二人のけちな殺人など、罪とも名のつけられない位、高飛車に堂々と法をふりかざし、国民の義務をおしつけながら、大量な虐殺をする理不尽にむかって文句一つつけられず、闇の被衣にかくれてもぞもぞと、主人の庫の贓品を二重にごまかして私腹を肥さうとする狡い下男共にすぎないのだ。

No. 10

――えなの唄

ひふは、こはれたパラソルのやうに。
ひふは、ぼろぼろなシャツや、ももひきになって。
よれよれのハンカチーフ。洟をかんだよごれたハンカチーフをむすんでゆくやうに、
次から次へむすび玉でつながって。
人間はへその緒で、天の神さまとむすびつかうといふのだ。
(神さまには、へそがありたまふか。)
胞衣(えな)よ。
うき世の風にたへきれないいのちがなげ出されて、
パラフィン紙のやうなうす皮をかむって、うごめいてゐる。
それが僕だ。僕につながる君たち。また、僕の生理につながる美。

レントゲンのなかで逆さになった僕のこひびとよ。
毛細血管をびっしりはりめぐらせて
君にもうす皮がはってるぢゃないか。

あゝ、この蒼褪めたかなしみの流れにそうて、虚空に散乱し、
ばらばらにちぎれ、ただよふもの、
人間のきれっぱしとその嘔吐物。
人間の頭脳や手先が作ったむなしい断片。

人間がつくってこはし、こはしてはつくったものが、
その破片が、その砕粉が、
どの人間たちよりもあとまで生きのこり、
風にはこばれ、水に漂流し、陸地に積重なり、
やがてはこの地球全体が
そんなものばかりで埋もれてしまふのではないか。

戦争の白い荒廃のなかで僕がおもったことは、

人間どもよ。僕らのえなで結ばれた皮膚が、その結び目をさかのぼり、
指先の繊毛。暈のある指が、おたがひのくされを押して廻り、
おなじ破滅の兆候をたしかめあふことで、しばしなぐさめ、なぐさめられ、それを愛
情と名づけてゐたことだ。
えな、えな、えな、ガラスのやうなえなにつつまれた僕らの未来は、
それを破らないままで、とうのむかしに捨てられたのか。
君たちは、この皮膚が薄きにすぎると気づいたことはないか。
雲呑（ワンタン）の皮に似たべらべらなこの皮膚が、たるんだり、ひっぱれたりしながらも、その
うすさで縦と横とにひろがってゐる限りない時空をおもふとき、僕のこころは行き暮れ
る。
鋭利な解剖鋏が、その皮膚を切りはなさうとする。
はっと吐っかけた息のあたたかさでくもる鋏に、萎れはじめた僕の皮膚も映ってゐる。
うすい皮膚がはち切れるほどたくさんな血と、おもたい臓腑がつまってゐて、人間の
不安などよりもはるかに前からあったらしいその雑物どもの平衡をとるために、消化し、
排泄し、よろよろしながら僕は生きてきたのだ。

破産したともしらずに
はたらいてゐる使用人のやうな
すこやかな僕のざうふども。

あらゆる精神的破滅にかかはりなく、僕の皮膚は、爽やかに、この時代の皮膚とふれあふ。
冷たい解剖鋏よ。それを君の頬にあてると、僕の尻の半面にひやりとしたものがながれる。君の手にさはると、僕の背すぢが芒原（すすき）のやうに戦ぐ（そよぐ）。さうだ。見しらぬ女の腹のうへにのってゐる鋏のおもたさが、一片の氷塊のやうに、僕の腹でとけはじめる。
帰納法によって、僕は、世界の人間が一枚のヒフでつづいてゐる宿命を知った。その皮膚の一方のすみから疥癬がはじまる。

ひどい顔色ぢゃないか。みんな
戦争が、君達から養分をひっこぬき
そして、「人間の無価値」と
すりかへてしまったのか。

人間を蔽うてゐた皮膚は
いまでは全く別なものを蔽うてゐる。
糞をつくるためにのびちぢむ
わるぐさい臓腑どもを。

一人一人の過去や思考を蔽ふヒフは
おなじやうに皺だみ、
おなじやうに水泡がうき、
おなじやうに疥癬でうづもれ。

皮膚とはなにかを蔽ふだけのものだ。
それなしでは、みるにたへないものを。
だが、皮膚が蔽うてゐるので
よけいにみすぼらしいものを。

君たちの皮膚のつづきである、僕の人さし指の先に水泡ができた。
水泡がつぶれると丘疹になって、まんなかにじくじく水がたまる。……僕の肌から他人の肌へ病気はうつってゆき、煤いろの皮膚にも、黄楊(つげ)いろの皮膚にも水泡がぱらぱらとふりまかれ、つぶれたあとが洲浜型になって、この世界のつづくかぎり大きな沼地をひろげてゆく。

皮膚と皮膚とが涯なくつづくやうに、人間のざうふとざうふが、遠方からおしあって、もはや支へもならぬ『人類全体のおもたさ』をつくりだしてゐる。——いまや、その皮膚がみわたすかぎり荒地となり、自他の境界も失はれて、地平線のはてから、ざうふどもの腐りはじめる言語にたえた悪臭が、風にはこばれてきて、僕らの鼻づらをたたく。

際限もなくひろがるヒフを
じぶんのかたちなりに切取って
人間の立ってゐる姿と
その影の奇怪さ！
騎士(ナイト)も、
歩卒(ポーン)も、
僧正(ビショップ)も、
それぞれとりすまして、

首ながい影を曳いて
一つ一つのこまを、世界の基点として、
整然とした盤目のうへに
必勝をにらんで佇む。

くづれる前の運命といふものの
しらじらしさ。
燈火に従ってうつる
布局全体のよろめき。

この世紀の注射薬で座どった僕らの中毒の皮膚が、システィナ拝殿のミケランジェロの岩塊のやうな巨人たちの皮膚といまさらどうしてつながりやうがあらう。
この世紀は、僕らを腐らせるものが多すぎるのだ！
石炭の反吐、ジュラルミンのよだれ。その他えたいのしれない化合物と、有害な瓦斯が、また、息づまるやうな分析や、計算が、まったく僕らを虚脱させる。

枕に耳を折ってきくと脈搏がきこえてくる。僕の血が、どこかへ送り出されるのだ。僕の血ばかりではない。このふかい眠りの時刻に、闇は、大小の流血のリトムだけに領されてゐる。揚子江は東に、セーヌは北にむかって流れる。にぶい地とどろきがきこえる。夜の進軍だ。突然どこかで、銃声がする。低いうめき。この地上のどこかで、怖るべき事態がひき起される。その都度、早すぎた人間の血が、おそすぎたための鮮血が、むなしく、地に捨てられる。のぞいてごらん。下水のふたをあけて、がばがばとうづまいてゐるのは、くろぐろと流れてゐるのは、血だ。むんとなまぐさい、なまあったかい血だ！　ふたたび血管へは戻れない血だ。犠牲者たちの血だ！

人間がうまれたといふことは、いはば、世界を背負ひこんだことだ。血と、臓腑とひふと、あらゆるその苦しみを共有することだ。僕はぐらついた一点、焼けたごろ石のうへに立ってゐる。――僕は矮小だ。だが影は巨木のやうにどんよりした夜天に立ちはだかり、毛細管をひろげて、夜闇のすみずみから悪血を吸ひこんで肥ってゐる。うす皮でつつんだ僕の三升の血はたぷたぷと揺れて、こぼれさうになって、やっとはこばれる。

いまからの出発は、正直をいふと少々大儀なことだ。
どちらの方角を向いて歩き出さうとしても、焼け野原だ。僕は、鼻唄をうたふ。

ごむ風船みたいにふはついたお嬢さん。
青空で、ぱんぱん割れるお嬢さん。
うんこをちょっぴりお尻につけて
とびまはってゐるお嬢さん。

いまが悲しい時代だって、君は若い。
君のからだははずんで、天と頬ぺたをつけっこする。
君の恋人になりたいな。だめなら僕は
せめて、石鹼になりたいよ。

くすぐったがるわきのしたや、
おへそや、またを辷りまはり
君の素肌で泡を立てて
身を細らせる石鹼に。

君にとって、どうせ僕なんか、
石鹼ほどにも気にも止めぬだらう。
蛞蝓のやうなものをつかんで
君はおどろきの叫びをあげる。
『なんてこの人小さくなったんだろ』

鉄串のうへにのってゐる男がきょとんとした顔で、僕を見まもる。別あつらへのベッドにでもねてゐるつもりらしい。

『どこへゆくの？　ここにゐればいいぢゃないか。君、もう戦争はすんだんだよ』

といふ。

『その通りだ。だから僕は生活をさがしにゆくんだよ。こはれた器官や、破れた皮膚をとりかへたり、修繕したりしにゆくんだよ』


このへんの陰気な工場では、鬼火を製造してゐるといふことだ。青い鬚のはえた鬼火を、たとへ、なににしろ作る甲斐はない。……人間の未来を担ってゐる女たちよ。君らのひからびた子宮は、もはや人間のほんの断片しか分娩しなくなったといふではないか。

他人の帳簿の数字をせっせと写したり、秤り目をごまかされまいと商人といっしょにめもりの針をにらむ位のことしかできない、ばかくさい、半端な手首や、斜視の朝鮮眼、またはいたづらに大きくて、扁べったい、烏賊のふねのやうな背なかして生まうとしないのだ！

そしてこの平均のやぶれた五分八裂の地上にむかしながらの秩序が、いつもうまい汁ばかり吸ふのになれた連中がふたたび迎へいれられ、ふるい利権を主張しはじめた。

彼らはいふ。

『そろそろ、創（いたで）がふさがって来ました。みてください。この立直りぶりを！』

昔ながらのエピキュリアンの唄

湯からあがったペリカン鳥は
大きなタオルのつばさをひろげ
大食なローマ人のやうに
裸で、食堂にあらはれる。

エピキュロスよ。石鹼の匂ふ
袋つき特大型の君の嘴には
「アフリカ製」とすみに小さく
商標がうち出してある。

充血のあみ目が陽に透かされる
うす薔薇色のゴム袋のなかで
のみこまれる前に、嬉々と
うかれはねる愚な小魚ども。

金いろの雲。孔雀いろの水。
じだらくに馴れはてたこの白鳥は
猟ったえもののおもたさで
もはや、翔上ることもならない。

うったうしい六月の、霪霖（きりさめ）の晴れ間どき、そのすがすがしい朝の一ときに、僕はペンをやすめ、糸底のあとのあるニス塗のテーブルの冷々(ひやひや)しさに肘をついた。

波からをどりあがった魚が、鰭と尾で、月をささげてゐる。そんな意匠の透し彫りの鏡台——広東からもってかへったものだ——のゆがんだ鏡に、うつうつとした新緑が、明暗を重ねて、内臓の奥ふかくまでを覗かせてゐる。もとより、鏡は水だ、ながれる水がしばしの静止に物象をやどし、やがていっさいを洗ひながす。

室内はなんとなく煙っぽい。開け放された窓からの植物の生態のはげしい醞蒸に、雨染みの出たじっとりした壁のにほひや、冷たい革椅子の酸っぱい匂ひがまざりあって、僕の鼻と喉を刺す。

そのとき、風通しのいいこの室内のひいやりした空間を横切って、腰に赤巾着をつけた一匹の花虻が、気短かに唸りながら、東の窓から南の窓へ通りぬけた！

吃驚して僕は、そのあとを見送った。終戦このかた僕は、猶すこやかに生きてゐるもののあることをはじめて気づいたのだ。背すぢに寒慄が走り、世界の気候がそれ以来急変した。

虻——それは格別目新らしいいきものではない。

『日のしたにあたらしきものあらざるなり』といふ言葉通り、おそらく虹は、人類の歴史より以前から、この空間をさわがせ、わがもの顔にとびあるいてゐたにちがひない。だが、日常すりへらして、がらくたになった言葉が、詩となるには、東の窓から南の窓へ通りぬけていったものへ、ふと心が目をひらかねばならないのだ。

一匹の虻がつくりだす新紀元。

弾丸のやうにそれは、僕の心臓を突きぬけていった。

僕の近来の澱んだ無風帯にそれは一つの混乱をまきおこした。それは次に起らねばならない変貌の予兆、心境の転換、運命の脱皮、……メシアの出現か。『死』の前ぶれか。それとも、『新種の発見』だらうか。

(だが、たいがいのことなら、そっとしておくことにこしたことはない。生涯が虚しかったとしても、そんなことを言ひ立てるには遅すぎる。どっちみち、『青鬼の肩から赤鬼の肩へ肩がはりする』だけのことなのだから。……過去を一まとめに屑かごにぶちこめることは、僕の年ではすでに勇気とは言へない。むしろ、信用のおけない習癖なのだ。)

だが、その意見にもかかはらず、僕は悲壮げに立ちあがる。

恋愛ほどおつりきなものはない。僕は、そろそろ馬齢といって歯ぐきの瘦せる年になったが、やはり、恋愛以上のことはない、

愛しあってるもの同士には
世界はいつも遊園地だ。
そして、マリボオ氏のおもふ通り
僕は才子、君は佳人さ。

恋するがゆゑの悩み、苦しみは
どんなにつらくても償ひがある。
それにしても、若い日にやった恋は
なんと疏漏で、心なしだったか。

この年になって、やっと僕は
後悔や、おちどの少い

こころこまかな恋ができさうだが
——なに？　もうおそまきだって？
リウマチスの右足はステッキが支へ
目には老眼鏡、耳には人工鼓膜、
かんじんな若い情熱？　それも心配無用
胸にはまだ、生じめりの「Revolt」がくすぼりつづけてゐる。

　よごれた白壁に、ぼやけた短冊形の動揺しやすい膠質の琥珀をうつし出してゐる。僕は、おもひ出す、アフリカ東海岸航海中、世界のうごきから外れて、永い日をベッドでくらすあの船室の壁にうつるおなじ陽ざしを。それから、ブルッセル郊外のペルリナージュの糸車を廻す寡婦の膝でごろごろいってる老猫のうへにおちてゐた陽ざしを。
　みてゐるうちに陽ざしは移ってゆく。……捕へるものは次々に悉く飴いろになる。水さしもコップも。水牛の角細工の安南帆船も。（花嫁の簪の鼈甲、象牙の箸。その箸をもつ節立った手も、指も、指先の爪も、箸がはさむ米粒も、飯を盛った茶碗も、陽ざしのなかでは、しゃぶりまはした飴の飴いろになって透く。)

この陽ざしのなかで憶ふ恋愛は、食ひあました御馳走でしかない。

だがいま、恋愛とは、奇怪なことなのだ。すでにそれは人類の懐古であり、不可能な憧憬なのだ。

これほどの悲劇乃至は喜劇は誰だっておもひつかないであらう。……黒板の字を消すやうに、あらゆる痕跡をぬぐひとった青空に、もう一度なにか書き直してみたいといふ意慾は、五十歳の外へ追放された僕にとっての、この世のおもひでとでもいふべきものだ。

それにしてもつゆの晴れ間の青空は、どうしてこんなに冴え冴えとうつくしい瑠璃色なのだ？

古埃及王朝の空は紫（アメジスト）、印度は蜥蜴青、支那は玄黒、そして日本のそらは洟水……僕がいまながめてゐる上天は、それらのどの空とも、縦に、横に、つながってゐるが、それは丁度、この皮膚が縦に、横に、人類の永遠にわたってきれ目なくつながってゐるやうなものだ。

花虻よ！

ほんたうに君は、どんな意図で、鮮明で怖るべき零（ゼロ）のふかさをたたへた、か

らんとした僕の頭脳の灼熱したエーテルのなかを、そんなに大胆に突抜けていったのだ‼

底本

「詩人　金子光晴自伝」中央公論社『金子光晴全集』第6巻（一九七六年刊）
「人間の悲劇」　　　　中央公論社『金子光晴全集』第3巻（一九七六年刊）

解説　「金子光晴」を体験する

高橋　源一郎

昔、金子光晴という詩人がいた。一八九五年（明治二八年）に生まれて、一九七五年（昭和五〇年）に七九歳で亡くなった。亡くなってからもう半世紀近く立つ。

金子光晴は素晴らしい詩人だった。あまり意味のないことかもしれないが、日本を代表する近代詩人は誰かと、詩の専門家や作家や評論家にアンケートをとったら、間違いなく、ベスト3とかベスト5の中に入ってくるだろう。そこには、中原中也、宮沢賢治、萩原朔太郎、高村光太郎といった名前とならんで金子光晴の名前があるだろう。もちろん、ぼくは彼を第一位に推す。そして、そんなことはどうでもいいんだけどなと思うだろう。いま名前をあげた日本の素晴らしい詩人たちは、みんな素晴らしい詩を書いた。この本を読んでいるみなさんも読んだことがあるだろう。もちろん、金子光晴も素晴らしい詩を書いた。けれども、金子光晴は、ただ素晴らしい詩を書いたのではない。「素晴らしい詩人」として生きたのだ。いや「素晴らしい」を生きたのである。「素晴らしい」を生きた、というのは、おかしな日本語だ。それくらいわかっている。けれども、そう書くしかない。ぼくにはそう思えるのだ。その理由について書いてみたい。

さっき名前をあげた詩人たちは「自伝」を書いていない。「自伝」的な事実をもとにしたエッセイや作品は書いているけれど「自伝」は書かなかった。なぜだろうか。そんなものを書いてもおもしろくないことを彼らは知っていたからだ。彼らにとって、なにより大切なのは詩で、それさえ素晴らしければ、他のことなどどうでもよかったのだ。あるいは、自分自身の人生について書く時期が来る前に死んでしまったからだ。いや、中には、「自伝」なんか書かなくても、その人の人生の方が作品よりおもしろい詩人だっている。というか、たくさんいる。それはなんだか切ない。そして、だいたいはどちらかだ。

ぼくの知る限り、どちらもすごいのは金子光晴だけだ。なぜそんなことができたのだろう。それを確かめるために、みなさんに、この『詩人』というタイトルの「自伝」を読んでもらいたいと思う。

この『詩人』の中で、金子光晴は、生まれてから自分になにが起こったのかを書いている。当たり前だ。けれども、それが読んでいると、当たり前ではなくなってくる。というのも、この『詩人』は、ただの「自伝」ではなく、「詩人」の「自伝」だからだ。「自伝」というものが、その人間がどうやって生まれ、育っていったかを書いているものだとするなら、「詩人」の「自伝」には、その人間がどうやって「詩人」になっていったかが書かれているはずだ。そして、そこでは、その詩人のことばが、どうやって「詩」のことばになっていったかが書かれているはずなのだ。

有名な詩人たちの詩はみんな素晴らしい。けれども、時々、なんだか自分には関係ないなという気がしてくる。その詩人たちが、ことばばかり見ている、ことばの他にはあまり興味がないような気がしてくる、彼らの視線が遥か彼方、ぼくたち読者にはとてもたどり着けない遠い世界ばかり見ているような気がしてくるのだ。

金子光晴はちがう。彼だけはちがうのである。

有名な詩人たちが、どこか上の方を見ているとき、彼は、自分を見ている。たとえば、鏡に映った自分を。そして「なんだよ、こいつ、不格好だな」と呟いたりする。それから、手で自分のからだを触ってみる。頰をバシバシ叩いたりする。そして、こういうのだ。「よかった、まだ生きてる！」

金子光晴の詩のことばは、そこから生まれてくる。ぼくたちに理解できないような天空の高みから降ってくるのではなく、ひとりの人間、生きて、生きて、苦しんで、もがいて、成長して、挫折して、挫折して、真正面からぶつかって、失敗して、失敗して、叩きつけられて、立ち上がって、また、失敗して、傷だらけになって、倒れて、休んで、また起き上がって、ふさがっていた傷口がまた開いて、悩んで、ひとりぼっちになって、よろめいて、間違って、それでも前へ進もうとする、そういう人間の中から生まれてくる。

そんなことばなら、ぼくたちにもわかる。そんなことばなら、ぼくたちにも書けるかもしれない。そんなことばなら、ぼくたちと無関係ではない。金子光晴のことばは、そんなことばだ。そんな人間に会いたくないだろうか。ぼくは会いたい。だから、時々ほんとうに疲れると、金子光晴の『詩人』を開く。すると、こんなことばが目に飛び込んでくる。

「なんの用があって、この世に僕が生をうけたのか、よく考えてみると、いまだによくわからない……僕の詩をよむ人は、なにか僕が詩をつくるためにこの世に生れてきたような気負いかたをしているように感ずるかもしれないが、僕としてはすこしも、そんな気負いはもっていない……僕が生れてこなくても、誰もなんともないし、いたからといって、それほど邪魔になるほどの存在でもない。いわば、平々凡々たる人間の典型で、その故にこそ、凡々たるじぶんから脱却したくて、謀反をおこして、収拾のつかない結果をひき出し、じぶんの浅墓の尻ぬぐいで、あくせくした日をおくってきた始末である。いまだに僕は、詩人より僕にむいた商売がほかにあったとおもっている。商人や、官吏ではない。芝居の背景画家、考古学者、漢文の先生、落語家、遊芸人、船乗り、刺繍職人、仕立屋、コックさん、その他いろいろある。だが、今日たとえそのどれになっていても、満足していたとは断言できない。なんにもなりたくない。金もいらない。ただなまけて、ぶらぶらしていたいというのが本音かもしれない。それでもまだ、不満かもしれない」

「そんな人間の七十年の記録」が、そうやって始まる。そして、ぼくたちは読み進むにつれて気づく。「平々凡々たる人間」が、見たことも聞いたことも読んだこともない、波瀾万丈の生涯をおくり、とほうもない傑作を、老いてもまったく衰えることなく、溢れるように書きつづけたことを。

だとするなら、ぼくたちもまた「金子光晴」であることだって可能かもしれない。そうでないのは、おびえているからだ。考えることをやめてしまうからだ。世間や社会や周りの人たちのことばに流されているからだ。そして、「金子光晴」のような人間から遠く晴れてしまうのである。

金子光晴の『詩人』は危険だ。読んでいるうちに、いつしか「凡々たるじぶんから脱却したくて、謀反をおこして、収拾のつかない結果をひき出」そうとするようになるかもしれないから。それがこわいと思うなら、読んではいけない。あなたの手を引っ張って、危険なところへ連れてゆく本なのだから。

もう一つ、この本には、詩集『人間の悲劇』もおさめられている。これは、金子光晴の、詩人としての到達点ともいえる傑作だ。「金子光晴」という人間を、自分自身を最大のテーマにして書きつづけた金子光晴は、『人間の悲劇』では、ついに自分の人生そのものをテーマにした。詩集として前例を見ないほど長大なのは、人生そのものを詩にしようとしたからだ。そこには、「すべて」がある。あるいは、そう表現するしかない世界が広がっている。

『詩人』を読み、そのまま、『人間の悲劇』に突入してください。あなたは、これまで一度も体験したことのない世界を体験できるはずだ。仮にそこから戻って来れなくても、ぼくには責任をとれないのですが。

茨木のり子集　言の葉（全3冊）　茨木のり子

しなやかに凛と生きた詩人の歩みの跡を、詩とエッセイで編んだ自選作品集。単行本未収録の作品なども収め、魅力の全貌をコンパクトに纏める。

一本の茎の上に　茨木のり子

「人間の顔は一本の茎の上に咲き出た一瞬の花である」表題作をはじめ、敬愛する山之口貘等について綴った香気漂うエッセイ集。（金裕鴻）

詩ってなんだろう　谷川俊太郎

谷川さんはどう考えているのだろう。その道筋にそって詩を集め、選び、配列し、詩とは何かを考えるおもとを示しました。（華恵）

山頭火句集　種田山頭火　村上護編　小崎侃・画

自選句集「草木塔」を中心に、その境涯を象徴する随筆も精選収録し、〝行乞流転〟の俳人の全容を伝える一巻選集！（村上護）

尾崎放哉全句集　村上護編

「咳をしても一人」などの感銘深い句で名高い自由律の俳人・放哉。放浪の旅の果て、小豆島で破滅型の人生を終えるまでの全句業。（村上護）

放哉と山頭火　渡辺利夫

エリートの道を転げ落ち、引きずる死の影を詩いあげる放哉。各地を歩いて生きて在ることの孤独と寂寥を詩う山頭火。アジア研究の碩学による省察の旅。

笑う子規　正岡子規＋天野祐吉＋南伸坊

「弘法は何と書きしぞ筆始」「猫老て鼠もとらず置火燵」。天野さんのユニークなコメント、南さんの豪快な絵を添えて贈る愉快な子規句集。（関川夏央）

絶滅寸前季語辞典　夏井いつき

「従兄煮」「蚊帳」「夜這星」「竈猫」……季節感が失われ、風習が廃れて消えていく季語たちに、新しい命を吹き込む読み物辞典。（茨木和生）

絶滅危急季語辞典　夏井いつき

「ぎぎ・ぐぐ」「われから」「子持花椰菜」「大根祝う」……消えゆく季語に新たな命を吹き込む読み物辞典。超絶季語続出の第二弾。（古谷徹）

詩歌の待ち伏せ　北村薫

〝本の達人〟による折々に出会った詩歌との出会いが生んだ名エッセイ。これまでに刊行されていた3冊を合本した〈決定版〉。（佐藤夕子）

すべてきみに宛てた手紙　長田弘

この世界を生きる唯一の「きみ」へ――人生のためのヒントが見つかる、39通のあたたかなメッセージ。傑作エッセイが待望の文庫化！（谷川俊太郎）

言葉なんかおぼえるんじゃなかった　田村隆一・語り　長薗安浩・文

戦後詩を切り拓き、常に詩の最前線で活躍し続けた伝説の詩人・田村隆一が若者に向けて送る珠玉のメッセージ。代表的な詩25篇も収録。（穂村弘）

夜露死苦現代詩　都築響一

寝たきり老人の独語、死刑囚の俳句、エロサイトのコピー……誰も文学と思わないのに、一番僕たちをドキドキさせる言葉をめぐる旅。増補版。

えーえんとくちから　笹井宏之

風のように光のようにやさしく強く二十六年の生涯を駆け抜けた夭折の歌人・笹井宏之。そのベスト歌集が没後10年を機に待望の文庫化！（穂村弘）

先端で、さすわ さされるわ そらええわ　川上未映子

すべてはここから始まった――。デビュー作にして圧倒的文圧を誇る表題作を含む珠玉の七編。第14回中原中也賞を受賞した第一詩集がついに文庫化！

水瓶　川上未映子

鎖骨の窪みの水瓶を捨てにいく少女を描いた長編詩「水瓶」を始め、より豊潤に尖鋭に広がる詩的宇宙。第43回高見順賞に輝く第二詩集、ついに文庫化！

春原さんのリコーダー　東直子

シンプルな言葉ながら一筋縄ではいかない独特な世界観の東直子デビュー歌集。刊行時の栞文や、花山周子による評論、川上弘美との対談も収録。

青卵　東直子

現代歌人の新しい潮流となった東直子の第二歌集。花山周子の評論、穂村弘との特別対談により独自の感覚に充ちた作品の謎に迫る。

回転ドアは、順番に　穂村弘　東直子

ある春の日に出会い、そして別れるまで。気鋭の歌人ふたりが、見つめ合い呼吸をはかりつつ投げ合う、スリリングな恋愛問答歌。（金原瑞人）

適切な世界の適切ならざる私　文月悠光

中原中也賞、丸山豊記念現代詩賞を最年少の18歳で受賞し、21世紀の現代詩をリードする文月悠光の記念碑的第一詩集が待望の文庫化！（町屋良平）

井上ひさしベスト・エッセイ　井上ひさし　井上ユリ編
むずかしいことをやさしく……幅広い著作活動を続け、多岐にわたるエッセイを残した「言葉の魔術師」井上ひさしの作品を精選して贈る。（佐藤優）

ひと・ヒト・人　井上ひさし　井上ユリ編
道元・漱石・賢治・菊池寛・司馬遼太郎・松本清張・渥美清・母……敬し、愛した人々とその作品を描きつくしたベスト・エッセイ集。（野田秀樹）

開高健ベスト・エッセイ　開高健　小玉武編
文学から食、ヴェトナム戦争まで――おそるべき博覧強記と行動力。「生きて、書いて、ぶつかった」開高健の広大な世界を凝縮したエッセイを精選。

吉行淳之介ベスト・エッセイ　吉行淳之介　荻原魚雷編
創作の秘密から、ダンディズムの条件まで。「文学」「男と女」「紳士」「人物」のテーマごとに厳選した、吉行淳之介の入門書にして決定版。（大竹聡）

色川武大・阿佐田哲也ベスト・エッセイ　色川武大/阿佐田哲也　大庭萱朗編
二つの名前を持つ作家のベスト。文学論、落語からタモリまでの芸能論、ジャズ、作家たちとの交流も。阿佐田哲也名の博打論も収録。（木村紅美）

殿山泰司ベスト・エッセイ　殿山泰司　大庭萱朗編
独自の文体と反骨精神で読者を魅了する性格俳優、故・殿山泰司の自伝エッセイ、撮影日記、ジャズ、政治評。未収録エッセイも多数！（戌井昭人）

田中小実昌ベスト・エッセイ　田中小実昌　大庭萱朗編
東大哲学科を中退し、バーテン、香具師などを転々とし、飄々とした作風とミステリー翻訳で知られるコミさんの厳選されたエッセイ集。（片岡義男）

森毅ベスト・エッセイ　森毅　池内紀編
まちがったって、完璧じゃなくたって、人生は楽しい。稀代の数学者が放った教育・社会・歴史他様々なジャンルに亘るエッセイを厳選収録！

山口瞳ベスト・エッセイ　山口瞳　小玉武編
サラリーマン処世術から飲食、幸福と死まで。――幅広い話題の中に普遍的な人間観察眼が光る山口瞳の豊饒なエッセイ世界を一冊に凝縮した決定版。

同日同刻　山田風太郎
太平洋戦争中、人々は何を考えどう行動していたのか。敵味方の指導者、軍人、兵士、民衆の姿を膨大な資料を基に再現。（高井有一）

兄のトランク 宮沢清六

兄・宮沢賢治の生と死をそのかたわらでみつめ、兄の死後も烈しい空襲や散佚から遺稿類を守りぬいてきた実弟が綴る、初のエッセイ集。

春夏秋冬　料理王国 北大路魯山人

一流の書家、画家、陶芸家にして、希代の美食家でもあった魯山人が、生涯にわたり追い求めて会得した料理と食の奥義を語り尽す。（山田和）

日本ぶらりぶらり 山下清

坊主頭に半ズボン、リュックを背負い日本各地の旅に出た〝裸の大将〟が見聞きするものは不思議なことばかり。スケッチ多数。（壽岳章子）

のんのんばあとオレ 水木しげる

「のんのんばあ」といっしょにお化けや妖怪の住む世界をさまよっていたあの頃――漫画家・水木しげるの、とてもおかしな少年記。（井村君江）

ねぼけ人生〈新装版〉 水木しげる

戦争で片腕を喪失、紙芝居・貸本漫画の時代と、波瀾万丈の人生を、楽天的に生きぬいてきた水木しげるの、面白くも哀しい半生記。（呉智英）

老いの生きかた 鶴見俊輔編

限られた時間の中で、いかに充実した人生を過ごすかを探る十八篇の名文。来るべき日にむけて考えるヒントになるエッセイ集。

老人力 赤瀬川原平

20世紀末、日本中を脱力させた名著『老人力』と『老人力②』が、あわせて文庫に！　ぼけ、ヨイヨイ、もうろくに潜むパワーがここに結集する。

東京骨灰紀行 小沢信男

両国、谷中、千住……アスファルトの下、累々と埋もれる無数の骨灰をめぐり、忘れられた江戸・東京の記憶を掘り起こす鎮魂行。（黒川創）

向田邦子との二十年 久世光彦

あの人は、あり過ぎるくらいあった始末におえない胸の中のものを誰にだって、一言も口にしない人だった。時を共有した二人の世界。（新井信）

東海林さだおアンソロジー
人間は哀れである 東海林さだお　平松洋子編

世の中にはびこるズルの壁、はっきりしない往生際……抱腹絶倒のあとに東海林流のペーソスが心に沁みてくる。平松洋子が選ぶ23の傑作エッセイ。

ちくま文庫

詩人／人間の悲劇――金子光晴自伝的作品集

二〇二三年八月十日　第一刷発行

著　者　金子光晴（かねこ・みつはる）
発行者　喜入冬子
発行所　株式会社　筑摩書房
東京都台東区蔵前二―五―三　〒一一一―八七五五
電話番号　〇三―五六八七―二六〇一（代表）
装幀者　安野光雅
印刷所　株式会社精興社
製本所　株式会社積信堂

ISBN978-4-480-43877-5　C0195